ERDENWANDLER

 Geschichten über die Erde und die Welt, in der wir leben

Sammelband

AF221068

ERDEN WANDLER

Geschichten über die Erde und die Welt,
in der wir leben

von Ingmar Ackermann, Anke Breuer,
Agnes Decker, Norbert Görg, Angela Hoptich,
Oliver Kreuz, Anna Rudy, Sarah Schönfeld,
Nina Weber und Katja Winter

Impressum

ERDENWANDLER
Geschichten über die Erde und die Welt, in der wir leben
Anthologie-Reihe „Elemente", Buch 4

ISBN 978-3-75199-337-1

Köln, 2020 © Ingmar Ackermann, Anke Breuer,
Agnes Decker, Norbert Görg, Angela Hoptich, Oliver Kreuz,
Anna Rudy, Sarah Schönfeld, Nina Weber, Katja Winter

Gestaltung: www.coverboost.de
Bildmaterial: pixabay
Herstellung und Verlag: BoD – Books on Demand, Norderstedt

Bibliografische Daten über dnb.dnb.de abrufbar.

Über das Buch

In ERDENWANDLER dreht sich alles um Erde. Sie ist das vierte Element, das sich unsere Autor:innengruppe 60|30 zum Thema nimmt, und vervollständigt diese Anthologie-Reihe.

Erde ist die feste Basis aller Dinge, sie gibt uns Stabilität, Sicherheit, den „festen Boden unter den Füßen", und steht für Realismus und alles Materielle. Die Erde ist aber auch unser Heimatplanet, unser Zuhause, und eine Naturkraft in sich. Sie ist Sinnbild des Wachsens, der Fruchtbarkeit und Vielfalt. Die Geheimnisse und Wunder unserer Welt werden wir vielleicht nie bis ins Letzte entschlüsseln.

Nach der 4-Elemente-Lehre antiker Naturphilosophen wie Empedokles entsteht alles *Sein* aus verschiedenen Mischungen der vier Essenzen Wasser, Feuer, Luft und Erde. Sie verkörpern die Prinzipien des Flüssigen, Verzehrenden, Gasförmigen und Festen. Alles auf dieser Welt besitzt demnach einen charakteristischen Anteil eines der Elemente. Später wurden ihnen weitere Eigenschaften zugeordnet, die sich bis weit in die Psychologie erstrecken. Ausgehend von dieser Lehre ist jedem von uns ein mehr oder weniger großer Anteil jeden Elements zu eigen und beeinflusst unser Sein und Handeln.

Die Geschichten unserer „Elemente"-Reihe handeln von diesem Einfluss auf die Menschen und die Welt, in der wir leben.

Bereits erhältlich als Taschenbuch und Ebook:
JAHRHUNDERTFLUT – Hochwassergeschichten aus Köln
ISBN 978-3-74316-180-1
FLAMMENSPIEL – Geschichten über das feurige Element
ISBN 978-3-75283-253-2
STURMGESANG – Geschichten über Luft, Liebe und das Leben
ISBN 978-3-73477-389-1

Inhalt
ERDENWANDLER

Anna Rudy
ZWEI BRÜDER

Es lebten einmal zwei Brüder. Sie waren Waisen und verdienten ihr Brot als Hirten. Die Jungen brachten die Schafe eines reichen Bauern hoch in die Berge, schlugen Pflöcke ein, banden einen selbstgeflochtenen Strick um die Hölzer und ließen die Schafe auf dieser Weide grasen. Sie kümmerten sich gut um die Herde und brachten sie immer vollzählig zurück, dafür wurden sie von den Menschen im Dorf geschätzt.

Eines Tages brachten die Brüder die Schafherde hoch in die Berge auf eine frische Weide, bereiteten eine neue Koppel und begannen, den Weidegrund zu umschreiten, wie sie es immer taten, wobei sie die Schafe nie aus den Augen verloren. Der Ältere lief am unteren Hang des Berges entlang, der Jüngere am oberen. Dieser Hang war gefährlich, aber hier wuchs auch das saftigste Gras. Plötzlich hörte der Jüngere einen leisen Schrei.

„Bruder!", rief der Jüngere. „Was hast du gerufen?"

„Habe ich nicht!", antwortete der Ältere und seine Stimme klang laut und deutlich.

Und wieder hörte der Jüngere einen leisen Aufschrei.

„Bruder!", rief der Jüngere erneut. „Ich höre jemanden."

„Aber hier ist niemand außer uns", sagte der Ältere und zeigte umher. Und tatsächlich, wo immer man nur hinschaute, gab es grüne Felder, Berge, Felsen und den unendlichen, blauen Himmel.

„Hilfe!"

Wieder hörte es der Jüngere. Er ging bis zum Rand der Schlucht und spähte nach unten. Der Abgrund war so tief, dass ein Stein, den man hinabwarf, so lange brauchte, den Grund zu erreichen, dass sich derweil ein Gebet sprechen ließ.

Auf einem Felsvorsprung saß ein Greis und streckte die Hände nach oben. „Hilf mir! Rette mich!"

„Wie bist du dorthin gekommen?", schrie der Jüngere. Was er da sah, das war unmöglich. Niemand konnte eine so steile Klippe hinuntersteigen.

„Hilf mir! Rette mich!", bat der alte Mann wieder.

Der Jüngere rief den Älteren herbei, sie legten sich auf den Bauch und schoben ihre Köpfe über die Kante zur Schlucht, um sich den Greis genauer anzusehen.

„Wie können wir ihn hochholen?", fragte der Jüngere. „Wir können nicht in die Schlucht hinunter, selbst wenn wir es schaffen würden, wir werden nie wieder hinaufkommen."

Der Ältere sagte nur: „Der Strick."

Die Brüder lösten den Strick von den Pflöcken, befestigten ihn und warfen ihn hinab. Der Strick baumelte nur ein paar Armlängen von dem Greis entfernt hin und her, aber der konnte ihn nicht erreichen, weil der Fels über seinem Kopf ungünstig geformt war.

Da rief der Jüngere dem Älteren zu: „Halte fest!" und kletterte ein gutes Stück hinunter in den Abgrund. Er hatte Angst nach unten zu blicken und schaute nur zu seinem Bruder herauf, während er hinabstieg. Es brauchte eine Weile, dann war er in der Nähe des Greises.

Der Jüngere begann, mit dem Seil hin und her zu pendeln, und jedes Mal näherte er sich mehr dem Gesims, auf dem der Alte ausharrte. Das letzte Mal war er dem Greis so nahe, dass dieser es schaffte, die Hand des Jüngeren zu fangen. Kleine Kieselsteine sprenkelten hinab, als der Ältere das neue Gewicht zu fassen versuchte.

Der Jüngere half dem Greis, den Strick zu greifen, und beide begannen den Aufstieg. Der Ältere glich das Gewicht aus, der Jüngere half dem Greis zu klettern und schon bald standen alle drei schweratmend an der Klippe. Der Greis sah mit großer Aufregung umher und konnte kein Wort sagen. Als der Jüngere ihn gerade fragen wollte, wie er in den Abgrund gekommen war, rief der Ältere: „Schafe! Unsere Schafe!"

Während sich die Brüder dem Greis angenommen hatten, waren die Schafe in alle Himmelsrichtungen auseinandergelaufen. Der Ältere und der Jüngere begannen, den Strick wieder um die Pflöcke zu binden und alle Schafe, derer sie habhaft wurden, in die Koppel zu treiben. Während sie den weiten Hang absuchten und die Schafe sammelten, blieb der Greis wie angewurzelt stehen und sah nur um sich herum.

Als sich kein weiteres Schaf mehr zu finden schien, zählten die Brüder und erstarrten. Der Herde fehlten drei Tiere. Wo waren sie denn geblieben? In den Winkeln und Wegen des Hanges gab es keine mehr. Vielleicht waren sie in den Abgrund gestürzt?

Der Ältere und der Jüngere fragten den Greis, ob Schafe an ihm vorbeigelaufen seien, aber der zuckte nur mit den Schultern. Die Schafe blieben spurlos verschwunden.

Die Brüder waren entsetzt, bis zum heutigen Tag hatten sie kein einziges Schaf verloren. Daher vertraute man ihnen im Dorf – aber jetzt fehlten drei auf einmal! Der Besitzer der Herde würde sie aus Lohn und Brot entlassen. Was sollten sie tun?

Mit diesen düsteren Gedanken brachen die Brüder ihre Wegzehrung und teilten sie mit dem Greis, der ihre Enttäuschung nicht zu verstehen schien. Als sie alle gegessen hatten, sagte der Ältere zu dem Greis: „Wir müssen hinabsteigen und die Herde an ihren Herrn zurückgeben. Weil wir drei Schafe verloren haben, wird der uns aus dem Dienst und aus dem Dorf vertreiben und wir werden nicht mehr wieder hierher zurückkehren. Pass gut auf, dass du nicht wieder in den Abgrund fällst."

Der Greis hörte ihm aufmerksam zu. Dann sagte er: „Danke, älterer Bruder, für das Halten und Ziehen. Ich möchte dir ein Geschenk machen."

Der Greis bückte sich und hob drei Steine vom Boden auf. Diese hatten eine regelmäßige Form, glatte Seiten und sahen eher wie Ziegel aus.

„Du kannst daraus bauen, was du willst", sprach der Greis feierlich.

„Danke", sagte der Ältere, der schon lange kein Kind mehr war, das mit Bauklötzen spielte. Aber er widersprach nicht, obwohl er dachte, dass der Greis nicht ganz bei Trost war.

„Danke auch dir, junger Bruder", sagte der Greis, „dass du in den Abgrund gestiegen und mit mir nach oben geklettert bist. Ich möchte auch dir ein Geschenk machen."

Er bückte sich wieder und hob drei weitere Steine vom Boden auf. Sie hatten leicht geschärfte Kanten und keine gleichmäßige Form, aber sahen auch nicht so aus, als ob sie jemand zuvor mit einem Werkzeug bearbeitet hätte.

„Nimm sie", sagte der Greis. „Damit kannst du gehen, wohin du willst. Sie sind leicht, aber von fester Gestalt."

„Danke", sagte der Jüngere. Und tatsächlich, als er die Steine nahm, spürte er das Gewicht kaum in seinen Händen.

Der Brüder begannen, den Strick zu lösen und die Herde auf den Abstieg einzustimmen, wie man es mit Schafen eben so tut.

„Du kannst mit uns hinabsteigen, wenn du willst", rief der Ältere dem Greis zu, aber es war niemand mehr an dem Ort zu sehen, an dem sie gegessen hatten.

„Greis? Wo bist du?", rief der Jüngere. Er rannte zum Rand des Abgrunds und sah nach unten, aber weder dort noch sonst ringsherum war irgendjemand. Der alte Mann war spurlos verschwunden, ganz so wie die drei Schafe vor ihm.

Der Bauer, dem die Schafe gehört hatten, tat, was zu erwarten war – er entließ die Brüder aus seinem Dienst.

„Wenn ihr drei Schafe auf einmal verloren habt, verliert ihr das nächste Mal die ganze Herde", sagte er und zahlte den Brüdern trotz all der Wochen, die sie für ihn gearbeitet hatten, nichts. Die beiden verließen das Dorf und marschierten eine Weile, bis sie sich müde an den Rand der Straße setzten.

„Was werden wir jetzt tun?", fragte der Jüngere.

„Ich weiß es nicht", sagte der Ältere.

„Lass uns weitergehen", zog der Jüngere ihn am Ärmel. „Vielleicht finden wir auf der Straße, vielleicht schon hinter der nächsten Wegbiegung, unser Glück."

Der Ältere stand widerwillig auf. Die beiden schulterten ihre Rucksäcke und schritten weiter.

Die Brüder wanderten von einem Dorfe bis zum nächsten und boten ihre Dienste an, aber alles war umsonst. Niemand wollte ihnen eine Arbeit anvertrauen. Ein Missgeschick wie das ihre sprach sich doch an Markttagen und in Wirtshäusern rasch herum. Der Ältere war bald verzweifelt, der Jüngere aber nicht allzu sehr besorgt.

Einmal hielten die Brüder auf ihrem Weg an einem grünen Hügel an. Die Aussicht war hier unglaublich! Ein breiter Fluss verlief träge durch das weite Land, grüne Felder und Wälder, wohin auch immer das Auge schaute, und die Sonne schien fröhlich und unbekümmert.

Die Brüder setzten sich am Fuß des Hügels ins Gras und öffneten ihre Rucksäcke. Sie hatten kaum noch Wegzehrung und gingen sparsam mit ihr um. So holten sie ihre Vorräte heraus und ganz unten im Rucksack entdeckte der Jüngere drei Steine.

„Bruder", sagte er. „Erinnerst du dich an den Greis?"

„Und wie", antwortete der Ältere. „Ihm haben wir es zu verdanken, dass wir Lohn und Brot verloren haben." Er schaute in seine Tasche und zog ebenfalls drei Steine hervor.

„Schau mal, Bruder!", rief der Jüngere plötzlich. Er legte seine drei Steine nebeneinander und sie griffen mit ihren Ecken und Kanten ineinander und bildeten eine gleichmäßige Reihe.

„Ich bin kein Kind mehr, dass ich mit den Steinchen spiele", grunzte der Ältere auf, aber aus irgendeinem Grund legte er seine Steine übereinander.

„Bruder!", rief der andere. „Guck mal!"

In den Händen des Jüngeren sah der Bruder wieder drei kantige Steine, obwohl genau die gleichen bereits auf dem Boden ruhten. Der Jüngere legte wieder eine Reihe aus ihnen und sie fügten sich sofort an die an, die sich schon auf dem Boden fanden. Der Ältere schaute in seinen Rucksack. Auch er holte drei neue Steine heraus und legte sie neben die vorherigen. Dann schaute er noch einmal in seinen Rucksack und fand wieder die gleichen drei Steine darin.

„Bruder, Bruder!", rief der Jüngere. „Schau mal, was ich kann!" Er zog wie ein tanzender Narr Steine aus seinem Rucksack, warf sie auf den Boden und sie fügten sich unermüdlich wie von Zauberhand in die Reihen und schon bald zog sich ein glatter Weg von seinen Füßen immer weiter fort.

Der Ältere stellte seinen Zweifel hintan und begann, kleine Stapel aus seinen Steinen zu legen, die er zuerst nebeneinander und dann aufeinanderlegte – und bald wuchs eine kleine Wand auf, die bis zu seinen Knien reichte. Der Ältere war so sehr von seiner Arbeit mitgerissen, dass er erst aufsah, als er ein hüfthohes Rechteck gebaut hatte.

„Bruder, Bruder, ich kann uns das Haus bauen", sprach er begeistert, aber niemand hörte ihm zu.

„Bruder!", schrie der Ältere. „Wo bist du?"

„He-he-hej", hörte der Ältere und sah, dass sein Bruder auf dem Hügel stand. Von der Mauer des Älteren führte ein Weg nach oben, der aus den Steinen des Jüngeren geformt war.

„Bruder! Komm zurück!", rief der Ältere.

„Ich will nur sehen, was sich hinter dem Hügel befindet", gab der Jüngere zurück. „Ich bin gleich wieder da."

„Gut", antwortete der Ältere und kehrte zu seiner Arbeit zurück. Er dachte nach, wie er für sich und seinen Bruder ein großes, geräumiges Haus mit allen notwendigen Räumen bauen könnte. Er arbeitete bis spät in die Nacht und schlief irgendwann auf der Baustelle ein.

Am Morgen sah der Ältere, dass sein Bruder immer noch nicht zurückgekommen war. Der Ältere verließ sein unfertiges Haus und stieg über die Straße seines Bruders auf den grünen

Hügel hinauf, von dem sich ein unglaublicher Ausblick öffnete. Der Ältere war sehr glücklich, dass ihr Haus an so einem wunderbaren Ort stehen würde.

„Jetzt werden wir uns noch Schafe kaufen müssen und Ställe für sie bauen und werden nie mehr für andere schuften müssen", dachte der Ältere und schaute mit angestrengten Augen über das Tal, ob er den Jüngeren würde sehen können.

„Wo ist er denn nur hin?", wunderte sich er und kniff die Augen bis auf einen Spalt zusammen.

Von der Spitze des grünen Hügels, auf dem er stand, führte die unvertraut neue Steinstraße des Jüngeren hinab, dann stieg sie auf den nächsten Hügel hinauf, wohl um auf der anderen Seite wieder hinabzusteigen. In dem Tal zwischen zwei Hügeln, wo ein munterer Bach floss, sah der Ältere endlich seinen Bruder. Der Jüngere schuf wie von Geisterhand eine Brücke über das Gewässer.

„Na gut", dachte der Ältere, „dann wird er wohl seine Brücke errichten und zurückkehren. Ich werde solange unser Haus bauen."

Aber weder nach einem noch nach zwei Tagen kehrte der Jüngere zurück. Noch viele Male stieg der Ältere auf den Hügel hinauf, sah die Steinstraße des Jüngeren und ahnte, wie sie durch die Hügel zog, die Täler miteinander verband und wie sie Steinbrücken über Bäche, Flüsse und Täler warf. Er mühte sich, ihren Verlauf zu erkennen, doch schwand sie in die Ferne und der Ältere mochte nicht einmal mehr ahnen, wie weit sie reichte.

„Na gut", entschied er sich. „Er wird das nächste Dorf erreichen und zurückkehren, während ich unser Haus errichte."

Einige Jahre später war der Ältere schon ein reifer Mann. Er hatte sein eigenes Geschäft, er baute Häuser. Die Leute schätzten und respektierten ihn. Er arbeitete schnell und ehrlich. Andere Familien begannen sich in seiner Nachbarschaft niederzulassen. Mit der Zeit wuchsen auf dem Hügel weitere Häuser, die der Ältere baute. Er hatte geheiratet und bekam Schafe, Kühe und seine eigenen Kinder. Der Ältere arbeitete unermüdlich und hatte keine Zeit zum Reisen. Und manchmal, nur manchmal, dachte er an seinen jüngeren Bruder, und erinnerte sich, wie sie zusammen aufgewachsen waren, wie sie Schafe geweidet und sich umarmt hatten, damit es warm genug war, um einzuschlafen.

„Wo bist du jetzt, junger Bruder?", fragte der Ältere und der Wind trug seine Worte in die Weite. Er stieg die Steinstraße hinauf, die den schönsten und besten Weg weit und breit durch die Täler zog und viele Dörfer miteinander verband. Er trat auf die Spitze des Hügels. Jeder Aufstieg fiel ihm mit der Zeit schwerer. Er schaute umher und sah dasselbe schöne Tal, in dem er beschlossen hatte, sein Haus zu bauen. Am Hügel entlang breitete sich jetzt eine kleine Stadt aus, in der seine erwachsenen Kinder und die Kinder seiner Kinder lebten.

Der letzte Aufstieg auf den Hügel war für den Älteren besonders schwer und gern nahm er die Hilfe an, die ihm sein ältester Enkelsohn bot.

„Wo bist du denn, junger Bruder? Werde ich dich je wiedersehen?", fragte der Ältere und der Wind trug seine Worte davon.

Der Jüngere wachte auf. Wie in jeder Nacht träumte er von der Zeit, als er sich von seinem Bruder getrennt hatte. Der hatte seine magischen Steine übereinander gelegt und baute daraus ein Haus. Aber er, der Jüngere, hatte das nie versucht. Seit vielen Jahren wanderte er um die Welt, er war überall, sah alle Länder, überquerte alle Meere und jedes Mal versprach er sich, die Steine nicht nebeneinander, sondern übereinander zu legen und sein eigenes Haus zu bauen, um irgendwo sesshaft zu werden.

Aber sobald die Hand des Jüngeren die Steine berührte, glitten diese zaubermächtig über den Grund und bildeten einen Weg. Und der rief den Jüngeren auf, ihm zu folgen. Vielleicht gab es doch noch etwas, was er nie gesehen hatte und das er nie sehen würde, wenn er seinem Weg nicht folgen wollte.

Viele Jahre des Wanderns hatten den Jüngeren gestärkt, doch war auch er überhaupt nicht mehr so jung: ein Mann von grauem Haar, mit starken Armen und unermüdlichen Beinen – so ging der Jüngere um die ganze Welt und ließ seine magischen Steine vor sich Grund greifen. Und dieser Weg diente nicht ihm allein, er führte die Menschen auf die Hügel und stieg mit ihnen in die Täler hinab, spannte kleine Brücken über die Flüsse und rettete Wanderer in den unwirtlichsten Sümpfen. Überall dort, wo der Weg des Jüngeren sich zog, war den Leuten klar, dass sie kaum irgendwo leichteren Fußes von einem Ort zum anderen würden gehen können.

Der Jüngere ließ sich nirgendwo nieder. Im Sommer verbrachte er die Nächte draußen, im Winter bat er um eine Schlafstelle, aber schon am nächsten Morgen eilte er weiter. Er wusste nicht, was er noch sehen wollte, aber verspürte ein starkes Verlangen, stets weiterzugehen.

Einmal, es lag schon eine lange Zeit zurück, der Jüngere war damals noch nicht mal dreißig Jahre alt, bat er, weil es besonders kalt war, im letzten Haus eines Dorfes um Übernachtung. Eine Frau von seltener Schönheit öffnete ihm die Tür und das Herz des Jüngeren machte einen Sprung. Am nächsten Morgen brach der Jüngere nicht wieder auf. Den Tag darauf, den folgenden Tag und auch am dritten Tag verließ er das Haus dieser Schönheit nicht.

Eine Woche später jedoch rannte er wie ein Dieb, der Schmuck gestohlen hatte, aus dem Haus. Er hielt den alten Rucksack in den Händen, in dem die Steine lagen. Er rannte zum steilen Ufer des Flusses nahebei, holte aus, warf den Rucksack im hohen Bogen in den Strom und kehrte schnell zum Haus seiner Frau zurück.

Der Jüngere hatte ein gutes Leben. Er liebte seine schöne Frau und wurde sesshaft: Hühner, Kühe, Ziegen bevölkerten den Stall. Sie bekamen auch Kinder, es waren vier.

Der älteste Junge war bereits neun Jahre alt, als er einen Sack vom Angeln mitbrachte.

„Schau mal, Vater, was wir gefangen haben!", rief der stolze Junge. Er hielt den alten Rucksack in seinen Händen.

„Guck mal, da liegt etwas drin", sagte der Junge und legte seine Hand hinein. Als er drei unebene Steine herausnahm, leuchteten die Augen seines Vaters auf.

„Na, gib mir die. Ich werde dir etwas zeigen."

Der Jüngere nahm die Steine in die Hände und warf sie mit einer Bewegung, die er längst vergessen glaubte, vor sich hin. Die Steine fügten sich schnell, reihten sich gehorsam ineinander, und er holte bereits neue aus seinem nassen und löchrigen alten Sack heraus.

„Was für ein Zauber!", rief der Junge. „Darf ich es auch einmal versuchen?"

„Gleich, mein Sohn", sagte sein Vater, „ich will nur bisschen mehr bauen."

„Gut", sagte Junge, „dann ich hole meine Freunde."

Als er mit den Freunden herbeigelaufen kam, war der Vater nicht mehr in der Nähe und von ihrem Haus führte ein gleichmäßiger, steiniger Weg fort in den Wald. Die schöne Frau, die Mutter des Jungen, kam aus dem Haus.

„Wo ist dein Vater? Die Kühe sind nicht gemolken und die Hühner müssen gefüttert werden", sagte sie.

„Ich werde ihn schnell holen", versprach der Junge und eilte den Weg entlang. Er wunderte sich, wie schnell sein Vater die Straße gebaut haben musste. Der steinerne Weg hatte den Wald bereits durchquert und sich dem Hügel zugewandt. Am Ende des Weges stand sein eifriger Erbauer.

„Vater!", rief der Junge, „Vater, lass uns nach Hause gehen. Mama ruft."

Der Jüngere sah seinen Sohn an.

„Ja, mein Sohn", sagte er und drehte sich dem Kind zu, dann wandte er seinen Kopf ab und sah den Hügel hinauf.

„Vater, lass uns gehen", bat der Junge. „Mama sucht dich."

„Natürlich, natürlich", sagte sein Vater, ohne den Blick von dem Hügel abzuwenden. „Ich werde nur diesen Hügel besteigen und sofort zurückkommen. Kommst du mit?", fragte er und wandte sich hoffnungsvoll seinem Sohn zu.

Der Junge wollte durchaus gern mit seinem Vater gehen, aber er hatte Angst, dass die Mutter ihn für die lange Abwesenheit ausschimpfen würde.

„Nein", antwortete er. „Ich werde Mutter Bescheid geben, dass du bald nach Hause kommst, damit sie sich keine Sorgen macht."

„Ja, ich komme bald nach Hause", sagte der Jüngere und wandte sich nicht mehr nach seinem Sohn um. Er holte seine Steine und warf sie schnell in gleichmäßigen Reihen auf den Boden. Böse Tränen erstickten den Jüngeren, als er auf den Hügel schritt. Von der Spitze des Hügels sah er das ganze Dorf, sein Haus am Rand des Waldes, Scheune und Stall und einen Zaun – alles, was er von eigener Hand gebaut hatte. Er sah seine Frau, die Schöne, wie sie an einer langen Leine die Wäsche in den Wind hängte. Aber die Steine, diese verfluchten Steine, sie brannten in seinen Händen. Kaum waren sie in der Hand, konnte er nicht mehr anders – er musste vorwärts gehen. Der Jüngere warf einen letzten Blick auf sein Haus und warf die Steine entschlossen in die andere Richtung.

Von diesem Tag an wusste er: Nicht er selbst wählt seinen Weg, sondern der Weg entscheidet, wohin er geht. Er konnte nichts dagegen tun, das war sein Schicksal, sein Glück, seine Strafe – sein Weg.

Viele Jahre sind vergangen, seitdem der jüngere Bruder die Steine wieder in seine Hände genommen hatte. Nie wieder verweilte er an einem Ort länger als eine Nacht. Die Straße diente ihm als Bett und der alte Rucksack als Kissen. Der Jüngere hatte keine Freunde und keine Feinde. Niemand verbrachte genug Zeit mit ihm, um ihm das eine oder das andere zu werden. Der Jüngere wurde älter und weiser, er fühlte sich, wie seine Steine, fest und robust. Über was er nachdachte, als er seine Straße durch aller Herren Länder legte? Das wissen wir nicht. Vielleicht schmerzte ihn, dass er seine schöne Frau und seine Kinder zurückgelassen hatte, vielleicht bedauerte er, dass er den Greis aus dem Abgrund herausgezogen hatte, gemeinsam mit seinem älteren Bruder, dem er nur noch in seinen Träumen begegnete: Der Ältere stand in diesen Nachtschatten immer auf der Spitze des Hügels und rief ihm nach: „Bruder, wo bist du?" und nach diesen Worten herrschte Stille in der Welt.

Eines Morgens wachte der Jüngere aus diesem Traum auf, der ihm zur Gewohnheit geraten war, und nur wenige Augenblicke später verstand er, dass der Ältere diesmal etwas Neues meinte.

„Werde ich dich je wiedersehen?", hörte der Jüngere und er beschloss, zu seinem Bruder zu gehen. Der Jüngere wusste nie, wohin ihn seine Straße führte und hatte nie versucht, es herauszufinden. Selbst wenn breite Flüsse und schmale Meeresarme vor ihm lagen, überquerte er sie, Brücke um Brücke, und baute, baute, baute seinen Weg weiter.

Aber jetzt sagte der Jüngere zum ersten Mal zu den Steinen, die sich vor ihm ausbreiteten: „Ich habe euch mein ganzes Leben lang gedient. Bringt mich zu meinem älteren Bruder, damit ich mich von ihm verabschieden kann." Die Steine fügten sich in eine neue Richtung und der Jüngere schritt voran. Niemals, niemals in seinem Leben war er zurückgegangen, immer nur voraus.

Nach einiger Zeit führte die Straße den Jüngeren in eine schöne Stadt. Sie breitete sich unter einem grünen Hügel aus. Der Jüngere hatte in seinem Leben viele Städte gesehen, aber diese hatte etwas Besonderes und schien ihm vertraut. Bei genauerem Hinsehen entdeckte er, dass die ganze Stadt aus ein und demselben Stein gebaut war.

Unten, am Fuße des Hügels, stand das Haus, das dieser Stadt den Anfang gegeben hatte. Als der Jüngere sich diesem Haus näherte, sah er, dass die steinige Straße zur Spitze des Hügels führte. Die Steine fielen ihm aus den Händen. Hier war der Beginn seiner Reise gewesen!

Der Rucksack des Jüngeren war mit einem Mal leer. Seine Straße endete dort, wo das Haus seines älteren Bruders den Anfang genommen hatte.

„Bruder, Bruder!", schrie der Jüngere aus vollem Hals und rannte zum Haus: „Ich schritt um die ganze Welt herum und bin jetzt zurück."

In einem großen Raum lag auf dem Bett ein sehr alter Mann. Um ihn standen Männer, Frauen und Kinder.

„Bruder!" Der Jüngere eilte zu einem Jungen von vielleicht vierzehn Jahren.

„Das ist mein Enkel", lachte der alte Mann und der Jüngere drehte sich zu ihm.

„Wie alt du geworden bist!", sagte er nur.

„Du auch", lächelte der Ältere, „aber du hast dich kein bisschen verändert."

Der Jüngere setzte sich auf das Bett seines Bruders. „Ich bin so glücklich, dass ich es geschafft habe, zu dir zu kommen", sagte der Jüngere.

„Lasst mich bitte mit meinem Bruder alleine", sagte der Ältere und seine Kinder und Enkelkinder gingen gehorsam hinaus.

„Bruder, Bruder, wie froh bin ich, dich zu sehen", sagte der Ältere und streichelte die Hand des Jüngeren. „Wo warst du denn? Warum bist du nicht zu mir zurückgekehrt? Ich habe auf dich gewartet."

„Das hätte ich gern getan", sagte der Jüngere, „aber ich konnte es nicht. All diese Jahre ...", sagte er leise, „musste ich gehen. Ich ging und ging wie ein Verdammter, bis diese verzauberten Steine ausgegangen waren."

„Wann und wo ist das geschehen?", fragte sein Bruder.

„In der Nähe deines Hauses, Bruder. Da, wo es angefangen hat. Aber warum bist du mir nicht gefolgt? Du wusstest doch, dass meine Straße dich zu mir führen wird."

„Ich konnte nicht", sagte der Ältere, „ich musste all die Häuser aus meinen Steinen bauen. Ich bin nie gereist. Ich habe diese Stadt, die ich mit meinen eigenen Händen gebaut habe, nie verlassen. Weiter als bis zur Spitze des Hügels konnte ich nie gehen. Sobald ich es versuchte, zog eine unüberwindliche Kraft mich zurück zu den Steinen."

„Ich verstehe", sagte der Jüngere. „Aber warum? Wozu haben wir das alles getan?"

„Ich weiß nicht", sagte der Ältere. „Als die Steine in meiner Tasche ein Ende nahmen, habe ich mich hingelegt und jetzt kann ich gar nicht begreifen, warum ich mein ganzes Leben lang so begierig war, diese Stadt zu bauen."

„Was wünschst du dir jetzt, Bruder?", fragte der Jüngere.

„Ich möchte", sagte der Ältere und nahm die Hand seines Bruders, „mich mit dir auf dem Gipfel des Berges einfinden und gehen, wohin ich will. Und du?"

„Und ich?", fragte der Jüngere: „Das Gleiche!" Dann drückte er die Hände seines Bruders fest. Sie lachten ein junges und friedliches Lachen.

Als die Kinder und Enkelkinder des Älteren den Raum betraten, war niemand mehr darin.

Am Hang eines grünen Berges weideten zwei Jungen die Schafe.

„Bruder", rief der Jüngere, „schauen wir uns mal auf dem anderen Berg um, da ist eine gute Wiese. Lass uns unsere Schafe dorthin bringen."

Der Ältere ging hinauf und schaute in die Ferne, in die sein Bruder zeigte. „Du hast recht, Bruder. Morgen werden wir dorthin gehen. Aber jetzt müssen wir nach Hause. Die Eltern warten auf uns."

Anke Breuer
DAS WICHTIGSTE

Ich sitze in der zweiten Reihe. Ich sitze immer in der zweiten Reihe. Heute jedoch ist mir die zweite Reihe recht. So sehe ich die Gesichter meiner Tante und meiner Cousins in der ersten Reihe nicht. Sehe nicht, wie sie weinen. Denn das tun sie sicher. Vor wenigen Tagen erst ist ihr Mann und damit der Vater meiner beiden Cousins gestorben.

Kurz denke ich an das, was die Dame am Eingang sagte: „Die ersten zwei Kirchenbänke sind geheizt!" Dabei zog sie gewichtig die Augenbrauen hoch. Als wären geheizte Sitzbänke heute das Wichtigste überhaupt. „Immerhin habe ich damit auch in der zweiten Reihe endlich mal den ersten Platz", denke ich und schäme mich zugleich. Mein Onkel ist tot, und ich freue mich über mein warmes Hinterteil.

Die zweite Reihe kann die weinende erste Reihe nicht sehen. Hören jedoch schon. Ich höre, wie meine Tante schluchzt. Mein Cousin die Nase hochzieht. Und die Pfarrerin von Liebe spricht.

„Und das Wichtigste ist immer die Liebe. Sie ist geduldig und freundlich", ruft sie, schaut meine Tante an, die daraufhin noch lauter schluchzt. Die Liebe. Das Wichtigste. Ich schluchze jetzt auch. So ganz klar ist mir nicht, ob ich schluchze, weil ich meine Tante weinen oder in Gedanken ihn in mein Ohr flüstern höre. Nein, nicht meinen Onkel. Sondern diesen Mann, mit dem ich mich angefreundet, und in den ich mich dann verliebt habe. Der nicht hier ist. Weil er nicht hier sein darf. Weil wir beide Familie haben. Keine Gemeinsame.

Nicht freundlich? Geduldig allemal. Wir zwei. Liebenden. Was die Pfarrerin wohl sagte, wüsste sie, dass eine Ehebrecherin in der beheizten zweiten Reihe sitzt?

Die Geistliche spricht weiter. Erzählt aus den jungen Jahren des nun durch den Tod getrennten Paares.

„Und ihr hattet beschlossen, dass die Liebe immer über alles siegen sollte!"

Die Liebe. Siegt. Immer.

Meine Tante höre ich nicht mehr. Dafür den zarten Kuss, den mein Cousin seiner Frau gibt. Schnell. Verstohlen.

Jetzt brauche ich ein Taschentuch. Er küsst mich auch. Nein. Nicht mein Cousin. Meine Liebe. In Gedanken. Nicht verstohlen. Sondern ungestüm in unserer gestohlenen Parallelwelt. In der wir sein können, was wir sein möchten. Zusammen. Zusammensein ist alles, was wir möchten. In welcher Reihe auch immer. Das Wichtigste ist doch die Liebe! Und doch misst die Moral mit zweierlei Maß. Für uns scheint die Liebe nicht das Wichtigste sein zu dürfen.

Die Pfarrerin unterbricht meine Gedanken. „Liebe verletzt nicht den Anstand und sucht nicht den eigenen Vorteil!"

Ich sehe die Rücken meiner Tante und meiner Cousins nicht mehr. Ich sehe nur noch Verschwommenes. Ich denke an unsere Küsse. Küsse, wie ich sie nie gekannt hatte. Es sind keine Küsse, die immer mehr verlangen. Die den Vorteil suchen. Nein. Sie genügen sich selbst. Sie sind rein, ehrlich, voller Anstand und doch voller Inbrunst. Sie sind das Zeichen wahrer Liebe. Der wahrsten Liebe, die ich je erfahren habe. Die geheim ist und verboten. Und für die Außenwelt ohne jeden Anstand.

Meine Schwester reicht mir das gesamte Taschentuchpaket, als sie meine Tränen sieht, streicht meine Hand.

„Und diese Liebe freut sich nicht am Unrecht, sondern wenn die Wahrheit siegt!" Die Pfarrerin steht jetzt fast bei uns. Vor der ersten Reihe. Nahe der Zweiten. Legt die Hand auf die Schulter meiner Tante. Diese lächelt nun leicht. Das sehe ich, weil ich die Taschentuchpackung fast aufgebraucht habe, meine Augen wieder klarer sehen, und meine Tante sich kurz zu mir umdreht. Die Wahrheit ist, dass sie eine engelsgleiche Erscheinung ist. Meine Tante. Und ich nicht, denn ich sage nicht die Wahrheit. Niemandem. Das ist nicht freundlich, nicht anständig. Es ist Unrecht. Und doch glaube ich fest an die Wahrheit unserer Liebe. Das Recht auf unsere Liebe. Und fege die Moral zur Seite. Ich habe nicht danach gefragt. Mein Herz hat sich verschenkt. Ungefragt. Und ich lasse es dort. Bei ihm. Weil es sich bei ihm wahrhaftig geliebt fühlt. Wie viel mehr an Wahrheit als wahre Liebe muss es sein, um wahr zu sein? Und rechtens?

„Liebe nimmt alles auf sich, sie verliert nie den Glauben oder die Hoffnung und hält durch bis zum Ende."

Die Pfarrerin ist in ihrem Element. Kurz treffen sich unsere Blicke. Sie nickt mir aufmunternd zu. Dabei weiß sie von nichts. Nichts von unserer Liebe. Der Wahren. Der Anständigen. Der Rechten. In Unwahrheit. Scheinbar unanständig. Zu Unrecht. Zu Unrecht verunglimpft. Finde ich. Erhebe meinen Kopf.

Stolz. Die Tränen sind längst getrocknet. Ich nehme alles auf mich! Verliere nie den Glauben! Hoffe unaufhörlich. Und halte durch bis zum Ende.

Ist doch die Liebe, unsere Liebe, das Wichtigste.

Ich lächle.

Die Pfarrerin lächelt ebenso und sagt:

„Die Liebe wird nie vergehen."

Die Träger tragen die Urne mit der Asche meines Onkels, dem Vater meiner Cousins, dem Mann meiner engelsgleichen Tante bis zum Friedhof. Wir lassen ihn in das Erdloch hinab, bedecken ihn mit Sand und Rosenblättern. Als ich an der Reihe bin, ihm einen letzten Gruß mitzugeben, flüstere ich: „Die Liebe ist das Wichtigste! Und beheizte Kirchenbänke!"

In Gedanken lacht auch mein Onkel.

Ich lese auf einem Außenthermometer am Friedhofsbrunnen: minus drei Grad. Von weitem sehe ich seinen Wagen. Er wartet geduldig. Gleich bin ich bei ihm. In der ersten Reihe. Und alles Weitere wird die Liebe richten.

Anständig. Wahr. Hoffend. Geduldig.

Ich winke ihr zu. Meiner Liebe.

(1. Korinther 13, Das Hohelied der Liebe)

Ingmar Ackermann
GLÜCK AUF, KÖLN

Als ich Karl Koslowski kennenlernte, blieben ihm noch zwei Jahre auf dieser Erde. Besser gesagt, ihm blieben zwei Jahre unter der Erde, denn Karl wurde vor achtundzwanzig Jahren begraben, auf einem Friedhof im Norden Kölns, Platz 15, Reihe 31. In vierundzwanzig Monaten wären sie vergangen, die dreißig Jahre, für die jemand einst eine Pauschale bezahlte. Karl würde sagen: „Dann bin ich endgültig weg vom Fenster."

Mit Toten reden bringt nichts, behaupten manche. Aber was bringt es denn, *nicht* mit Ihnen zu sprechen? Und welche Gespräche mit Lebenden „bringen etwas"? Wenn schon Besuch am Grab, dann bitte ein gepflegtes Geplauder, wir sind schließlich unter Menschen. Und allemal bei Karl, der weiß, wo der Frosch die Locken hat. Wenn du mit dem redest, glaub mir, da wirst du garantiert nicht dümmer von. Aber ich sollte vorne anfangen:

Ein kurzer Blick nach links und rechts, die Luft ist rein. Vorsichtig schiebe ich mein Fahrrad durch das schmiedeeiserne Eingangstor auf den städtischen Friedhof. Ich bin nicht gegen Friedhöfe, das ergäbe wenig Sinn. Ebenso könnte ich gegen das

Wetter sein. Beides ist unvermeidlich. Außerdem fehlte ohne Ende der Anfang. Das Problem ist *dieser* Friedhof, denn er ist im Weg. Als die Räder meines Fahrrades durch die letzte Kieskurve knirschen, taucht der Friedhofsmeister vor mir auf. Geschätzte neunzig Kilogramm geballte Friedhofskompetenz, verteilt auf hundertsechzig Zentimeter. Die Hände tief in den Taschen des schwarzen Blaumanns, die Spitzen des gewaltigen Schnauzbarts fein gezwirbelt und ein skeptischer Blick im Gesicht! Der ganze Mann ein einziges Stoppschild.

„Ich sehe dich hier jeden Morgen!", sagt der Friedhofsmeister mit einer Stimme, die mehr aus dem Bauch stammt als aus dem Mund. Anscheinend liegt auf dem Friedhof alles tiefer. Die Antwort liegt auf meiner Zunge: „Das könnte daran liegen, dass ich jeden Morgen hier entlangkomme." Ich verkneife sie mir, denn leider hat der Friedhofsmeister recht. Ich kreuze den Friedhof verbotenerweise, das Schild am Eingang ist so groß wie eindeutig: „Keine Fahrräder!"

Ich sehe keine andere Lösung und ergreife die Flucht nach vorne. Objektiv betrachtet fehlt mir jede Alternative. Ich werde alt, bald fünfzig, die Knochen beginnen zu kneifen und statt der Haare wächst der Bauch. Ich brauche Bewegung, am besten an der frischen Luft. Daher lasse ich das Auto stehen und fahre mit dem Rad zur Arbeit. Der Weg dorthin führt zwar mitten durch die Großstadt, ist jedoch frei von Ampeln und Verkehr. Schlängelt sich durch den Wald, vorbei an Schrebergärten in ein Naturschutzgebiet und endet an einem Badesee. Dazwischen verläuft er entlang an Feldern und Äckern, die sich seit Jahrzehnten der Stadt verweigern. Das alles auf autofreien Wegen.

Aber er führt auch mitten durch den Friedhof. Umfahre ich den, bekomme ich das, was in einer Millionenstadt zu erwarten ist: vierspurige Straßen, dröhnende Lastwagen, handtuchbreite Fahrradwege und jede Menge Stress. Obendrein würde es länger dauern und mittelalte Männer dürfen die körperliche Belastung nicht zu schnell steigern. All das erkläre ich dem Friedhofsmeister mit knappen – er hat sicher nicht viel Zeit –, aber entschiedenen Worten. Zum Schluss hebe ich bittend die Augenbrauen, so vermeidet der Kölner peinliche Fragen.

Der Meister versteht mich sofort und seine Antwort ist lapidar: „Da könnte ja jeder kommen!"

„Ich bin aber nicht jeder", möchte ich sagen und damit der ersten Strategie des kölschen Klüngels folgen: Jeder Mensch ist einzigartig, vor allem wenn er Kölner ist. Andererseits: Wir sind auf dem Friedhof, der Mann sieht täglich Hunderte Gräber und keiner darin war „jeder". Darauf besinne ich mich rechtzeitig und wähle stattdessen die einzig mögliche Alternative: Nichts sagen!

Alles andere wäre auch fatal gewesen, denn der Friedhofsmeister denkt. Und das mit einiger Vehemenz. Die Hände hat er aus den Taschen gezogen und reibt sich mit den knubbeligen Mittelfingern seinen beachtlichen Bauch. Die Stirn liegt in waagerechten Falten und die Spitzen des Schnurrbarts zittern vor Anstrengung. Ein wichtiger Gedanke bahnt sich hier den Weg, denn sein Blick geht nach Süden und himmelwärts. Er schaut auf die Domspitzen, auch wenn die von hier aus nicht zu erkennen sind. Aber wir wissen beide, wo sie stehen, schließlich sind wir Kölner. Ich schaue mit und warte gespannt auf den Durchbruch. Als der kommt, bleibt mir vor Verblüffung der Mund offen:

„Du könntest ja deinen Gewinn – wie sage ich das jetzt – also, quasi ... re-investieren", so lautet seine Idee.

Diesmal fällt mir keine Antwort ein, ich soll meinen Gewinn abgeben? Redet hier ein städtischer Beamter offen von Bestechung? Noch dazu einer, der für das Ewige zuständig ist? Für das, was bleibt; das, wofür wir stehen? Der kraft seines Amtes die Dinge vom Ende her betrachtet? Ich schaue ihn an, mit Fragezeichen in den Augen und einem immer noch dümmlich geöffneten Mund. Seine Bartspitzen wackeln entspannt, als er die Lippen zu einem breiten Grinsen verzieht: „Wenn jemand hier ein Grab pflegt, dann gucken wir bei den Fahrrädern nicht so genau hin."

Erleichterung breitet sich in mir aus, nicht Geld treibt ihn um, sondern Zeit. Ein genialer Gedanke, der eine ungeschmeidige Lage in ihr Gegenteil verkehrt. Von da aus reicht eine Handvoll Worte, um den Pakt zu schließen, bei dem es nur Gewinner gibt: Ich kümmere mich um eines der vernachlässigten Gräber – nichts Großartiges, Unkraut weg, und hier und da ein Kännchen Wasser drauf. Dafür hat der Friedhofsmeister weniger Arbeit, der Friedhof sieht besser aus, und ich darf mit dem Fahrrad darüberfahren. Zufrieden zieht der Meister einen verschmierten Zettel aus dem Overall und reicht ihn mir: ein Lageplan mit fünfzehn Kreuzen darauf. Jedes Kreuz zeigt ein Grab, das von den Angehörigen nicht mehr gepflegt wird. Ich habe die freie Auswahl und die wird mich zu Karl Koslowski führen.

Auf dem abendlichen Heimweg marschiere ich an den markierten Grabstellen vorbei und studiere die Texte auf den Grabsteinen, alles Unikate. Kreuze und Sterne mit oder ohne Datum, verwitterte Inschriften, Botschaften von Lebenden an andere Lebende. Lena Langel, die Lehrerin, ist „zu früh von uns gegangen"; dem Hans Schepp sind die Angehörigen „in ewiger Dankbarkeit verbunden"; von Paul Backes erfahre ich nur das Geburtsdatum, den 12.01.1902, der Rest ist unleserlich. Pompöse Marmortafeln, schiefe Metallkreuze oder sandiger Bruchstein bedecken die Kopfenden der Gräber. Gemeinsam ist ihnen, dass Moos und Schnecken die Vorherrschaft übernommen haben. Welches soll ich wählen? Frau Langel liegt vorne am Weg, das wäre praktisch; der Paul ist von einer schwarzen Steinplatte bedeckt, auch nicht schlecht. Aber dann treffe ich auf Karl Koslowski und weiß sofort: Die restlichen Grabstätten muss ich nicht mehr betrachten. Karl hat sich für mich entschieden. Die wenigen Informationen auf dem Stein erzählen so viele Geschichten wie sie Fragen stellen. Geboren in Bottrop im März 1915, gestorben in Köln im November 1980. Stammte seine Familie aus Polen oder Oberschlesien? Und welcher Winkelzug des Lebens verschlug ihn nach Köln? War es die Liebe oder die Staublunge?

Oberhalb des Namens finde ich ein Relief im Stein: das Bergmannszeichen, Schlägel und Eisen gekreuzt, auch im Dunkeln leicht zu greifen. Was mich gefangen nimmt, ist, dass seine Werkzeuge falsch herum liegen: Der Holm des Schlägels zeigt nach links. Entweder hatte der Steinmetz keine Ahnung oder Karl war Linkshänder. Während ich überlege, welche Variante wahrscheinlicher ist, vermeine ich auch schon Karls Stimme zu hören: „Ob ich jetzt mit links oder rechts nicht mehr auf die Kohle kloppe, ist auch egal." Wo er recht hat, hat er recht.

Praktisch ist ein Bergmannsgrab ja, so viel verstehe ich davon: Der Kumpel mag den Berg über sich stabil. Keine lose Erde und niemals umgraben, am Hangenden wird nicht gerührt. Ich kratze das Moos vom Stein, gieße den Boden mit viel Gefühl und wenig Wasser und plaudere dabei mit Karl. Nach einer

Handvoll Tage fühlt es sich an, als würden wir uns seit Ewigkeiten kennen.

So erhält der Karl ein ordentliches Grab und ich zum Fahrradweg noch hilfreiche Ratschläge. Berichte ich lang und breit von meinem Chef, der heiße Luft verbreitet, ohne Lösungen aufzuzeigen, bringt Karl die Sache auf den Punkt: „Keinen Arsch in der Hose, aber La Paloma pfeifen." Das ändert zwar nichts an der Lage und dennoch erscheint sie mir gleich verdaulicher.

Gerne erzähle ich Karl von meinem Tag, einen toten Mann darfst du nicht dumm sterben lassen. Bin ich genervt von der Wiederholung der ewig gleichen Diskussion auf der Arbeit – ohne dass sich etwas ändert –, wird Karl deutlich: „Da bist du selbst schuld, wenn du die Knaben reden lässt, bis du die Pimpernellen kriegst. Die brauchen eine Ansage: Entweder bis morgen ist das fertig, oder hier ist Panhas am Schwenkmast."

In der zweiten Woche kommen mir Blumen in den Sinn, stabiler Boden hin oder her, auf ein Grab gehören Blumen. Nur welche? Wieder hilft mir Karl bei der Entscheidung: Wenn Blumen, dann Edelweiß, da sind Blüten dran, Blätter darunter und fertig. Kein Gedöns. Die gehen auch nicht gleich kaputt, wenn du ein Pils mehr hattest, als der Gehweg hergibt und du auf dem Heimweg in die Rabatte trittst. Also pflanze ich Edelweiß, genau zwei. Eines wäre einsam und mehr als zwei übertrieben. „Jetzt ist aber auch gut", lobt mich der Karl.

Gemeinsam kommen wir gut über den Sommer. Den Friedhofsmeister sehe ich gelegentlich aus der Ferne und Karl bin ich oft ganz nah, ohne ihn je zu erblicken. Der Meister grüßt mit Armwinken, Karl grüßt nicht. Wozu auch? Wenn es etwas zu sagen gibt, was ich bisher nicht weiß, dann meldet er sich.

Auch im Winter schaue ich regelmäßig vorbei, obwohl unsere Gespräche etwas stockender sind, wahrscheinlich weil mir die Ablenkung durch die Gießkanne fehlt. So geht das drei Jahre mit unserer Beziehung. Bleibe ich zu lange am Grab stehen, schickt er mich nach Hause, damit es dort keinen Ärger gibt. Schaffe ich es dagegen für ein paar Tage nicht, ist er nicht nachtragend. Höchstens lassen die Edelweiß die Spitzen ihrer Blätter ein wenig hängen. Vielleicht bilde ich mir das auch ein, denn die Pflanzen sind, wie Karl, an Widrigkeiten gewöhnt.

Zwei Jahre später stehe ich ein letztes Mal vor dem vertauschten Kreuz aus Schlägel und Eisen. Vor einer Woche ist ein roter, amtlicher Zettel neben Karls Namen aufgetaucht, sein Fenster zu dieser Welt wird sich schließen, morgen steht die Räumung des Grabes an. „Das war dann das!", würde der Friedhofsmeister sagen. Ich werde Karl vermissen, da bin ich mir sicher. Der Abschied ist kurz und ohne Brimborium. Da ich keine Mütze trage, muss ein zufriedenes Nicken genügen.

Im Weggehen höre ich ein letztes Mal den Karl, der mir von unten hinterher flüstert. Zwei Worte sind es, die ich mitnehmen darf: „Glück Auf."

Norbert Görg
DER WUNSCHERFÜLLER

Der Mann spricht Robert an einer großen Straßenkreuzung an. „Entschuldigung", sagt er und setzt ein höfliches Lächeln auf. „Haben Sie Interesse, etwas zu bekommen?"

Robert wittert einen Trick und wehrt mit einer unwilligen Geste ab. Aber der Mann, hochgewachsen und schlank, fast dünn, mit dichtem Haar und altmodischem Schnauzbart, lässt nicht locker.

„Kommen Sie, ich biete Ihnen etwas Besonderes an."

„Danke, kein Interesse", sagt Robert und geht weiter.

Der Mann folgt ihm. „Ich verkaufe Ihnen die Erfüllung Ihres sehnsüchtigsten Wunsches."

Ein Spinner, denkt Robert und nimmt sich vor, auf der Hut zu sein. Schweigsam zieht er das Tempo an, um den lästigen Kerl loszuwerden. Aber der bleibt wie ein Schatten an ihm hängen. „Kommen Sie, nennen Sie mir Ihren Wunsch!", fordert er Robert auf.

Robert dreht ein wenig den Kopf zu ihm herum und knurrt: „Lassen Sie mich in Ruhe!"

„Ich schlage Ihnen ein Geschäft vor", sagt der Hagere. „Ich

erfülle Ihnen einen Wunsch und darf dafür eine Nacht mit Ihrer Frau verbringen."

Robert schüttelt den Kopf und zieht die Geschwindigkeit weiter an, in der Hoffnung, der Verrückte würde ihn endlich in Ruhe lassen. Tatsächlich bleibt dieser stehen. Robert atmet schon erleichtert auf, da hört er, wie ihm der andere hinterher ruft: „Sie haben einen Wunsch frei. Denn ich habe bereits mit Ihrer Frau geschlafen."

Robert bleibt stehen.

Der Fremde nähert sich ihm langsam. Robert mustert sein Gesicht, um eine mögliche Geistesverwirrtheit herauszulesen. Aber der andere grinst ihn nur frech an.

„Sie wissen nicht einmal, ob ich eine Frau habe", knurrt Robert.

„Doch. Sie heißt Nicole."

Der Name geht in dem Straßenlärm fast unter, aber Robert hat ihn verstanden.

„Woher wissen Sie ...?", fragt er verblüfft.

„Ich weiß vieles."

„Und Sie hatten Sex mit ihr?"

„Richtig."

„Und woher kennen Sie sie?"

„Das spielt jetzt keine Rolle. Ich möchte mich nur als Dank erkenntlich zeigen. Und da ich beruflich Wunscherfüller bin, möchte ich Ihnen gerne meine Dienste anbieten."

Robert beschließt, vorsichtig zu sein. Es gibt keinen Zweifel, dass es sich um einen Spinner handelt, aber wenn er seine Frau kennt, könnte er auch wissen, wo sie wohnen und könnte ihnen gefährlich werden.

„Was wollen Sie also? Geld?"

„Das sagte ich doch schon. Nennen Sie mir Ihren dring-lichsten Wunsch!"

Robert überlegt.

„Also gut", sagt er. „Ich möchte, dass meine Frau mir fortan treu ist."

„Das ist kein Wunsch", sagt der Wunscherfüller, „das ist Illusion."

Robert beißt die Lippen zusammen. Warum nur hat er sich auf dieses Gespräch eingelassen? Warum hat der Mann sich bei all diesen vielen Passanten gerade ihn herausgesucht?

„Na, kommen Sie", ermuntert ihn der Fremde. „Jeder Mensch hat Dutzende Dinge, von denen er träumt."

„Lassen wir das", entgegnet Robert. „Was wollen Sie wirklich?"

„Einen Wunsch brauche ich. Nennen Sie mir einen Wunsch und ich verschwinde."

Robert will seine Ruhe haben und überlegt. „Also gut. Ich wünsche mir, dass ich nie mehr Angst haben werde."

„Vor nichts mehr Angst?"

„Vor nichts mehr", bestätigt Robert.

„Okay, wird erfüllt."

Nach zwei Wochen besucht der Wunscherfüller Robert auf dem Friedhof.

„Entschuldigung", sagt er zu ihm, „dass ich gelogen habe, ich hatte vorher noch nicht mit Ihrer Frau geschlafen. Die Bezah-lung erfolgt in der Regel nach Erledigung des Auftrags."

Agnes Decker
AUF DER ANDEREN SEITE

*„He, Johanna, wie war dein Morgenritual? Ich habe heute
früh Holz hacken müssen. Dieser Winter ist hart, aber auch
wunderschön. Alles ist wie in Watte gepackt und die Eisschicht
auf dem See glitzert im Sonnenlicht. Viele Grüße vom Ende
der Welt. Dein Jo. "*

Ich stelle mir vor, wie Jo den Eingang seiner Hütte freischau-
felt und durch den tiefen Schnee stapft. Fröstelnd ziehe ich die
Schultern hoch. Wenn ich aus dem Fenster schaue, sehe ich
nur einen Rest Raureif, der in der milden Wintersonne bald ge-
schmolzen sein wird.

Jo, denke ich und mir wird ganz warm ums Herz. Wie gut,
dass ich diese Entscheidung getroffen habe. Sonst hätte ich dich
nie kennengelernt.

Direkt nach meinem Entschluss setzte ich mich an den Computer, meldete mich bei verschiedenen Foren an und gründe-
te schließlich selber eines, für Menschen, die so leben wie ich.
Wie viele es derzeit sind, kann ich nicht sagen, aber es sind viele, und es werden zusehends mehr. Einer von ihnen ist Jo, der

irgendwo im Allgäu an irgendeinem See wohnt, einsam, auf sich gestellt. Die Schilderung seiner Gefühle ist den meinen so gleich und ich fühle mich ihm so verbunden, dass ich denke, er müsse mein Zwilling sein, wenn ich denn je einen gehabt hätte. Wir haben sogar den gleichen Namen. Johanna und Johannes. Allerdings muss er erst auf einen Berg steigen, um ein Netz zu haben, während ich im Schlafanzug in meiner warmen Küche sitze. Durch ihn erfuhr ich, dass es nichts Krankes ist, was ich tue, sondern eine Spielart des Lebens, eine seiner vielen Facetten. Er nennt uns moderne Eremiten. Das gefällt mir.

„Guten Morgen Jo, tippe ich in meinen Laptop. *Ich habe tatsächlich gerade den Tag mit dem Sonnengruß am offenen Fenster begonnen und, während der Jasmintee zog, meine Übungen absolviert, mit dem Blick auf das Glitzern des Raureifs im Garten. Ja, du hast recht, es ist wunderschön. Johanna.“*

Auch damals war Winter, an dem Tag, an dem ich den Entschluss fasste. Wie lange es her ist, weiß ich nicht mehr. Die Zeit ist untergegangen im Rhythmus des Alltags, dem Einerlei der Tage, unterbrochen nur durch den Wechsel der Jahreszeiten. Er kam nicht überraschend, vielmehr wartete er, tief in mir vergraben, seit langem auf sein Eintreten. Ich dagegen hatte gezögert, ihn als dumme Idee abgetan, obwohl ich spürte, dass ich nicht an ihm vorbeikommen würde.

Jetzt, nachdem der Zeitpunkt im Damals liegt, sind wir eine Einheit, er und ich. Trotzdem beginne ich seit einiger Zeit wieder an das andere zu denken, zunehmend sogar und mit Neugier und Ungeduld. Je mehr ich versuche, es zu ignorieren, desto stärker drängt es sich gegen meinen Willen an die Oberfläche und entlässt mich aus meiner lethargischen Zufriedenheit.

„Wenn du wüsstest, wie ich leide, lieber Jo. Immer öfter stehe ich hier, auf der anderen Seite. Die Befürworter in mir werden mächtiger, der Kampf dagegen, heftiger. Ich bin mir dessen bewusst, was es bedeutet. Trotzdem ist die Sehnsucht gewaltig, lässt meinen, sich selbst genügsamen Körper aufleben und meinen Geist sich der Ahnung endloser Tatkraft hingeben. Johanna"

Je mehr sich der Januar nähert und damit die wiederholte Verjährung, desto stärker wird der innere Drang. Was hat die Vernunft dagegen zu setzen? Ihre kläglichen Argumente gehen unter in der neuen Lebendigkeit. Ich meine, jeden Tropfen des Blutes zu spüren, das durch meine Adern gejagt wird. Jedes Klopfen meines Herzens treibt die Begierde voran. Manchmal spiele ich mit ihr, teste mich, führe mich in Versuchung, ohne mich letztendlich zu unterwerfen. Ein kraftzehrender Kampf. Ich gehe in die Nähe der Tür und schaue sie an. Stelle mir vor, wie es wäre, wenn ich sie einen winzigen Spalt öffnen würde. Stopp, sage ich dann laut, und: Nicht weiter. So, wie ich es einmal gelernt habe. Damals, als man dachte, ich sei krank. Das war lange, bevor ich mir diese Welt schuf, hier, wo ich gesund bin, funktioniere, lebe.

Der Tag, an dem ich mein Leben änderte, war, wie die vorhergehenden und viele davor, grau und kalt. Es war nichts Besonderes vorgefallen, kein aktueller Anlass sozusagen. Es war vielmehr die Spitze einer Anhäufung von Überdruss und Widerwillen vor allem, was um mich herum geschah. Ich konnte die überfüllten Bahnen und Busse mit ihren Gerüchen nicht mehr ertragen, die harten Stimmen, das Gedudel der Handys nicht mehr hören. Mich widerten die Menschen an, die in Form korrigierter Körperteile, Tattoos und diverser anderer Optimierungen, die Erarbeitung ihrer eigenen Vervollkommnung zur Schau stellten. Ebenso, wie die Überindividualisierten, fast ausschließlich mit sich selbst Beschäftigten, deren soziales und politisches Engagement nie über bloße Lippenbekenntnisse hinausging. Aber auch die Guten, die hilflosen Helfer, deren Ohnmacht sich in ihren blassen Gesichtern widerspiegelte, erfüllten mich zunehmend mit Abscheu.

Ein Artikel über in Japan lebende Menschen, die sich freiwillig gesellschaftlich zurückziehen, weckte ein großes Verlangen in mir, eine regelrechte Gier danach, es ihnen gleich zu tun. Die Ärztin, die ich, auf Anraten einer guten Bekannten, mit der ich unsinnigerweise über meine Gedanken gesprochen hatte, aufsuchte, verordnete eine Therapie und riet zu Sport und Spaziergängen. Schließlich verschrieb sie mir ein Antidepressivum, das ich in einer Schublade lagerte, für Notfälle. Obwohl ich fest davon überzeugt war, ein solcher würde nie eintreten.

An dem Tag, an dem ich den Entschluss in die Tat umsetzte, war dieses Nein in mir entstanden. Nie zuvor hatte ich mich so gefühlt. Ich stand in der Küche, eine Tasse in der Hand, und verfolgte die Nachrichten über Terroranschläge, Kriege und flüchtende Menschen, die man im Meer ertrinken ließ, unterbrochen von Werbung für Luxusartikel oder Sexspielzeug. Ich spürte, wie es in mir heranwuchs, bis ich selbst zu diesem Nein wurde und mich, vielleicht zum ersten Mal in meinem Leben, frei fühlte.

Meine Arbeitsstelle in dem kleinen Verlag kündigte ich per Mail, ebenso die möblierte Wohnung und zog zurück ins elterliche Haus, das seit einiger Zeit leer stand. Ich schloss die Tür hinter mir und spürte den inneren Frieden wie ein großes Geschenk. Endlich war ich angekommen.

In der folgenden Zeit organisierte ich mit Begeisterung mein neues Leben. Die wenigen guten Bekannten informierte ich, dass ich keinen Kontakt mehr pflegen möchte. Nach anfänglichen besorgten Anrufen ließen sie mich in Ruhe, sie spürten wohl meine Entschlusskraft, und so konnte ich mich ohne Altlasten dem Neuen widmen. Mir ist klar, dass ich einiges von dem, wovor ich geflohen bin, selber lebe und, streng genommen, damit denen ähnlich, die ich verurteile. Ich kommuniziere fast ausschließlich digital, reise virtuell durch die Welt, verfolge am Laptop politische Ereignisse ebenso wie sportliche oder kulturelle, Verbrechen und Massaker. Das alles berührt mich nicht wirklich, wirkt nach dem Anschauen noch kurz in mir, hinterlässt aber keine bleibenden Spuren. Ich ernähre mich gesund, verbringe viel Zeit draußen auf meiner nicht einsehbaren Terrasse und treibe regelmäßig Sport mit der Hoffnung, dass dies Krankheiten, die der Behandlung bedürfen, fern hält. Tee und Yoga, Tag für Tag, Monat für Monat, Jahr für Jahr, denke ich und lächele. So vergeht die Zeit in Ruhe und Einklang.

Und dann entsteht immer wieder, wie aus dem Nichts, dieser innere Wandel, der mich vor der Tür stehen und mit der Vorstellung spielen lässt, sie zu öffnen und hinauszugehen in die Welt, von der ich mich angeekelt abgewendet hatte.

„Vielleicht ist der Mensch so geschaffen, dass er sich sehnen muss, um lebendig zu sein. Sehnen nach dem, was er nicht hat, um sich, wenn er es hat, wieder nach dem Gegenteil zu sehnen."

Mein kluger Jo, danke für deine Worte. Du hast recht, ich sollte die Sehnsucht genießen, ohne sie zu stillen, rede ich mir ein. Vermutlich ist meine neue Lebenskraft lediglich ein Resultat des unerfüllten Begehrens.

Aber auch diese Erkenntnis kann nichts ausrichten gegen die Unruhe, das Fieber, das in mir wütet.

Gerade stehe ich wieder hier. Auf der anderen Seite. Es ist still im Raum. Die geschlossenen Fenster lassen keinen Laut ins Innere und dort ist ja niemand außer mir. Alles ist da draußen, das ganze Leben, denke ich und fühle tief in mir eine unendliche Sehnsucht. Sie ist wie ein Sog. Ich spüre das Bedürfnis, mich ihr hinzugeben. Meine Hand zittert ein wenig, dann fällt sie die Entscheidung, legt sich wie von selbst auf die Türklinke und drückt sie herunter. Die zarte Wärme der Wintersonne berührt mein Gesicht. Ich höre die Vögel zwitschern, Stimmen und Lachen, ein Auto auf der Straße vorbeifahren. Mein Herz klopft. Vorsichtig strecke ich mein rechtes Bein aus, mache den ersten Schritt, hinaus in dieses verlockende Leben. Die plötzliche Kälte lässt mich zusammenzucken. Nach kurzem Zögern ziehe ich es zurück, schlage die Tür zu, lehne mich mit dem Rücken dagegen und warte, bis sich mein klopfendes Herz beruhigt hat.

Bin wieder da, Jo, flüstere ich, und denke verstohlen:
Vielleicht morgen.

Ingmar Ackermann
FREMDE WELT
oder: Es gibt nur einen ersten Eindruck

In einem Menschenleben ist das Einzigartige selten, sonst wäre es ja nicht einzigartig. Einmal betrachtet ist das Neue oft noch unverständlicher als zuvor, aber nicht mehr unbekannt. Auch darin liegt die Schönheit des Reisens; jeder Ort der Welt besitzt etwas Einmaliges: Die Chance zum ersten Mal dort anzukommen. Und diesen einen, unvergesslichen Moment der Premiere auf fremder Erde gilt es zu feiern.

Louisiana, USA – Blond, blauäugig und glücklich

Es ist 23.30 Uhr Ortszeit am Flughafen von New Orleans und Googlemaps noch nicht erfunden. Wozu auch, Computer füllen noch ganze Räume und besitzen keine Bildschirme. Aber ein großer Stadtplan hängt in der Ankunftshalle, davor ein Ständer mit handlichen Kopien jenes Plans. Die Kopien sind gratis, ganz im Gegensatz zum Flughafenbus, der kostet fünfzehn Dollar. Nicht der Bus, sondern die Einzelkarte! Mein Entschluss ist schnell gefasst, nach Stadtplan trennen mich keine acht Kilometer von meiner Jugendherberge, meine Knochen verlangen nach Bewegung und es regnet nicht. Zwar ist der Rucksack prall gefüllt und schwer, aber den Zustand teilt er sich nicht mit meinem Geldbeutel. Viele Argumente für einen Spaziergang und nur eines dagegen. Ich marschiere los.

Der einzige Weg aus dem Flughafen führt entlang der Autobahn, immerhin gibt es einen Straßenrand, der durchaus begehbar ist. Ich muss nur die Füße etwas höher heben als gewohnt, um nicht über leere Coladosen und Hamburgerpackungen zu stolpern. Es ist heiß und stickig, nach wenigen Minuten bin ich schweißgebadet, noch niemals habe ich in der Nacht -ohne Fieber – so geschwitzt, ein ganz neues Gefühl. Buntbeleuchtet donnern unglaublich große Lastwagen an mir vorbei, doch bereits nach einem guten Kilometer finde ich einen Pfad, der von der Autobahn abzweigt, genau in meine Richtung. Bisher läuft es gut. Ich lasse den Straßenlärm hinter mir und ersetze ihn durch den Gesang der Zikaden. Die grellen Lichter der Autos durch Dunkelheit. Der Pfad ist gut, allerdings etwas sumpfig, ich hätte doch die Wanderschuhe anziehen sollen. So bekomme ich nasse Füße, aber es ist ja warm genug. Plötzlich bewegt sich etwas vor mir, raschelt in den kurzen Pausen der Grillenmusik. Irgendetwas kommt mir entgegen, ich kann aber nichts erkennen. So lange, bis die Ursache direkt vor mir steht. Es ist ein Mensch, schwarze Hautfarbe, dunkle Kleidung und ein strahlendes Lächeln im Gesicht. Er tritt auf dem schmalen Pfad höflich zur Seite und lässt mich grüßend vorbei.

Danach wird der Pfad fester und breiter, bald erreiche ich die ersten Häuser. Buden wäre der bessere Ausdruck, rostiges Wellblech bedeckt die schiefen Holzbauten, Stromkabel liegen wild verknotet auf dem Boden, auf der Straße nur geparkte Autos. Rostige Schlitten mit ausladenden Motorhauben. Darauf sitzen junge, gelangweilte Männer, ein Ghettoblaster auf dem

Autodach liefert jetzt die akustische Untermalung. Neugierige Blicke treffen aus beiden Richtungen aufeinander. Ich kenne sie nur aus dem Fernsehen, sie meinesgleichen vielleicht gar nicht, zumindest nicht an diesem Ort. Fasziniert setze ich meinen Weg fort, bis neben mir quietschend ein Auto zum Stehen kommt, ein altes Taxi, das irgendwann einmal gelb gewesen sein muss.

Der Fahrer kurbelt die getönte Seitenscheibe herunter und spricht mich an: „Es ist mir egal, wo du herkommst, es ist mir auch egal, ob du bezahlen kannst, aber ich weiß, das hier ist kein Platz, wo du jetzt rumlaufen solltest. Du fährst jetzt mit mir."

Eine Viertelstunde später liege ich im wohlbehalten im Bett.

Gute Reisen führen nicht an Orte, sondern zu Menschen.

Köln, Deutschland – Rheinische Pädagogik

Sicher war ich schon vorher einmal in Köln, wahrscheinlich ein Schulausflug mit der vierten Klasse: Dionysos-Mosaik, die 533 Treppenstufen auf die Domtürme und – der Höhepunkt für die Schülergruppe aus der Provinz – Hamburger bei McDonalds. Dieser Besuch zählt aber nicht, denn wir waren nur eine Herde in anderer Kulisse, ich war nicht aus freien Stücken hier, wie sollte ich da ankommen in dieser Stadt? Nein, Köln und ich, wir lernen uns erst viel später kennen, nachdem ich mich entschieden hatte hier zu studieren. Heute war ich angereist, hatte die Studienberatung hinter mich gebracht und sofort hat mich die Stadt gefangen. Im wahrsten Sinne des Wortes und zwar im Auto auf den Kölner Ringen.

Ich möchte nach Hause, dazu muss ich nach links abbiegen und genau das ist nirgends erlaubt. Mit wachsender Verzweiflung fahre ich von Ampel zu Ampel und suche eine Möglichkeit, doch Kreuzung um Kreuzung prahlt mit einem eindeutigen Schild: links abbiegen verboten! Nach gefühlten vier Kilometern in der falschen Richtung beschließe ich zu handeln, das kann ja so nicht beabsichtigt sein. Gut, Köln ist katholisch, da gelten manchmal auch Regeln abseits jeder Logik. Aber Köln ist auch liberal; wäre das Rechtsabbiegen verboten, dann könnte ich das noch glauben. Und pragmatisch soll der Kölner auch sein, also schaue ich nach vorne, links und rechts – keiner da – und kurve direkt um das Verbotsschild nach links. Nach hinten hätte ich auch schauen sollen, denn von dort blinkt mir Sekunden später ein Blaulicht in den Rückspiegel. Ich halte an und betrachte die zwei Schutzmänner, die sich breitbeinig meinem Auto nähern. Der eine mit Schnauzbart, der andere mit schiefer Mütze. „Jungs, ihr braucht dringend Sonnenbrillen, sonst wird das nie so wie im Fernsehen", so denke ich, manches Gehirn hat unter Stress die besten Vorschläge. Ob ich denn wüsste, weshalb sie mich angehalten hätten? Was für eine dämliche Frage, ich sage nur „Guten Abend". Ob ich denn vom Land käme? Die Fragen werden nicht intelligenter, wozu gibt es Autokennzeichen. Der mit dem lustigen Schnauzbart scheint mir etwas zugänglicher, also wende ich mich vertrauensvoll an ihn:

Das Dorf, aus dem ich komme läge nun einmal links. Also jetzt gewissermaßen nur noch geradeaus, denn ich sei ja schon links abgebogen. Allerdings viel zu spät, denn das Abbiegen sei ja nirgends erlaubt gewesen und in so einer großen Stadt sollte man ja nicht einfach so rumfahren, ohne die Richtung zu kennen. Mein Großvater, und der sei viel in Köln gewesen – nach dem Krieg, schon ganz früh – der hätte von ganz schwierigen Vierteln berichtet, in denen Dinge geschähen, die ich mir gar nicht vorstellen könne. Die Herren Wachtmeister wüssten sicher, was er meinte, denn sie kämen ja herum in Köln, selbst an Orte, die ich mir wiederum gar nicht vorstellen könne. Daher hätte ich sozusagen keine andere Möglichkeit mehr gesehen, die Heimat noch einmal wieder zu erreichen als dieses kleine Schild zu ignorieren.

Schweigen, die haben eine komische Art der Unterhaltung hier. Stattdessen schaut der Schnauzbart der schiefen Mütze in die Augen und beide nicken leicht als Zeichen dafür, dass ihre stumme Unterhaltung zu einem Ergebnis gekommen ist: „*Quasi* heißt das hier, nicht *sozusagen*; und jetzt fährst du uns mal schön hinterher." Offensichtlich bin ich auf eine Streife mit pädagogischer Neigung getroffen, es hätte schlimmer kommen können. Also folge ich dem Streifenwagen, zunächst zurück auf die Ringe und dann biegen sie vor mir nach rechts ab. Es bleibt aber nicht bei dem einen Abbiegen, gleich dreimal hintereinander fährt der Polizeiwagen in schneller Folge rechts herum. Damit erreichen wir das gleiche wie ich mit einmaligem Linksabbiegen und den Ort unseres ersten Treffens, ganz ohne ein Verkehrsschild zu erzürnen.

Der Schnauzbart wackelt aus dem Streifenwagen auf mich zu. „Hast du jetzt verstanden, wie das geht?" Die Chance ohne Strafticket heraus zu kommen scheint mir gut, aber alles hängt von meiner Antwort ab. Natürlich darf sie nicht verstockt sein, aber auch nicht unterwürfig. Sollte glaubhaften pädagogischen Erfolg reflektieren.

Ich versuche mein Heil in vielen Worten und Eigenheit, die Kombination scheint hier erfolgversprechend: „Das funktioniert ja ganz prima, Herr Wachtmeister. Ich habe es jetzt, kann man ja auch wirklich gut so machen. Also hier in der Stadt. Bei uns kommt da keiner drauf, weil wir nicht so viele Straßen haben. Also wenn ich jetzt zum Beispiel von Villmar aus in Aumenau ankomme, dann muss ich links über die Brücke. Wenn ich das nicht dürfte und würde rechts fahren so wie sie, dann kommt nach drei Kilometern die Langhecke. Da kann man allerdings gar nicht abbiegen, also muss ich nochmal drei Kilometer weiter. Da geht es dann ganz einfach mit dem Rechtsabbiegen, an der dicken Eiche rechts nach Wolfenhausen. Dort könnte ich aber wieder nur nach links, also muss ich weiter nach Münster. Dort kann ich dann das dritte Mal rechts abbiegen und komme – ist übrigens eine wunderschöne Straße durch den Wald – wieder an den Anfang. Nur bin ich dann vielleicht zwanzig Minuten gefahren, aber immer noch nicht über die Brücke drüber. Das ergibt dann wenig Sinn, also zu Hause, aber hier, hier in Köln, da klappt das einwandfrei."

Der Polizist schüttelt Kopf und Schnauzbart, sagt noch, das mit den Brücken sei auch in Köln ein Thema, zu dem wir uns sicherlich noch einmal treffen würden, und wünscht mir eine gute Fahrt.

In Köln biege ich seitdem immer nur so ab, wie es die Schilder erlauben, … quasi.

Mandalay, Myanmar – Buddhistischer Kapitalismus
Es gibt Orte, die muss ich schon deshalb besuchen, weil ihr Name so schön klingt, Mandalay ist einer davon. Völlig übermüdet steige ich aus dem Flugzeug, drei vollgepackte Flugzeuge mit Sardinensitzen haben mich die Nacht gekostet. Ich warte am Gepäckband, mein Rucksack wird der letzte sein, das ist immer so und mir egal. Ich bin gerade angekommen und habe Zeit. Mein benebeltes Gehirn nimmt bestenfalls die Hälfte von dem wahr, was um mich herum geschieht, doch das allein würde

schon für zwei wache Gehirne reichen. Plötzlich fährt mir ein Schreck durch die Glieder, wo ist der Laptop? Hektisch wühle ich durch mein Handgepäck, mehrfach. Doch bereits nach dem ersten Wühlen weiß ich, dass ich ihn im Flugzeug vergessen habe. Was tun? Ich drehe mich um und will Richtung Flugzeug rennen, da kommt eine Delegation von Stewardessen auf mich zu, die halbe Besatzung. Die Delegation baut sich vor mir auf, verbeugt sich synchron, in der Mitte steht die Chefstewardess mit meinem Computer auf dem Arm. „Wir denken, den könnten Sie vielleicht vergessen haben. Vielen Dank, dass wir Ihnen helfen durften", sagt sie und die Armada verschwindet so schnell wie sie aufgetaucht war. Willkommen in Myanmar.

Doch die freudige Überraschung hat mich wohl leichtfertig hinterlassen. Jedenfalls sitze ich eine knappe halbe Stunde später in einem Taxi auf dem Weg zum Hotel und erschrecke erneut. Das Fahrzeug besitzt kein Taxameter und ich habe vorab keinen Preis verhandelt. Also werde ich wohl den Tarif „Dummer Tourist ab Flughafen" und damit Lehrgeld bezahlen müssen. Daran kann ich jetzt auch nichts mehr ändern und wahrscheinlich wird es sich um eine kleine Delle in meiner Reisekasse handeln. Dem gegenüber steht dann eine gute Einnahme für den Taxifahrer, insgesamt eine positive Entwicklung für das Karma der Welt. Abgesehen davon spricht der Fahrer kein Wort Englisch, ich könnte also nur mit Händen und Füßen verhandeln. Das ist nie einfach, vom Rücksitz eines Autos schier unmöglich. Also lehne ich mich zurück und genieße das Ankommen in einer fremden Welt.

Im fahlen Morgenlicht wirkt die Stadt noch so verschlafen wie ich. Kahlrasierte Mönche in rotem Gewand putzen sich die Zähne vor goldenen Pagoden. Wenn gefühlt jedes zweite

Haus ein Tempel ist, dann zieht eben auch das normale Leben dort ein.

Das Hotel liegt mitten in einem Wohnviertel, ein glänzendes neues Gebäude, das ein wenig aussieht, als sei es aus einer anderen Stadt hierher transplantiert. Genau vor diesem Gebäude gibt es einen betonierten Gehweg und zwei Hotelangestellte, die den Staub darauf mit Reisigbesen emsig verteilen. Ich ziehe Geld aus der Tasche und mache Anstalten zu bezahlen. Der Fahrer schaut mir erstaunt in die Augen – oder ist es eher empört? – und gestikuliert so wild wie unverständlich. Irgendetwas stimmt nicht. Ich krame weitere Scheine aus meiner Tasche, aber das macht die Situation nicht besser. Schließlich kommt die Rezeptionistin des Hotels hinzu, sie spricht ein wenig Englisch. Die beiden tauschen sich aus, ein ruhiger und einvernehmlicher Dialog. Bestenfalls für meinen Geschmack etwas lang, die Lage ist ja keineswegs außergewöhnlich. Dann übersetzt sie mir, was sie gelernt hat. Der Fahrer habe heute bereits drei gute Fahrten gehabt, damit genug Geld für seine Familie verdient und das Hotel lag genau auf seinem Heimweg. Deswegen sei die Fahrt umsonst.

Es gibt viel mehr Gründe nach Mandalay zu fahren als nur den Namen.

Dar es Salaam, Tansania – Afrikanischer Reichtum

Ein blauer, knisternder Luftpostbrief voller bunter Briefmarken – Löwe, Giraffe und Zebra – enthält meine Anweisungen. Er stammt von der Frau, die ich damals wie heute am liebsten treffe, und ist bereits vier Wochen alt und ich kenne ihn inzwischen auswendig. Er ist wohlüberlegt, das muss auch so sein, denn die Post nach Deutschland braucht vier Wochen und Handys

zum Nachfragen gibt es noch nicht. In geschwungener Handschrift erläutert er mir, wie ich vom Flughafen zum Busbahnhof komme (Sammeltaxi), welchen Bus ich nehmen muss (den
gelb-rostigen), wie ich an eine Fahrkarte komme (am kleinen
Fenster in der blauen Bretterbude) und wo ich aussteigen muss
(an der staubigen Kreuzung hinter dem Nationalpark). Alles
perfekt, nur in einem Punkt war meine Lieblingsfrau etwas un-
präzise. Geld solle ich umtauschen in der Hauptstadt, das ginge in der Provinz nur schlecht. Am besten viel Geld, nicht nur
für uns, sondern auch für die anderen Wazungus – sprich Europäer –, die dort leben und am besten gleich genug für ein paar
Monate. Die Frage, die mich seit Wochen quält, beantwortet
sie aber nicht: Was bedeutet denn viel? Am Ende habe ich mich
für 1500 Dollar entschieden, allein schon, weil ich mehr Geld
nicht auftreiben konnte. Für einen Studenten ist das auf jeden
Fall viel und das spüre ich auch, der Geldgürtel brennt förm-
lich auf meiner Hüfte in der fremden afrikanischen Großstadt.

Die Straße der Geldwechsler liegt gleich neben dem Busbahnhof, die Kurse – auf Kreidetafeln vor den einzelnen Buden
markiert – sind überall gleich, also entscheide ich mich für die
mit der schönsten Farbe, mintgrün passt zur staubigen Mor-
gensonne. Hinter dem Tresen ein grinsender Inder, dem ich
meinen Reisepass übergebe und die grünen Dollarscheine hin-
blättere. Er tippt langsam die Tasten seines Taschenrechners, so
dass ich allem folgen kann. Der Kurs ist gut und meine Dollars
vervielfachen sich in tansanischen Schillinge. Allerdings hatte
die Regierung nach der letzten Inflationswelle noch keine Zeit
gefunden neue Geldscheine zu drucken. Die größte Banknote
zeigt eine spärliche Fünfzig an. Als der Inder mit dem Zählen
fertig ist, kann ich ihn hinter den Stapeln von Geldscheinen

kaum noch erkennen. Frech lacht er dahinter hervor und bedeutet mir mit einem Kopfnicken, dass er jetzt für den nächsten
Kunden bereit wäre.

Ratlos blicke ich auf den Geldberg, wie soll ich den trans-
portieren? Der Inder erkennt mein Dilemma, greift einen kleinen Schein vom Stapel und verschwindet in das Geschäft gegenüber. Nach wenigen Augenblicken erscheint er wieder, im
Gesicht ein zufriedenes Grinsen und in der Hand zwei veri-
table Plastiktüten. Ich schaffe Platz in meinem Rucksack und
gemeinsam stopfen wir die Geldscheine zunächst in die Plastiktüten und dann in den Rucksack. Jetzt liegt die Hälfte meines Reisegepäcks auf dem Boden seines Ladens, also kaufen wir
zwei weitere Plastiktüten und ich kehre schwerbeladen zum
Busbahnhof zurück.

Der gelb-rostige Bus steht bereits mit laufendem Motor bereit, anscheinend ist aber keine Eile geboten. Allein der Gedanke verrät: Ich bin neu in Afrika! Gegen eine Handvoll der
Scheine bekomme ich ein Ticket an dem kleinen, blauen Fenster. Etwas halbherzig verhandle ich den Preis, bezahle doppelt
so viel wie auf dem Ticket steht. Für einen blutigen Anfänger
ist das völlig in Ordnung und auch ein armer deutscher Student
muss hier als reich gelten. Der Helfer des Busfahrers greift sich
meinen Rucksack und will ihn auf das Dach des Busses werfen,
wo zwei Helfer des Helfers die Ladung vertäuen. Gerade noch
rechtzeitig erinnere ich mich an den Inhalt meines Gepäcks,
zeige auf den Rucksack und dann auf den Bus, der bleibt auf jeden Fall bei mir. Da wusste ich noch nicht, dass es auch auf dem
Dach des Busses Sitzplätze geben würde.

Der Bushelfer schaut etwas besorgt von mir zum Rucksack
und dann recht traurig auf den Bus. Dann fragt er mich nach

meinem Ticket, mustert es von vorne und hinten, rennt zum blauen Büdchen und kehrt schließlich mit erleichterter Miene zu mir zurück. Irgendwie ist alles geklärt, ich darf in den Bus und der Rucksack auch. Also erklimme ich die rostigen Stufen und mir wird klar, was den Helfer besorgte: Es gibt keinen Platz mehr, nicht für mich und erst recht nicht für den Rucksack. Jeder Sitz ist mit mindestens einem Erwachsenen belegt, in die Lücken dazwischen sind Kinder gepackt und in den Lücken zwischen den Kindern dann allerlei gequetscht: Taschen, Gemüsekisten, Coladosen und ein paar Hühner. Unter den Sitzen und im Gang türmen sich Säcke mit Zwiebeln und Kartoffeln, obendrauf noch mehr Kinder. Einige der Kinder reiben vorsichtig an meiner Haut, um zu testen, ob die weiße Farbe vielleicht abgeht.

Hinter mir erscheint der Bushelfer und beginnt mit der afrikanischen Version einer „Reise nach Jerusalem", alle im Bus müssen mitspielen. Ein Sitzplatz wird für mich geräumt, vorne, weil meine langen Beine in die Reihen nicht hereinpassen würden. In der Folge schieben sich alle ein wenig nach hinten, näher zusammen und etwas mehr aufeinander. Klaglos spielen selbst die Hunde und Hühner mit und am Ende hat – entgegen jeglicher Logik – ein jeder wieder seinen Platz gefunden. Bevor wir zwei Stunden später losfahren, wiederholt sich das Spiel ständig, denn es kommen noch mindestens zehn weitere Fahrgäste, sowohl Mensch als auch Tier. Die drei Kinder, die auf meinem Rucksack liegen, sind da schon lange eingeschlafen.

Geldscheine machen nicht glücklich, aber immerhin sind sie weicher als Kartoffeln.

Lago del Desierto, Argentinien – Essen in Uniform

„Willkommen in Argentinien" prahlt das Schild, das einzige Zeichen der Zivilisation, ansonsten umgeben uns nur verkrüppelte Bäume und Wolken. Trotz der patagonischen Kälte stehen wir nassgeschwitzt vor dem einsamen Schild. Immerhin ist hier wohl der Gipfel des Passes, gut so, denn unsere Rucksäcke sind viel zu schwer. Früh am Morgen haben wir in O'Higgins, einem verlassenen Nest an einem vergessenen Ende von Chile ein altes Militärboot bestiegen und sind von Dieselgeruch begleitet zum chilenischen Grenzposten gefahren. Die Chilenen haben einen Stempel in unsere Pässe gedrückt und uns dann den Weg nach Argentinien gewiesen. Einfach der einzigen Piste folgen, etwa fünfzehn Kilometer, und dann noch ein paar Stündchen weiter auf einem schmaleren Pfad, schon würden wir ihre argentinischen Kollegen treffen. Vorher hatte man uns für die Strecke Pferde versprochen, ein gemütlicher Ritt durch spannende Landschaft. Und Packesel für unsere Rucksäcke. Beides gab es nicht, also müssen wir selbst einspringen und werden auch heute in diesem Niemandsland steckenbleiben. Aber zumindest sind wir auf dem richtigen Weg, irgendwo zwischen den beiden Staaten.

Unsere Hoffnung wird erfüllt, der Weg schlängelt sich jetzt bergab durch den Bergwald. Es beginnt zu regnen, kalt und peitschend, immerhin sind die sonst allgegenwärtigen Mücken schlauer als wir und haben sich verkrochen. Endlich taucht vor uns ein flaches Holzgebäude aus dem Nebel auf, dahinter der blaue Lago del Desierto. Genau der richtige Zeitpunkt, die Verhandlungen mit meinen Füßen befinden sich in der letzten Stufe der Eskalation, ein Generalstreik steht kurz bevor. Vor der Hütte lungern fünf Männer, Soldaten, den Stiefeln nach zu urteilen,

Vagabunden, wenn man die restliche Kleidung betrachtete. Derangierte, ehemals weiße Unterhemden und reichlich unbeschreibliche kurze Hosen, es ist patagonischer Sommer.

Etwas zögernd gehen wir auf das Haus zu, die argentinischen Amtsträger in Uniform waren uns von anderen Reisenden als äußerst sperrig beschrieben worden. Als wir vor ihnen stehen, setzt sich einer der Soldaten zur Bestätigung seiner Stellung eine Militärmütze auf den Kopf und führt uns in sein Amtszimmer. Dort nimmt er, immer noch in Feinripp und mit Khakihut, unsere Pässe entgegen und schlägt eine große Kladde auf. Dem Datum des letzten Eintrags entnehme ich, dass wir in dieser Woche die ersten Kunden sind. Derweil hat sich der Regen draußen zu einem regelrechten Unwetter gemausert, aber wir können sowieso heute nicht mehr weiterlaufen. Außerdem wissen wir, dass der Beamte mindestens zwei Stunden mit unseren Pässen beschäftigt sein wird. Also frage ich, wo wir denn hier in der Nähe unser Zelt aufstellen könnten. Überall, lautet seine Antwort, aber sie hätten auch noch eine ihrer Hütten frei, falls wir doch lieber trocknen wollten. Gleich die erste hinter dem Haus, Betten und Decken seien drin und der Kollege könnte den Ofen anfeuern. Warmes Wasser würde höchstens eine halbe Stunde dauern. Forellen gäbe es heute Abend, und nickt mit dem Khakihut in die Ecke des Raumes. Dort steht ein Eimer voller feister Fische, noch quicklebendig. Frisch werden sie sein. Vor lauter Überraschung bleibt mir nur der Mund offen stehen, zum Glück ist meine Lieblingsfrau schneller und nimmt das Angebot dankend an.

Das Abendessen serviert dann zwei Stunden später der Chef selbst, zur Feier des Anlasses in vollständiger Uniform mit tadelloser Bügelfalte und einem weißen Handtuch über dem Arm.

Die Forellen mit reichlich wildem Knoblauch knusprig gegrillt, dazu eine Flasche Malbec, und zum Nachtisch bekommen wir unsere Reisepässe mit neuen leuchtend roten Einreisestempeln serviert.

Erfahrungen von anderen müssen nicht immer stimmen und Steckenbleiben muss nicht immer schlecht sein.

Agnes Decker
BUNTE ERDE

Milenas Hand zittert. Der Schlüssel landet klappernd im Schloss. Sie dreht ihn herum, reißt die Haustüre auf und wirft sie hinter sich zu. Die Glasscheiben vibrieren. Milena lässt den Rucksack auf den Boden fallen und lehnt sich mit dem Rücken an die Tür. Sie ist in Sicherheit. Mit der flachen Hand wischt sie sich über das schweißnasse Gesicht. Sie schnüffelt unter ihren Achseln. Sie stinkt. Stinkt nach Angst.

„Du stinkst, Milena. Soll ich dir mein Deo leihen?" Das schrille Kichern schmerzt immer noch in ihrem Kopf.

Milena geht langsam, wie eine alte Frau, durch den Flur zur Küche und stellt sich dort seitlich ans Fenster. So kann sie, von draußen ungesehen, auf die Straße schauen. Nichts. Sie sind weg. Sie geht zur Spüle und dreht den Hahn auf. Dann beugt sie sich über das Becken und lässt das Wasser direkt in ihren Mund laufen. Es ist eiskalt und erfrischt. Sie kann spüren, wie das Wasser durch ihre Kehle bis in den Magen läuft.

Am Kühlschrank hängt ein Zettel. „Guten Appetit, meine Süße. Küsschen, Mama", steht darauf. Ein warmes Gefühl breitet sich in Milena aus. Sie verlässt die Küche und steigt die

Treppe hinauf. In ihrem Zimmer zieht sie die Schuhe aus, reißt sich Jeans, Socken und T-Shirt vom Körper, lässt ihre Unterwäsche fallen und läuft ins Badezimmer. Mit letzter Kraft steigt sie in die Duschwanne und dreht das Wasser auf, so heiß wie möglich. Danach sinkt sie langsam an den Fliesen herunter. Sie kauert sich in der Hocke zusammen, umschließt ihre Knie mit beiden Armen und bleibt so sitzen, während das heiße Wasser über ihren Körper strömt und sich mit ihren Tränen vermischt.

Als ihre Mutter nach Hause kommt, sitzt Milena am Küchentisch und stochert in ihrem Auflauf herum.

„Hallo, mein Schatz." Ihre Mutter stellt die Einkaufstasche auf die Arbeitsplatte und strahlt sie an. „Wie war es in der Schule?"

Milena schaut nur kurz auf, dann beugt sie sich wieder über ihren Teller. Tränen laufen über ihr Gesicht.

„Milena, was ist los? Schon wieder?" Die Mutter hat sich neben ihrem Stuhl hingekniet und sie fest in den Arm genommen. „Erzähl es mir, mein Mädchen."

Milena lässt sich in die Wärme der Umarmung fallen. Dabei ist sie schon fünfzehn. Richtig erwachsen fühlt sie sich manchmal. Und manchmal wie ein Kind. So wie jetzt. Sie kuschelt sich ganz eng an ihre Mutter und beginnt, leise zu sprechen. Spricht darüber, wie die Mädchen ihr wieder einmal auf dem Schulweg aufgelauert, sie festgehalten und ihr den Rucksack abgenommen haben. Marie hat ihre Schulhefte in eine Pfütze und die Butterbrote in hohem Bogen ins Gebüsch geworfen.

„Scheiße sollst du fressen, du Schlampe", hat sie dabei gerufen und einen stinkenden Haufen aus einem Hundekotbeutel in ihre Butterbrotdose gefüllt.

„So was frisst man doch bei euch zu Hause", hat Mia, die Schleimerin, gebrüllt und Marie nach Anerkennung heischend angeschaut.

„Cool, Mia", hat Charlene, die ewige Mitläuferin gerufen.

Eine nach der anderen haben sie Milena so heftig geschubst, dass sie neben ihren durchweichten Schulheften in der Pfütze gelandet ist. Kichernd sind sie losgerannt, während Milena sich mühsam aufgerichtet, weinend ihre Hefte eingesammelt und versucht hat, T-Shirt und Jeans zu säubern.

„Um Gottes willen, Kind. Das geht ja jetzt schon fast ein Jahr. Morgen nehme ich mir frei und kläre das." Mit Tränen in den Augen wiegt die Mutter Milena in ihren Armen. „Mein Mädchen. Mein liebstes Kind", flüstert sie ihr ins Ohr und ihre Tränen vermischen sich.

„Nein, Mama, geh nicht zur Schule, dadurch wird es noch schlimmer.", würgt Milena unter Schluchzen hervor.

„Das werden wir sehen", die Mutter brüllt es in den Raum. Mit einer heftigen Bewegung zieht sie Milena vor den Spiegel. „Schau hinein, mein Kind, schau dich an, sieh, wie schön du bist."

Milena schaut zögernd in den Spiegel und sieht einen großen dunklen Fleck neben einer hellen lichten Gestalt. Was soll daran schön sein?

„Warum bist du weiß und ich so schwarz?", hat sie als kleines Mädchen oft gefragt. „Ich will so aussehen wie du."

Ihre Mutter hat sie in den Arm genommen, geherzt und geküsst und gesagt: „Du bist wunderschön. Und du bist meine kleine Tochter, auch wenn ich dich nicht geboren habe. Ich liebe dich mehr als alles auf der Welt. Daran musst du immer denken. Nicht die Hautfarbe zählt, sondern wie es im Herzen aussieht."

Milena weiß mittlerweile, dass es sehr wohl auf die Hautfarbe ankommt. Auf jeden Fall hier in ihrer neuen Schule. Letztes Jahr sind sie hierhin gezogen, in die Großstadt. Zuvor ist sie in die Waldorfschule der kleinen Kreisstadt gegangen. Dort war alles gut. Erst nach dem Umzug und dem Wechsel auf die Gesamtschule hat es angefangen. Milenas Mutter hat seitdem viele Gespräche geführt, mit der Rektorin, der Klassenlehrerin, dem Elternbeirat. Das seien normale Rangeleien unter Jugendlichen, Kräftemessen, das dürfe man nicht so ernst nehmen, wurde ihr gesagt. Aber es war immer schlimmer geworden.

„Wir lassen uns das nicht länger gefallen. Schluss. Aus." Milenas Mutter hat sich neben ihr aufgerichtet. Ihre Augen sind aufgerissen. „Die Erde ist bunt, mein liebes Kind, riesengroß und gehört uns allen, allen Menschen, die darauf leben. Komm mit."

Sie nimmt Milena an der Hand und zieht sie hinter sich her. Auf dem Regal im Wohnzimmer steht der Globus, ein Erbstück des Urgroßvaters, geliebt und gehegt, seit Milena denken kann. Die Mutter nimmt ihn herunter, stellt ihn mitten auf den Esstisch, verbindet den Stecker mit der Steckdose und schaltet die Beleuchtung ein. Blau leuchtet das Meer auf, mitten darin erstrahlen in unterschiedlichen Farben die einzelnen Kontinente.

„So, und jetzt schau sie dir an, mein Kind. Das ist unsere Erde. Und das hier", die Mutter zeigt mit dem Finger auf den Globus, „das ist Europa. Siehst, du wie klein es ist? Und hier", sie zeigt auf eine große Fläche, die wie ein Gesicht aussieht oder nein, wie der Kopf einer Frau, „dieses riesige Land, das ist Afrika und hier", die Mutter spricht leise und schnell, ihr Gesicht ist rot und ihre Hände zittern, „das ist Eritrea, das Land, in dem du geboren wurdest, in dem deine Wurzeln sind. Obwohl du jetzt Europäerin bist, gehörst du immer noch zu Afrika, zu dem riesigen Land, das wir irgendwann einmal zusammen bereisen und bestaunen werden. Die wundervolle Landschaft mit ihrer einzigartigen Tierwelt und den lebendigen, fröhlichen Menschen, die dort leben. Wir Europäer, die wir uns oft in einer unglaublichen Arroganz als vollkommen erachten, sind nur ein winziger Bruchteil der Bevölkerung dieser Erde, schau."

Milena schaut. Sie kennt es schon. Nicht nur vom Geographieunterricht. Ihre Mutter zeigte es ihr oft, immer wieder. Aber niemals hatte sie es so gesehen, so persönlich, so mit sich selbst verbunden. Wie winzig Europa ist, und Deutschland ist nur stecknadelgroß. Und wie riesig Afrika ist.

Die Mutter streicht sich über Haare, die ihr bei ihrem lebhaften Vortrag ins Gesicht gefallen sind, und fährt fort: „Und perfekt sind wir sicherlich nicht. Für unsere Maßstäbe vielleicht, aber schau dich an, deine Haltung, dein ebenmäßiges Gesicht, deine Bewegungen – du bist perfekt, meine Milena. Und das sage ich nicht, weil ich deine Mutter bin."

An diesem Tag sitzen sie noch lange zusammen. Später kommen ihr Vater und die beiden älteren Brüder hinzu. Der Familienrat tagt bis in den späten Abend. Die Eltern sprechen von ihrer Reise nach Eritrea, damals, als sie Milena abholten. Sie erzählen über das Land, das eines der ärmsten der Erde ist, und über Kriege und Unterdrückung und die Menschen, die trotzdem fröhlich und immer noch kämpferisch sind. Und dann hat die Mutter eine Idee. Sie nimmt ihr Handy und tippt eine Nachricht hinein.

Ein paar Tage später bringt Milenas Mutter sie mit dem Auto zur Schule und liefert sie vor der Tür des Klassenzimmers ab, wie immer seit dem letzten Vorfall. „Mamakind" ist noch das netteste, was ihr entgegen schallt.

„Zu den Hausarbeiten. Wer möchte vor der Klasse vortragen?" Die Klassenlehrerin schaut erstaunt, als Milena sich meldet.

„Milena, du?", fragt sie ein bisschen ungläubig.

Milena nickt und steht auf. Etwas zögernd geht sie an den Schülerreihen vorbei bis zur Tafel. Sie stellt sich vor die Klasse und öffnet ihr Heft.

„Du kannst auch von deinem Platz aus vortragen." Die Lehrerin ist neben sie getreten.

Milena spürt, wie die Magensäure nach oben schießt und ihre Knie anfangen zu zittern. Alle Augen sind auf sie gerichtet. Sie atmet tief durch. In ihrem Kopf ertönt die Stimme ihrer Mutter. „Du bist eine Kämpferin. Denk immer daran." Sie hebt ihren Kopf, spürt, wie sich ihr Rücken aufrichtet und sich in ihr eine unbekannte Gelassenheit und Kraft breitmachen. Sie wendet sich ihrer Lehrerin zu und schaut sie lange an. Dann dreht sie ihren Kopf, steht jetzt frontal vor der Klasse. Milena streckt noch einmal ihren Rücken und beginnt zu lesen. Ihre Stimme ist zuerst etwas rau, wird dann aber zunehmend fester und klarer. Melodisch schwingt sie sich in die Höhe und erfüllt den ganzen Raum: „Beim Recherchieren zum Thema Hexenverfolgung habe ich einen Artikel gefunden, der heißt: Mobbingopfer sind die Hexen von heute."

In der Klasse ist es still geworden. Die Schüler und Schülerinnen haben die Blicke von Milena abgewendet und schauen vor sich auf die Tische oder aus dem Fenster. Nur eine Fliege summt unerträglich laut und stößt immer wieder klatschend gegen das geschlossene Fenster. Milena steht da und schaut ihre Mitschüler an, eine nach der anderen, einen nach dem anderen. Stolz steht sie dort mit hocherhobenem Haupt und sieht sehr erwachsen aus.

Dann fährt sie fort: „Als ich das gelesen habe, ist es mir wie Schuppen von den Augen gefallen. Das ist meine Geschichte. Und davon will ich jetzt sprechen, von meiner persönlichen Hexenverfolgung. An dieser Schule. Davon, dass ich die einzige bin, die alleine sitzt. Man hat gesagt, dass es an der ungeraden Schülerzahl liegt. Das stimmt nicht. Ich sitze alleine, weil ich Milena bin. Genauer gesagt Milena Mekdelawit Asmara, geboren in Eritrea. Auf der Straße gefunden. Eltern unbekannt. Deshalb der Nachname Asmara. Asmara ist die Hauptstadt Eritreas. Eritrea liegt übrigens in Afrika und ist eines der ärmsten Länder der Welt. Heute heiße ich Milena Rosener. Ich wurde adoptiert. Mit drei Jahren haben mich meine Eltern aus dem Waisenhaus geholt. Wer weiß, ob ich sonst noch leben würde. Seit ich im letzten Jahr in diese Klasse gekommen bin, werde ich täglich verspottet, angegriffen und gedemütigt. Anführerin ist Marie. Sie misshandelt mich, gemeinsam mit Charlene und Mia. Aber auch die anderen sind Täter, alle die, die zuschauen oder, wie Sie, Frau Baumeister, wegschauen."

„Milena, jetzt reicht es aber", unterbricht die Lehrerin.

Milena schaut sie durchdringend an und fährt fort: „Erinnern Sie sich daran, Frau Baumeister, wie Sie das letzte Mal weggeschaut haben? Marie hatte Charlene und Mia mal wieder befohlen, mich festzuhalten. Ihr anderen habt im Kreis um uns herum gestanden. Dann hat Marie geschrien: *,Die hat bestimmt auch eine schwarze Muschi.'* Und du, Mia, hast die anderen aufgefordert: *,Sollen wir gucken? Was meint ihr?'* Und als dann alle *‚Ja, Hose runter!'* geschrien und geklatscht haben, hast du, Marie, mir den Rock hochgeschoben und meinen Slip heruntergerissen. Und Sie, Frau Baumeister, hatten Pausenaufsicht und sind weggegangen. Marie, Mia und Charlene haben natürlich alles abgestritten, und die Rektorin hat meiner Mutter wieder mal gesagt, man solle solche Kindereien nicht so ernst nehmen. Aber wir nehmen es ernst."

Milena schaut ihre Mitschülerinnen noch einmal der Reihe nach an. „Was ihr getan habt, Marie, Mia und Charlene, ist sexueller Missbrauch und Körperverletzung. Und das werden wir öffentlich machen. Gegen Sie, Frau Baumeister", Milena schaut auf den Zettel mit ihren Notizen, „haben meine Eltern eine Anzeige wegen Verletzung der Aufsichtspflicht und außerdem eine Dienstaufsichtsbeschwerde gegen die Schulleitung erhoben. Draußen steht ein Kamerateam von Frau-TV und macht einen Film darüber." Milena zittert am ganzen Körper. Sie holt tief Luft und fährt fort: „Ich möchte ein Zeichen setzen, damit so etwas keinem Menschen mehr angetan wird. Ihr wolltet mich kleinmachen, weil ich anders bin. Das habt ihr nicht geschafft. Ich bin eine Kämpferin. Ich bin Milena Mekdelawit Asmara."

Während ihrer Rede ist ihre Mutter leise eingetreten und hat sich hinter die letzte Tischreihe gestellt. Als Milena geendet hat, tritt sie zu ihr und legt ihr den Arm um die Schulter: „Komm, meine schöne, mutige Tochter." Hand in Hand verlassen sie den Klassenraum.

„Frau Rosener, warten Sie, da kann man doch drüber sprechen." Die Lehrerin läuft ihnen hinterher.

Milena und ihre Mutter schreiten durch die leeren Gänge der Schule wie Königinnen, eine mit halblangem blonden Haar und weißer Hautfarbe, die andere mit dunklen widerspenstigen Locken und schwarzer Haut. Schwarze Hand in weißer Hand. Der Wind spielt in ihren Haaren. Die Frauen überqueren den Schulhof. Dort wartet das Kamerateam eines bekannten Fernsehsenders. Hinter dunklen Wolken blitzt zaghaft die Sonne hervor.

Nina Weber
MAMA AFRICA

Svea sah die Landebahn. Rotbraune Erde mit ein paar struppigen Büschen. Als sie aus dem Flugzeug die Treppe hinabstieg, schlug ihr eine Wand aus Hitze entgegen. Eine warmfeuchte Hitze, die man am ganzen Körper spüren konnte. Die Luft war dick und satt. Das Mädchen fühlte sich angenehm umhüllt. Wie geborgen.

Da sah Svea auch schon Taya und ihre Mutter am Fuße der Treppe stehen, wild winkend und kräftig grinsend. Und schon hatte die Mutter, Maame, sie in ihre Arme geschlossen.

Sie mussten zum Busbahnhof. Hier war es sehr wuselig. Leute redeten, schrien und boten ihre Waren an, die sie auf dem Kopf trugen. Frauen balancierten Gebäck in einem Glasbehälter, das sehr lecker aussah. Ein Mann ging vorbei, der trug eine Banane auf seinem Haupt und ein anderer ging mit einer Nähmaschine auf dem Kopf. Der Ort war Markt und Busbahnhof zugleich. Ein einziges Getümmel. Minibusse, Autos und Taxis standen herum. Sie waren bunt angemalt. Auf vielen sah man ein Bild von Jesus. Und auf fast allen stand ein Spruch: Gott schützt euch. Gott fährt mit. Lasst uns beten. Auch innen waren die Fahrzeuge geschmückt. Mit Plüsch, bunten Perlen und Amuletten. Aus den Autos kam Musik. Fröhliche afrikanische Trommelmusik schepperte aus den Boxen.

Es dauerte ewig, bis es endlich losging vom Flughafen zum Dorf Baobab. Auf Sveas Frage hin, um wie viel Uhr der Minibus denn losfahre, hatte Taya ihr erklärt, dass Taxis und Busse erst losfahren, wenn sie voll sind. „Der Fahrer wartet, bis der Platz im Fahrzeug ausgefüllt ist."

„Und wenn keiner mehr kommt, der mitfahren will?", fragte Svea. „Muss man dann ein paar Stunden warten oder den ganzen Tag? Und die Nacht?"

„Ja, das kann schon sein. Ich glaube, Zeit in Afrika tickt anders als bei euch."

Svea fand, jetzt hatten sie wirklich lange genug gewartet und in dem kleinen Bus saßen schon elf Leute. Als es sieben waren dachte sie, der Bus ist voll. Als es acht wurden und dann neun Menschen dachte sie, ja gut, tatsächlich, man kann noch enger zusammenrücken.

Bei Nummer zehn setzte Taya sich auf Maames Schoss. Svea presste sich in ihren Sitz. Person Nummer elf hatte zwei Hühner dabei, deren Füße zusammengebunden waren, die versuchten, mit den Flügeln zu schlagen. Das brachte einen ziemlichen Tumult in der engen Kabine und jemand gab dem Mann ein Stück Stoff, in das er seine Hühner wickelte. Er presste sie eng an seinen Körper. Nur die Köpfe lugten heraus und pickten Luftkörner.

Svea taten die Hühner leid, aber Taya zuckte mit den Schultern und ihr Blick sagte: „Das Natürlichste der Welt."

Und worauf warteten sie jetzt noch? Der Minibus war pickepackevoll und es war heiß. Wahnsinnig heiß. Wer von den

Frauen noch genügend Armfreiheit hatte, fächelte sich Luft zu. Nummer zwölf hatte keinen Sitzplatz gefunden. Er war ein kleines, altes Männchen und stand auf dem Platz, der sich Gang nannte, aber dort türmte sich ja auch Gepäck, Taschen und Tüten. Das Männchen war zappelig und der Fahrer redete beruhigend auf den alten Mann ein. Soviel Svea verstand, musste man noch auf irgendetwas warten.

Und dann endlich. Von draußen wurden Yamsknollen hineingereicht. Dicke, braune Knollen, größer als Zuckerrüben. Eine, zwei, drei. Es nahm kein Ende. Zwölf, dreizehn. Der alte Mann stapelte die Knollen unter sich und setzte sich drauf. Einige waren noch nicht verstaut und jeder im Bus schob und zerrte, quetschte und presste das Gepäck zusammen und, wie durch ein Wunder, irgendwann waren alle Knollen sicher verstaut.

Der Fahrer hupte und los ging es. Sie fuhren auf einer Straße und von weitem konnte Svea eine Stadt sehen. Das musste Accra sein. Es gab wenige hohe Gebäude, dafür, dass dies eine Hauptstadt war. Die vielen flachen Häuser wirkten zusammengewürfelt. Rechts von ihnen lag das Meer. Der Fahrer hatte Musik angemacht. Einige dösten, andere wippten mit dem Fuß und manche sangen sogar leise mit. Svea klebte an den Armen ihrer Nachbarn fest und schwitzte, obwohl inzwischen Fahrtwind hereinblies, aber der war auch heiß und staubig.

Irgendwann hörte die asphaltierte Straße einfach auf und ging über in einen breiten Weg aus fester Erde. Aber statt zu fahren, schaukelte der Bus jetzt von einer tiefen Mulde zur nächsten. Eine Straße aus lauter Tälern und Hügeln. Und da man ja so eng zusammengequetscht saß, wogten die Menschen im Bus wie eine Masse hin und her. Svea musste kichern. Das war ja hier wie auf hoher See. Die anderen ließen sich von Sveas Gekicher anstecken, erst Taya und dann die Erwachsenen.

Und so schaukelten sie dahin, lachten und sangen und klatschten zur Musik.

Nach vielen Stunden Fahrt, in denen Svea immer wieder eingenickt war, stiegen sie in einem Dorf aus und wurden mit großem Getöse von allen Mitreisenden verabschiedet. Der Compound, wo Taya lebte, war ein Stück Land, auf dem drei Lehmhäuser standen. Es gab einen großen Baum. Im Boden steckten krumme Holzpflöcke mit Schnüren dran, an denen Wäsche hing. Eine Badewanne stand auf dem Terrain, an der ein schwungvoll gebogener Wasserhahn angebracht war. Hühner liefen gackernd herum. Und das Ganze war von einer niedrigen Lehmmauer umgeben. Hier wohnten nicht nur Taya mit ihrer Familie, sondern auch zwei Tanten und ein Onkel mit Kindern, ein Cousin und eine Großmutter.

Als Svea den Hof betrat, wurde sie von einer schnatternden Schar umringt. Die kleinen Kinder zupften an ihr und liefen dann weg. Die erwachsenen Frauen strichen ihr über die Haare. Jemand reichte ihr eine Wasserflasche. Ein Huhn flatterte über ihre Köpfe weg. Und alle redeten und alle waren schwarz und es war heiß und da rief Maame mit lauter Stimme, dass es jetzt reiche und sie Svea in Ruhe lassen sollten. Und tatsächlich wurde der Kreis um Svea größer. Sie setzte sich in den Schatten unter den großen Baum. Die Sonne brannte.

„Möchtest du dich erst ausruhen, bevor du alle kennenlernst?", fragte Taya mit mitfühlendem Blick.

Svea nickte und gemeinsam gingen sie in die niedrige dunkle Hütte. Im ersten Raum waren ein niedriger Tisch, die

Feuerstelle und ein mit Stoffen abgetrennter Bereich. Da schliefen die Eltern. Es roch nach Feuer und Ruß.

„Es ist dunkel hier", sagte Svea.

Licht fiel nur durch die offene Stelle im Dach über der Feuerstelle, damit der Rauch abziehen konnte.

„Ja, wir haben keine Fenster in unseren Hütten, damit die Sonne draußen bleibt und es drinnen kühl ist."

„Kannst du das Licht anmachen, bitte?"

Svea sah, wie Taya die Stirn runzelte.

„Wir haben keinen Strom."

„Keinen Strom?", fragte Svea ungläubig.

„Nein. Im Dorf hat nur die Bar Strom. Und da haben wir auch einen Fernseher." Stolz schwang in Tayas Stimme. „Wenn du Lust hast, können wir morgen hin. Dienstags wird der Fernseher angemacht. Und alle sind dann da."

Svea nickte und sah dann, dass im zweiten Raum sechs Matten auf dem Boden lagen. Darüber hingen Moskitonetze.

In dem Moment war es ihr egal. Es war ihr egal, dass es kein richtiges Bett gab. Sie wollte nur ihre Ruhe. Sie zurrte ihren Koffer auf, holte ihr Kuschelkopfkissen raus, krabbelte unter das Moskitonetz und murmelte: „Bis später."

Sie wachte von einem Geräusch auf. Etwas wisperte und raschelte. Ein Mädchen und ein Junge saßen neben ihr auf der Matte und flüsterten miteinander. „Maame hat gesagt, wir sollen sie wecken, ohne dass sie sich erschreckt."

„Ja. Aber wie. Stell dir vor, du bist in einem Land, wo es plötzlich nur weiße Kinder gibt."

„Ich hätte keine Angst", behauptete der Junge.

„Doch. Hättest du."

„Nein."

„Hättest du wohl."

„So ein Blödsinn."

„Du bist ein Schisser."

„Hallo", machte sich Svea bemerkbar.

Die zwei Streitenden wandten sich ihr ruckartig zu.

„Oh, entschuldige, haben wir dich geweckt?"

Das Mädchen stieß dem Jungen den Ellbogen in die Seite und sagte: „Ja, wir sollten sie doch auch wecken."

„Ach ja, stimmt. Hallo, Svea. Das Essen ist fertig. Komm."

Der Junge klemmte das Moskitonetz an einen Haken an der Wand und reichte ihr die Hände.

An dem niedrigen Tisch saßen schon die anderen Familienmitglieder auf dem Boden und standen jetzt auf. Der Vater umarmte sie und meinte: „Willkommen in unserer Familie. Es ist uns eine große Ehre, dass du unser Gast bist. Dies sind meine Kinder." Ein grosser, dünner Junge stand steif herum, die Hände vor der Brust verschränkt.

„Mein Ältester. Heuschrecke."

Der Junge nickte ihr kurz zu.

„Und das hier sind: meine Zweitgeborene Samstag. Der Junge hier heißt Montag. Taya ist auch montags geboren und ihr zweiter Name bedeutet junge Löwin. Und hier unsere Kleinste ist Sonntag. Jetzt essen wir. Wir haben vorher überlegt, dass es heute etwas gibt, was du kennst. Es gibt Reis mit Erdnusssoße."

Bevor sich alle um den niedrigen Tisch setzten, wurden die Hände gewaschen. Svea wartete darauf, dass der Tisch „gedeckt" wurde.

Aber das passierte nicht. Stattdessen langten alle mit ihren Fingern in die Schale, die in der Mitte des Tisches stand.

„Greif zu", munterte Taya sie auf.

„Mit den Fingern?"

„Ja, natürlich. Guck mal. Das geht so. Du nimmst ein bisschen Reis und Soße, formst ein Kügelchen und steckst es dir in den Mund."

Svea probierte es.

„Hmmmm, lecker", fand sie. Sie war hungrig und hatte das Gefühl, sie müsste schnell essen und schnell wieder in die Schale greifen, um genug zu bekommen, bei so vielen Essern.

Sie beobachtete, dass alle anderen sehr langsam aßen. Also tat sie es auch.

Nachdem Svea jedem Familienmitglied die Hand geschüttelt hatte, und Taya sie im Compound herumgeführt hatte, war in Minutenschnelle alles Licht gewichen. Vor den Hütten wurden Öllampen entzündet, die ein schmales Licht in eine tiefschwarze Nacht warfen.

Es war noch dunkel. Der Hahn krähte. Da sie abends so früh ins Bett gingen, standen sie auch früh wieder auf. Um fünf Uhr, um genau zu sein. Der Geruch von Holzfeuer zog durch den Raum. Maame war schon auf und schürte auf dem Boden ein Feuer aus Ästen. In dem darüberhängenden Kessel kochte sie Hirsebrei. Das Frühstück für alle Kinder.

Svea reckte und streckte sich unter ihrem Moskitonetz und rieb ihre Hüftknochen. Sie hatte sich noch nicht daran gewöhnt, auf dem harten Boden zu schlafen. Nur eine dünne Matte, darunter harter Lehm. Matratze! Es gab Momente, da sehnte sie sich einfach nur nach Hause.

Taya neben ihr atmete gleichmäßig. Ihr gegenüber schlief Kofi. Svea konnte trotz der Dunkelheit erkennen, dass er aufrecht saß. Er starrte sie an. Das spürte sie. Sie fühlt sich unbehaglich.

Kofi hieß Kofi, weil er freitags geboren wurde. Die Kinder hier haben zwei Vornamen. Einen für den Wochentag, an dem sie geboren werden, und einen für besondere Ereignisse, die am Tag der Geburt stattfanden. Und Kofis voller Name war: Kofi-Obirii. Freitag-Heuschrecke. Er hieß Heuschrecke, weil ein Schwarm Heuschrecken am Tag seiner Geburt über das Dorf herfiel und die ganze Ernte aufgefressen hatte. Er war der Älteste und keiner sagte Kofi zu ihm. Alle sagten Heuschrecke.

Und dieser Name passte zu ihm. Er hatte lange, dünne Beine an einem dürren Körper und lange Arme, und weil er der Älteste war, durfte er die kleineren Geschwister herumscheuchen und sich bedienen lassen. Er hockte oft auf dem Boden der Hütte und beobachtete, wie Taya etwas tat und wenn ihm das nicht passte, sprang er vor und klebte ihr eine. Svea war entsetzt, als sie das erste Mal gesehen hatte, wie er ihrer Freundin einfach eine knallte, und Taya so tat, als sei nichts gewesen.

„Er ist der Älteste", hatte Taya ihr erklärt. „Er darf uns rumkommandieren. Wir müssen machen, was er sagt, so wie bei Vater und Mutter. Weißt du, er muss auf die höhere Schule, jeden Tag, und danach muss er arbeiten. Er muss Geld verdienen, weil er der Älteste ist. Und die Arbeit, die er macht, ist sehr hart. Er schleppt Mehlsäcke, die sind so schwer ..., also da wasche ich lieber die Wäsche hier bei uns im Hof."

Zweimal in der Woche gingen die Mütter in die Stadt, um dort zu nähen. Dann mussten Taya und Svea das Baby der Nachbarin mitschleppen. Sie schlichen zur Hütte der Medizinfrau. Dort beobachteten sie, wie Kali, die Heilerin des Dorfes, einen gekrümmten Mann anbrüllte. Es hörte sich an wie das tiefe

Knurren eines großen Hundes, und der Mann zitterte am ganzen Leib. Kali schaute wild um sich, und mit tiefer Stimme donnerte sie ihm zornige Worte entgegen.

Das Baby auf Sveas Rücken fing an zu schreien, und mit rot unterlaufenen Augen erblickte Kali die Mädchen am Fenster. Der Stuhl, auf dem der Mann saß, klapperte rhythmisch, weil er so bibberte. Seine Zähne schlugen aufeinander. Kali kam aus dem Haus gefegt. Taya zerrte an Svea und quietschte: „Komm, schnell, lauf. Weg hier." Das Baby auf Sveas Rücken brüllte, und Svea konnte keinen Schritt tun.

„Svea!!! Lauf. Man darf Kali nicht stören, wenn sie jemanden heilt." Taya versuchte, sie in Bewegung zu bringen.

„Oh Gott, sie kommt."

Svea konnte sich nicht bewegen. Wie gebannt starrte sie auf die wildgewordene Frau mit dem verzerrten Gesicht, die in großen Schritten auf sie zukam. Taya blickte sich ständig um, jederzeit bereit zur Flucht.

„Entschuldige, entschuldige. Entschuldige. Ich weiß das. Es tut mir leid. Ich weiß, dass man dich nicht stören darf. Svea weiß das nicht, tu ihr nichts." Taya fuchtelte mit den Armen vor Svea herum, aber Kali war unbeeindruckt von Tayas Gejammer, packte Svea hart an den Schultern, drehte sie um und band das Baby von ihrem Rücken.

„Nein. Nicht das Baby!", schrie Taya.

Svea war entsetzt. Was passierte nun, was würde sie dem Baby antun? Kali hatte sich mit dem Kleinen im Arm von den Mädchen abgewandt.

Gemeinsam schrien sie: „Gib uns das Baby zurück."

Beide merkten sie, wie unfassbarer Mut in ihnen aufstieg, wie sie groß und immer stärker wurden, um gleich diese Hexe von hinten anzufallen und ihr das Baby zu entreißen, um jeden Preis, komme, was da wolle.

Da drehte Kali sich um und schaute den Mädchen direkt ins Gesicht. Ihr ganzer Ausdruck war verändert. Das Weiß ihrer Augen war wieder weiß und daraus blickten zwei gütige braune Augen. Sie lächelte mit glattem Gesicht und summte, das Baby wiegend.

„Ich war sehr tief in einem Zustand, um dem Mann seine Schmerzen zu nehmen. Es kann böse Folgen haben, wenn ich plötzlich aus diesem Zustand gerissen werde. Wie gut, dass ihr das Baby dabei hattet. Denn Babys sind heilig. Und bringen mich sofort zurück in diese Welt."

Mit offenen Mündern und zittrigen Knien starrten Taya und Svea die Frau an, die sich so schnell zu einer warmen liebevollen Person gewandelt hatte. Taya streckte die Arme aus, um das Kleine zu nehmen, und behutsam legte Kali es ihr in die Arme. Da hörte man Stuhlgescharre, und weil alle noch erschrocken waren, fuhren alle drei im gleichen Moment zusammen.

Der Mann, der zitternde, bibbernde Mann mit dem verdrehten Körper, steckte seinen Kopf aus dem Fenster und sagte grinsend: „Hey, Leute."

Kali lachte. „Dein Schmerz ist weg?", fragte sie.

„Oh ja. Ich danke dir. Jetzt muss ich schnell zu meiner Frau. Sie wird sich freuen."

Und die drei, also vier, das Baby auch, schauten ihm nach, wie er mit seinen langen Beinen über die rote Erde nach Hause hüpfte.

Sarah Schönfeld

EIN BESSERES IN EINEM ANDEREN

Der Bauch des großen Boots hat sie verschluckt. Jetzt schwanken sie hin und her. Um sie herum Schweigen und Dunkelheit, unter ihnen bodenlose Tiefe und vor ihnen die leise Hoffnung auf eine bessere Zukunft. Obwohl jeder einzelne Passagier etwas zu erzählen hat, werden kaum Worte gewechselt.

Seine großen, rissigen Hände umklammern eine zerbeulte Dose. Unzählige Male hat er mit seinem Finger die kleinen, silbernen Wellen darauf nachgezeichnet. Dabei denkt er immer an sie. An den Duft ihrer Haare und das Strahlen ihrer Augen. An einem guten Tag erinnert er sich sogar an den Geschmack ihrer Lippen. Die süßen Berührungen und ihre zarte Haut unter seinen Fingerkuppen.

Es waren dieselben Hände, die ihren runden Bauch abgetastet haben, um eines Tages tatsächlich kleine Beulen von winzigen Füßen zu spüren. Dieselben Hände, aber nicht derselbe Mann.

An schlechten Tagen denkt er an die Schreie, den Rauch, flackernde Schüsse in der Dunkelheit und die Erschütterung der Erde. An solchen Tagen schmeckt alles verbrannt.

Eine Welle, die laut gegen die Bootswand prallt, bringt ihn zurück ins Hier und Jetzt. Entwurzelt sitzen sie in dieser Nussschale, unter ihnen hungriges Wasser. Es wartet gierig auf die erste Gelegenheit sie alle zu verschlingen. Hinter ihnen verbrannte Erde. Und vor ihnen ein Land, das sie nicht will.

Er hat keine Angst mehr. Das Ungewisse ist ihm lieber als die Gewissheit, die sein Land für ihn bereit hält. „Lass uns fliehen! Irgendwo wird es sein: Ein friedliches Fleckchen Erde für uns drei." Im Gegensatz zu vielen Anderen hatte er noch Glück und konnte sie begraben.

Er öffnet die Dose und berührt die trockene Erde darin. „Ich werde ihn für dich finden, diesen Ort, nach dem du dich gesehnt hast", denkt er, als eine noch kräftigere Welle die Bootswand erfasst.

Anmerkung der Autorin:
Bei dem Ausspruch „Ein Besseres in einem Anderen" handelt es sich um ein syrisches Sprichwort. Es bedeutet soviel wie: Heute hatte ich kein Glück, aber hoffentlich kann ich es mit einem neuen Versuch schaffen.

Anke Breuer

AN LAND GEHEN

„Papa, das Telefon klingelt!" Judith war sehr aufgeregt. Endlich, endlich, mein Geschwisterchen ist da, dachte sie. Sie freute sich schon so auf das Baby. Sie war immerhin schon fast neun und konnte tatkräftig mithelfen! So war jedenfalls ihr Plan.

Ihr Vater hastete zum Telefon. Judith hatte ihn noch nie so aufgeregt erlebt wie heute. Als er mittags Essen für Judith und ihn kochte, lief so ziemlich alles schief. Dabei hatte seine Frau die Mahlzeit noch flugs vorbereitet, bevor er sie ins Krankenhaus gebracht hatte. Zumindest hatte sie das Kartoffelpüreepulver bereitgelegt und die Fischstäbchen schon im Ofen platziert, so dass ihr Mann nur noch den Backofen auf 200 Grad einstellen und für das Püreepulver etwas Milch erhitzen musste. Und doch schaffte er es, dass der Kartoffelbrei eher zum Trinken, die Fischstäbchen innen noch gefroren und nur die Knusperschale genießbar war. Judith fand all das amüsant. Ihr war ohnehin nicht nach Essen zumute. Das war nun wirklich gerade völlig unwichtig!

Judiths Herz ging schnell. Sie wollte nun endlich wissen, wann sie losfahren konnten. Ins Krankenhaus. Zu Mama und dem Geschwisterchen. Doch ihr Vater sagte nichts. Er hielt nur den Hörer in der Hand. Nickte ab und an. Kein Lachen. Kein Lächeln. Stattdessen sah sie Schweiß auf seiner Stirn. Gleichzeitig schien er zu zittern. Er lehnte sich an der Wand an. Nicht lässig. Sondern eher aus purer plötzlicher Schwäche.

Judith beschlich ein ungutes Gefühl. Was war da los? Warum freute sich ihr Vater nicht? Er legte auf. Setzte sich auf die Bank der kleinen, in den Flur eingebauten Telefonnische. Mit dem Wählscheibentelefon auf dem Holztischchen. Der Sitzecke dazu. Der Mustertapete an den Wänden.

Er drehte die Kordel um seine Finger. Blau sahen sie schon aus. Er sagte noch immer nichts. Schaute durch die Wand hindurch. Judith ging zu ihm. Fragte ungeduldig: „Papa? Wann fahren wir?"

Und er antwortete erst nach gefühlten Stunden. Zog Judith auf seinen Schoß und sagte dann: „Wir fahren nicht ins Krankenhaus. Das Kind … Deine Schwester ist nicht ganz gesund. Und sie müssen erst schauen, was ihr fehlt."

Judith erschrak. Wie? Fehlen? Was konnte einem Baby, das bislang im Bauch der Mutter lebte, denn fehlen? Und wieso konnten wir nicht hinfahren, dachte sie, und was war mit Mama? Judith flüsterte: „Und Mama? Wir können doch zu ihr fahren!"

Der Vater umarmte Judith fest. Und weinte. Es war das erste Mal, dass Judith ihren Vater weinen sah. Er weinte. Und weinte. Er konnte sich nicht mehr beruhigen.

Judith weinte nicht. Dafür war irgendwie kein Platz, dachte sie. Vielleicht geht es dem Kind deshalb nicht gut, zerbrach sich Judith den Kopf, weil ich damals, als Mama mir sagte, dass ich ein Geschwisterchen bekommen würde, meinte, ich wollte keine Geschwister, und dass sie ja auch keine bräuchten, sie hätten doch schließlich mich! Judith saß auf den Knien des weinenden Vaters. Er lehnte seinen Kopf an ihre Brust. Und seine Tränen durchnässten ihr T-Shirt. Sie dachte an den flüssigen Kartoffelbrei und die gefrorenen Fischstäbchen. Und an ihre Schwester, die sie nicht wollte. Und dann doch wollte. Und jetzt nicht durfte. Es schien, als wäre alles kaputt. Für Tränen war da tatsächlich kein Raum mehr. Und was nutzten sie ihr auch.

Irgendwann hörte der Vater das Weinen auf. Er schaltete den Fernseher ein. Jeder erledigte lautlos seins. Sie gingen schlafen. Wachten auf. Der Vater trank Kaffee und Judith Kakao, als wäre nichts gewesen. Als wäre auch nie die Rede von einer Schwester gewesen. Als hätte sie nie existiert …

Judith ging in die Schule. An dem Tag lernte sie nicht viel. Denn sie träumte. Davon, wie es wohl gewesen wäre mit einer Schwester.

Dann fragte sie sich, weshalb eigentlich „wäre". In der Pause rannte sie nach Hause. Schwänzte die Schule. Das tat sie manches Mal. Wenn die Frösche laichten. Kaulquappen. Die Verwandlung der Kaulquappe zum Frosch, das müsste ihnen erst einmal jemand nachmachen, dachte sich Judith. Sie fing meist ein paar mit einem Netz und warf sie in einen Bottich mit Pfützenwasser. Mit Steinen, die aus dem Wasser ragten. So dass die Tiere mit der Zeit, wenn sich ihre Schwänze zurückbildeten, an Land gehen konnten. Judith hatte ein Schulbuch über die Entwicklung des Menschen gelesen. Dort gab es Bilder, die zeigten, dass Embryos ähnlich ausschauen wie Kaulquappen.

Judith wollte, dass auch aus ihrem Embryo ein Frosch würde. Und sie wünschte, sie könnte es rückgängig machen, dass sie gesagt hatte, sie wollte kein Geschwisterchen haben. Sie wollte doch der Stein sein, der aus dem Wasser ragte. An dem ihr Embryo an Land gehen konnte.

Als sie nach Hause kam, saß ihr Vater am Küchentisch. Judith hatte schon lange einen Schlüssel. Ihre Eltern meinten, wenn sie so selbstständig wäre zu wissen, wann sie die Schule schwänzen konnte und wann nicht, könnte sie auch einen Schlüssel nutzen. Judith lauschte eines Abends, wie die Mutter zum Vater, das Kind schlafend vermutend, sagte, dass sie es lieber hätte, wenn Judith jederzeit nach Hause kommen könnte. Unabhängig davon, was in ihrem Kopf gerade so vor sich ginge. So bekam Judith am nächsten Morgen einen Schlüssel. Sie war die erste aus ihrer Klasse mit einem Schlüssel. Und sie war stolz darauf.

Judith liebte Geschichten. Und die schönsten entstanden nun einmal außerhalb der Schule. Sie hatte bereits mit fast neun Jahren zig Notizbücher voller selbst geschriebener Geschichten, sorgfältig sortiert, in ihrem Regal stehen. Jede hatte einen Anfang. Jede ein Ende. Jede einen Stein, der aus dem Wasser ragte. Und in jeder spielten ein Embryo und ein Frosch mit.

Als sich der Vater zu ihr umdrehte, sah sie, dass er lächelte. Er sagte: „Gut, dass du da bist, Judith. Deine Schwester Jakobine möchte dich bald sehen."

Judith fiel ihm um den Hals. Er küsste sie. Und sie weinte. Endlich.

Es gab Kartoffelpüreesuppe und gefrorene Fischstäbchen. Sie lachten und rümpften die Nase.

Nach dem Essen sagte Judith: „Ich muss jetzt meine Geschichte schreiben. Über den Frosch Jakobine." Der Vater nickte, als hätte er es erwartet. Danach fuhren sie ins Krankenhaus, um die Schwester und die Mutter zu besuchen.

Ein paar Wochen später kamen Judiths Mutter und der Frosch nach Hause. An Land sozusagen. Was für ein Glück!

In den darauffolgenden Jahren musste Judith noch manches Mal daran denken, was wohl gewesen wäre, wenn sie ihr Gesagtes nicht hätte rückgängig machen können. Aber eigentlich spielte es ja keine Rolle mehr. Der Frosch war groß geworden. Und Judith widmete sich jetzt anderen Geschichten …

Als sie wach wird – es ist schon Viertel nach vier nachmittags –, spürt sie wieder dieses Ziehen. Es ist stärker geworden. Sie streicht über ihren Bauch und bekommt prompt eine Antwort. Ein Fuß drückt sich durch die Bauchdecke.

„Heute ist alles anders als vor 25 Jahren", versucht sie sich flüsternd zu trösten, steht auf und legt ihre Sachen für das Krankenhaus zusammen.

Auf die Küchenanrichte stellt sie vorsorglich die Kartoffelpüreetüten und schreibt auf einen kleinen Zettel:

„Die Fischstäbchen sind in der Gefriertruhe!"

Katja Winter
NEUANFANG

Ich bin hierhergekommen, weil du gesagt hast, hier bekäme ich Abstand, Abstand von der Arbeit, die mich viel zu sehr in ihren Fängen hält, Abstand von der Kontrolle, die ich über mein Leben habe, Abstand von der Stadt und ihren unzähligen Möglichkeiten.

Kein Empfang, kein WLAN, nichts, das meinen Geist ablenkt. Aber auch kein Entfliehen vor mir selbst. Ich selbst gefangen von mir. Konfrontiert mit dem, was in meinem Inneren schläft.

Hier gibt es keinen Fernseher, keine Menschen, mit denen ich mich austauschen kann. Nichts und niemanden. Nur die alte Mühle und einen steinigen Weg, der in dieses dunkle, von der Sonne vergessene Tal führt.

Du hast gesagt, das wäre das Beste für mich, und im selben Atemzug meintest du, dass ich es niemals schaffen würde. Du kennst mich einfach zu gut. Auf diese Herausforderung gab es für mich nur eine Antwort. Ich habe meine Sachen gepackt und bin losgefahren, bin in einer alten Mühle gelandet, die aus der Zeit gefallen schien.

Und jetzt?

Endlose Langeweile. Ich zähle die Tage, bis ich endlich behaupten kann, ich habe es versucht, du hattest Unrecht. Aber es ist so schwer, seinen Gedanken zuzuhören, dem einen oder anderen Recht zu geben, Dinge in Frage zu stellen, die so unausweichlich und unabänderlich erscheinen.

Und heute Morgen dann. Eine Veränderung. Der Geruch von Erde, der in mein Zimmer weht. Aus dem Fenster, das weit offensteht und die kalte Winterluft hereinlässt.

Ich ziehe die warme Bettdecke bis zur Nasenspitze. Kann mich kaum überwinden aufzustehen. Aber die Neugier, sie kitzelt mich wach und scheucht mich auf.

Meine Füße berühren den kalten Dielenboden, über den schon Generationen vorher gelaufen sind. Erdige Fußspuren führen an mein Bett. Als ich die Unterseite meiner Füße betrachte, sehe ich, dass sie von mir kommen müssen.

Ich folge der Spur, bin hin- und hergerissen zwischen der Neugier, wohin sie führt, und der Angst, was mich am Ziel erwartet. Das dünne Nachthemd schützt mich kaum vor der Kälte, die der Winter in die Mauern getrieben hat.

An der Haustür greife ich nach meinem dicken Mantel und ziehe meine Gummistiefel über. Die Wiese hinter dem Haus liegt noch still von Raureif überzogen. Der Bach flüstert in seinem Bett. Ich gehe ein paar Schritte. Die Sonne kriecht langsam über den Hang des Tals. Hier unten ist es noch neblig, hier schläft der Tag noch.

Abrupt halte ich inne. Vor mir ein Loch im Boden. In seinen Ausmaßen könnte man es fast für ein Grab halten. Ich sauge den Geruch der frischen Erde in mich auf. Schließe die Augen und atme tief ein. Ich greife in die feuchte Erde, sehe, wie sie zwischen meinen Fingern hervorquillt und höre ihr zu.

Sie spricht von einem Neuanfang. Alles, was stirbt, wird sie und alles Leben entspringt ihr. Ein ewiger Kreislauf.

Ruhe legt sich über meinen Geist. Ich weiß, dieses Grab ist für mich. Und ich nehme es an. Werfe all das hinein, was ich nicht mehr sein will, gebe alles zurück, was ich nicht mehr brauche.

Übrig bleibe ich.

Ein Stückchen Erde.

Ungeformt und bereit für einen Neuanfang.

Nina Weber
DIE ZEDER

Ich sah sie niederknien. Die Hände, ihre rauen trockenen Hände, wie im Gebet vor der Brust zusammengefaltet. Bewegungslos und still kniete sie auf dem harten Untergrund. Die Augen auf den Stamm des Baumes gerichtet. Neben mir raschelte es im welken Laub. Nur eine Maus, dachte ich mir, oder eine Amsel auf der Suche nach Käfern. Kein Grund zusammenzuzucken.

Das Rascheln der Blätter hatte ich auf meiner Pirsch, ihr hinterher, schon dutzendfach verflucht. Es war ein Tabubruch ihr zu folgen, aber stärker als die Angst vor ihrem sicheren Zorn war der Zwang zu wissen, was sie trieb, wenn sie sich wie jeden Nachmittag für mehrere Stunden entfernte.

Ein paarmal hatte sie sich umgedreht, ich fror in meiner Bewegung ein, in Braun gekleidet verschmolz ich mit dem noch winterlichen Hintergrund. Zum Glück ging ein ordentlicher Wind durch die mit braunen Blättern behangenen Bäume. Wie auf der Flucht hetzte sie durch den Wald. Drehte sich nur kurz um, wenn mich dieses vermaledeite Laub fast verraten hätte.

„Ich gehe spazieren", behauptete sie immer, wenn sie sich aufmachte. Wenn sie zurückkam, war ein feines Strahlen in ihrem Gesicht, ihre blauen Augen klar, die Gesichtszüge entspannt, wie früher, als wir uns noch körperlich liebten und sie nach mehreren auf- und abebbenden Wellen im verschmelzenden Moment schön wie eine Göttin war. In ihrem Gesicht konnte ich genau das sehen, wenn sie von ihren Spaziergängen zurückkam.

Brunos Gehöft lag eine halbe Stunde Fußweg entfernt. Das von Bauer Malewitz eine Stunde.

Der Weg, den sie einschlug, ging weder in die eine noch in die andere Richtung. Ich kramte in meinem Gedächtnis nach weiteren Nachbarn für den Verrat. Die schroffe Gegend meiner Heimat kannte ich wie meine Westentasche. Sie hingegen kam von außerhalb, aus der Stadt. Vielleicht war das mein Fehler. Ein Mädchen aus der Stadt hat Flausen im Kopf. Ich hatte versucht, sie ihr auszutreiben. Die Flausen. Die aus dem Wunsch nach ein paar hübschen Kleidern bestanden. Aber die Frage war doch, was sie mit den hübschen Kleidern überhaupt wollte. Hier auf dem Hof war keine Gelegenheit, damit herumzuprahlen. Klar, früher mochte ich es auch, dass sie ein bisschen anders war, sich zurechtmachte, Rouge auflegte. Aber das war lange her.

Von meinem Beobachtungsposten aus hatte ich sie gut im Blick. Über dem geblümten Kleid, das ausgeblichen war und mehrfach geflickt, trug sie eine Strickjacke. Die Frühlingssonne wärmte mit milden Strahlen. Sie stand auf und zog die Jacke aus. Wahrscheinlich traf sie sich mit ihrem Geliebten hier, mitten im Wald. Was sollte ich tun, wenn er käme? Aus dem Gebüsch springen und ihn niederringen. Zugucken? Mir wurde schlecht bei der Vorstellung. Jetzt begab sie sich wieder in die kniende Haltung und warf sich mit beiden Armen auf die Erde.

Ein Gesang hallte bis zu mir herüber. Ein unbekanntes Lied. Keines aus dem Gottesdienst, das hätte ich erkannt. Wie ein Muselmann betete sie. Dann verharrte sie – den Kopf auf dem Boden. Was für eine demütigende Stellung. Sollte er sie so finden? Nach einer schier endlosen Zeit mit der Stirn auf dem Boden entnahm sie dem Beutel, den sie über der Schulter hergetragen hatte, Blumen. Was für eine falsche Welt, wenn sie Bruno, ich war mir inzwischen sicher, dass es nur Bruno sein konnte, den sie erwartete, wenn sie ihm Blumen schenken wollte. Sie verstreute sie vor dem Baum.

Eine mächtige Zeder in blaugrünem Nadelkleid. Dann löste sie ihr Haar aus dem Knoten und fing an zu tanzen. Mir fielen fast die Augen aus dem Schädel. Was sollte das, wieso tanzte sie, ohne jemanden wuschig machen zu wollen. Immer wieder wandte ich den Kopf, um zu sehen, wer des Weges käme. Ich zitterte, hockte im Schatten der Fichten. Mir schmerzten die Beine. Das war doch närrisch, was sie da tat. Tanzte um den Baum herum, warf die Arme in die Luft, stampfte auf, sang laut. Sie machte sich doch zum Gespött der Leute. Wenn jemand käme und sie dabei sehen würde. Und dazu dieser unchristliche Gesang. Wo hatte sie das her?

Das konnte sie nur aus den Büchern haben. Einmal im Monat gestattete ich ihr, den Bus in den Ort zu nehmen und in die dortige Bücherei zu gehen. Es war eine kirchliche Bibliothek, der Grund, ihrem langen Bitten stattzugeben. Abends las sie, statt sich wie andere Frauen mit Handarbeit zu beschäftigen. Natürlich war mir das ein Dorn im Auge, aber ein Jahr lang hatte sie nicht mehr mit mir gesprochen, bis ich nachgab.

Sie lehnte an dem Baum, schwer atmend. In ihrem verwaschenen Blumenkleid. Sie drehte sich um und umfing den

Stamm mit beiden Armen. Eine halbe Ewigkeit stand sie starr und stumm, die Zeder fest umfangen. Anschließend setzte sie sich in gemütlicher Position vor den Baum und es schien, als spräche sie zu ihm. Ich hörte Worte, war aber nicht nah genug, um deren Inhalt erfassen zu können. Aber ganz offensichtlich sprach sie mit dem Baum. Sie redete, wartete, nickte, sprach wieder. Ich überlegte, ob ich näher robben könnte, um sie zu verstehen, aber ich wollte mich auf keinen Fall verraten.

Nach einer weiteren Ewigkeit umarmte sie den Koloss erneut, zog ihre Jacke an, nahm ihr Bündel und machte sich auf den Heimweg.

Das war's? Das machte sie also im Wald.

Das machte sie so glücklich?

In mir platzte ein Knoten der Anspannung. Ich musste lachen. Erleichterung durchflutete mich, die Sonne kitzelte meinen Nasenrücken. Schon morgen, so beschloss ich, würde ich in den Ort fahren und ihr ein neues Kleid kaufen.

Angela Hoptich
TANZ IN DEN MAI

„Seht ihr, ich hatte recht." Bohne zeigte in die Dunkelheit, und
wir starrten seinem Zeigefinger hinterher.

Erst sah ich nur schwarz, wusste nicht, wo ich den Blick fixie-
ren sollte, doch schließlich entdeckte ich, was er meinte. Oben
auf dem Rosenberg konnte man ein rechteckiges Flackern erkennen, das mal hier, mal da aufleuchtete und wieder verschwand. Als ob jemand hinter verschiedenen Fenstern Licht
an- und ausknipste. Dort wollten wir hin. Von unserem Treffpunkt im Tal aus waren es nur schlappe fünfhundert Meter dort
hinauf. Okay, steile fünfhundert Meter, aber machbar.

„Na dann mal los", sagte Schmauch und bockte sein Moped
hoch. Er war als Einziger von uns schon sechzehn. Wir anderen
schlossen unsere Fahrräder aneinander.

Peti, die einen Ritt auf meinem Gepäckträger geschnorrt
hatte, weil ihr Rad einen Platten hatte, kramte währenddessen
einen Lipgloss aus ihrer Handtasche. Ekelhaft süßer Erdbeergeruch verbreitete sich, als sie ihn auf ihre gespitzten Lippen
auftrug. Meine Freundin liebte süße Sachen, die ich meist nur
widerlich fand. Ihr Blick, ebenso klebrig wie die Erdbeerpampe,

haftete dabei auf Schmauch. Er bemerkte es nicht. Seine Aufmerksamkeit galt allein seiner neuen Freundin Clarissa, einer elfenhaften Blondine aus meiner Parallelklasse.

„Sollen wir die Straße nehmen oder durch den Wald? Wald ist kürzer", meinte Peti mit einem Blick auf Clarissas Ballerinaschühchen.

Schmauch steckte sich eine Fluppe an und inhalierte genüsslich. Selten sah man ihn ohne Zigarette im Mundwinkel. Seinen Spitznamen hatte er sich quasi redlich „erschmaucht".

„Wald", antworteten er, Bohne und ich gleichzeitig.

Schmauch legte den Arm um seine Freundin und zog sie mit sich. Nach ein paar Schritten war nur noch die Glut seiner Zigarette zu sehen. Wir alle hatten Taschenlampen mitgebracht, aber Schmauch schien mit Clarissa lieber im Dunkeln bleiben zu wollen. Erhoffte er sich dadurch, dass sie sich schutzsuchend in seine Arme stürzte? Das hätte dieses Mäuschen so oder so getan. Vielleicht kehrte er auch einfach nur den Macker heraus.

Peti hakte sich bei mir unter und flüsterte etwas zu laut: „Na, bald wird sie nicht mehr so schön aussehen. Für den Wald ist sie nicht richtig angezogen. Vielleicht bricht sie sich ja den Hals." Der zynische Unterton hatte sich erst kürzlich bei Peti eingenistet. Eigentlich war meine beste Freundin eine zwar etwas ruppige, aber nette Person. Nur hasste sie es, übergangen zu werden. Und Schmauch hatte sie übergangen. Er hatte Clarissa gewählt.

„Was tuschelt ihr schon wieder?" Mit dieser rhetorischen Frage drängte Bohne sich zwischen uns und schlang die Arme um unser beider Schultern. Er roch nach Seife und Haargel. Mein Bauch begann zu kribbeln, als die Wärme seiner Hand in meinen Oberarm sickerte.

„Ich bin echt gespannt, was da oben so abgeht. Wird ja ein krasses Geheimnis draus gemacht. Alkoholexzesse, Drogenrausch und so, aber ich kenn keinen, der wirklich schon mal dabei war. Ihr?"

Ich schüttelte den Kopf. Meine Stimme war mir im Hals steckengeblieben.

„Erstmal müssen wir hinkommen", moserte Peti und schlug eine Ranke von ihrem Bein. „Dieses Scheißgebüsch hat Krallen."

Bohne lachte. „Dornen meinst du wohl. Das sind wilde Rosen. Die wachsen hier überall."

„Wer hätte das geahnt, Klugscheißer?" Peti boxte ihn in die Rippen. „Dass auf dem Rosenberg auf dem Weg zur Rosenhöhe Rosen wachsen? Ts-ts-tss. Wunderbare Welt der Wunder." Mit einigen schnellen Schritten setzte sie sich von uns ab. Ich hörte sie etwas fluchen, das sich wie „Erklär mir doch bitte das Leben, Arsch" anhörte. Auf Jungs war sie gerade nicht sehr gut zu sprechen. So blieben Bohne und ich allein als Nachhut unserer kleinen Truppe. Allein mit Bohne. Das hatte ich gehofft und auch gefürchtet. Ich wollte es auf keinen Fall versauen. Sein Arm lag immer noch auf meiner Schulter, seine Finger spielten mit meinen langen Strähnen. Die Anspannung in mir wuchs.

„Ich dachte, dein Bruder wäre schon mal auf so einer Party gewesen", presste ich heraus, um interessiert und unterhaltsam zu wirken. Meine Stimme kratzte, was mich ärgerte. Bohne schien das nicht aufzufallen.

„Äh … also …" Er machte einen großen Schritt über eine Wurzel und brachte mich damit fast zu Fall. Sein Arm schlang sich um meine Taille und fing mein Stolpern ab. Sogleich ließ er mich wieder los und fuhr sich durch die Haare. Er hob meine Taschenlampe auf, die ich vor Schreck losgelassen hatte, und gab sie mir zurück. „Tschuldige." Durch das Gel standen seine kurzen Locken nun nach allen Seiten ab. Es sah wild aus – und unglaublich anziehend. Sein Blick hing an meinem Mund.

Ich grinste. „Alles okay."

Mein Herz hämmerte, als wollte es die Rippen durchschlagen – so was von gar nicht okay. Meine Lippen schienen unter Bohnes Blick auszutrocknen. Ich musste sie mit der Zunge befeuchten. Bohnes Gesicht kam näher.

„He, Mell, kommt ihr endlich?", rief Peti aus der Dunkelheit über uns. Das Licht ihrer Taschenlampe irrte umher, bis es blendend auf meinem Gesicht lag. Das wirkte wie eine kalte Dusche.

„Kommen." Bohne räusperte sich und wandte sich zum Gehen. Dabei ließ er wie zufällig seine Hand in meine gleiten und verflocht unsere Finger miteinander. Er sah mich nicht an, sondern stapfte einfach voran und zog mich mit sich. Unsere Handflächen rieben aneinander, seine ebenso feucht wie meine.

Bevor wir Peti erreichten, machte ich mich los. Ich wollte meine Freundin jetzt nicht brüskieren. Ihr Herz war frisch gebrochen. Da wäre es taktlos, ihr meine eigene Verliebtheit unter die Nase zu reiben. Sie sah uns skeptisch an, als wir sie einholten, und schüttelte den Kopf. Ich zuckte nur mit den Schultern. Mehr Kommunikation war nicht nötig.

Gemeinsam kämpften wir uns weiter den Hang hinauf. Obwohl Peti und ich erfahrene Waldwanderinnen waren, strengte mich der unwegsame Anstieg ziemlich an. Schon als kleine Kinder hatten wir oft in dem Wäldchen gespielt, das an unser Wohngebiet grenzte. Seit der Grundschule nahmen wir jeden Sommer an Feriencamps teil. Waldspaziergänge und Nachtwanderungen gehörten dort zur Tagesordnung. Wir lernten, uns richtig zu kleiden, welche Tiere dort lebten und wie man sich verhielt, ohne die Natur zu schädigen. Dass man sie respektieren muss, um im Einklang zu leben. Keine von uns beiden zuckte bei einem Knacken im Geäst, dem plötzlichen Schrei eines Vogels oder anderen Geräuschen. Wir hatten längst keine Angst mehr vor dem „dunklen Wald", das einzig Gruselige darin waren wir Menschen. Heute allerdings schien der Wald eine Abwehrhaltung eingenommen zu haben. Wurzeln buckelten vor unseren Füßen, die Rosenbüsche wurden dichter und unverfrorener. Sie krallten sich in die Jeansbeine, die Jacken und in unsere langen Haare. Außerdem war es stiller als erwartet, selbst für eine Nacht. Man hörte die Blätter von den Bäumen fallen.

„Wir hätten auf der Straße gehen sollen", jammerte Clarissa, als sie zum x-ten Mal eine Ranke von ihrem Strickjäckchen löste. Ihre sonst sanfte Stimme, lieblich wie das Maunzen eines Katzenbabys, hatte sich in ein weinerliches Quieken gewandelt. Die flauschige, schweinchenrosa Jacke und ihr kurzer Rock wurden mittlerweile an einigen Stellen von gezogenen Fäden verunziert, ihre nackten Beine waren ordentlich zerkratzt und die Schuhe, diese helllilablassblauen Ballerinas, mit schwarzer Walderde verkrustet. Sie bemühte sich, mit Dauergeblinzel ihre Tränen zu unterdrücken, was nur halbwegs gelang.

„Ach, halt doch den Mund. Die Straße ist ungefähr fünf Mal so lang", knurrte Peti sie an. „Die schraubt sich in einer Spirale um den Berg. Die Party wäre längst vorbei, bis wir ankommen. Ist doch nicht unser Problem, wenn du nix Richtiges zum Anziehen hast."

„Lass sie in Ruhe", fuhr Schmauch Peti an. „Clarissa ist genau richtig für eine Party gekleidet. Sie weiß eben, was einen

Mann", er betonte das Wort, „glücklich macht. Sie hat Stil, was man von dir echt nicht behaupten kann." Der Lichtstrahl von Schmauchs Taschenlampe glitt an Petis Outfit entlang, das wie mein eigenes aus Schnürstiefeln, Jeans und einer festen Windjacke bestand.

„Oder aber", keifte Peti zurück, „ich habe außer Stil auch noch Grips. Aber so etwas fällt ja *,dem, der mit dem Schwanz denkt',* nicht auf." Wie ein Exhibitionist riss sie ihre Jacke auf. Darunter kam, bis zu den Hüften hochgeschoben, das schwarze Glitzerkleid zum Vorschein, das ich ihr zu Weihnachten genäht hatte. Sie musste also nur Jacke und Jeans ablegen, um ein perfektes Party-Outfit zu tragen. Wirklich schlau. Ich hatte lediglich ein hübsches Top unter meiner Jacke versteckt.

Schmauch zog an seiner Zigarette. Das orangefarbene Glühen vertuschte alles, was ihm möglicherweise an Farbe in oder aus dem Gesicht schoss. Nur ein kurzes Muskelzucken an der Wange verriet, dass er sich getroffen fühlte. Betont gelassen warf er einen Blick auf seine Armbanduhr.

„Weiter jetzt! Es ist schon gleich elf", herrschte er uns alle an. „Oder wollt ihr etwa nicht mehr?"

Er stapfte, Clarissa im Schlepptau, den Hang weiter hinauf. Wir anderen folgten. Ich hakte mich bei Peti ein, die mit einer schnellen Bewegung über ihre Augenwinkel wischte. Wohlweislich kommentierte ich das nicht.

„Die besten Partys fangen vor zwölf eh nicht an, Arschgesicht", zischte sie Schmauch hinterher. Mit einem Ruck zog sie ihre Jacke zu.

„Sollen wir umkehren?", fragte ich.

„Auf gar keinen Fall." Sie klang verletzt, aber trotzig.

Typisch Peti.

„Sag mal, ist etwas zwischen dir und Schmauch vorgefallen, was du mir nicht erzählt hast?", mutmaßte ich. „Ich versteh ja, dass du gekränkt bist, wegen Clarissa und so. Aber warum würgt er dir eine rein? Das macht für mich keinen Sinn. Naja, außer, er ist wirklich ein Arschloch. Aber mal ehrlich, wir kannten ihn schon, als er noch Martin hieß. Und so richtig arschig war er doch nie. Sonst hättest du dich nicht in ihn verknallt, oder?"

Sie antwortete nicht, schien in ihre Gedanken verstrickt. Wir gingen schweigend weiter. Besser gesagt: Sie ging, ich stolperte. Irgendwie hatte ich kein Glück mit den Wurzeln. Ich musste mich darauf konzentrieren, im Lichtkegel zu gehen und auf die Fallstricke zu achten. Meine Gedanken schweiften immer wieder zu Bohne ab. Benno, wie er eigentlich hieß, hatte mit elf einen so außerordentlichen Wachstumsschub gemacht, dass er wie eine Bohnenstange in die Höhe geschossen war. Die Breite hatte da nicht mithalten können. Auch jetzt, mit fünfzehn, war er noch ungewöhnlich lang und dünn. Wenn er sich hinsetzte, sah das aus, als faltete sich ein Zollstock zusammen. Bei diesem Anblick zuckte mein Herz jedes Mal und meine Mundwinkel kräuselten sich zu einem Lächeln. Ich war schon ziemlich lange in ihn verschossen. Aber in Liebesdingen hinkt die Entwicklung von Jungs gnadenlos hinterher. Das Herz scheint bei ihnen langsamer zu wachsen.

„Dinge ändern sich. Menschen ändern sich. Manchmal erkennt man sich selbst nicht wieder", sagte Peti in das lange Schweigen hinein. Sie stieß ein verächtliches Schnauben aus. „Eines ist ja mal ganz sicher: Ich werde mich heute amüsieren. Ich werde mich so sehr amüsieren, dass dafür ein neues Wort erfunden werden muss."

Mit ihrer Stablampe schlug sie nach ein paar Ranken, die vor uns in den Lichtkegel ragten. Die weißen und rosafarbenen Blüten gaben einen betörenden Duft ab, den ich bisher nicht bemerkt hatte. Ich schrieb das dem inneren Tumult zu, der in mir tobte. Die Hormone hatten sich gegen mich verschworen. Doch nun drängte sich der Geruch in den Vordergrund. Wir kamen unserem Ziel näher.

„Ich werd' wohl auf dich aufpassen müssen. Treib's bloß nicht zu bunt", scherzte ich. „Ich hab keine Lust, deiner Mutter zu erklären, dass du heute Nacht unter die Räder gekommen bist."

Petis Mutter war Geschichtslehrerin und ein alleinerziehender Hausdrache; die ruppige, direkte Art hatte sie ihrer Tochter vermacht. Ich kam gut mit dem Drachen zurecht, denn Elisabeth war niemals bösartig. Sie hatte nur das Beste für Peti im Sinn. Vielleicht wurde man so widerborstig, wenn man allein für sein Kind kämpfen musste. Selbst herausfinden wollte ich das nicht. Manchmal reichte es, aus der Erfahrung anderer zu lernen. Reflexartig fuhr meine Hand zur Hosentasche, in der ein eingeschweißtes Kondom steckte.

Außer einem weiteren Schnauben würdigte Peti mich keiner Antwort, was so viel hieß wie: „Komm bloß nicht auf die Idee, mir den Spaß zu verderben."

„Gott bewahre", sagte ich lachend. „Versprochen!"

„Mit Gott hat das gar nichts zu tun", erwiderte sie und lachte ebenfalls. „Jedenfalls hoffe ich, ein paar gottlose Dinge zu tun", fügte sie flüsternd hinzu.

Mein Blick glitt unbewusst zu Bohne, dessen schwarze Silhouette einige Meter vor uns dem Schein seiner Lampe folgte und einen bohnenstangenlangen Schatten auf uns zurückwarf. Ja, ein paar Dinge wollte ich heute Nacht auch gerne tun.

Ein schmerzvolles Aufheulen zerriss die Stille des Waldes. Bohne beschleunigte und stürzte beinahe über eine fette Wurzel. Peti und ich begannen zu rennen. Der Schrei war eindeutig von Schmauch gekommen. Als wir ihn einholten, stand er stocksteif vor einer Hecke. Clarissa bemühte sich mit spitzen Fingern vergeblich, ihn von einigen Rosenranken zu befreien, die sich wie eine blühende Fessel eng um seinen Hals gewickelt hatten. Kratzer zeichneten die Haut, wo die Jacke Schmauch nicht schützte, zwei davon so tief, dass Blutstropfen in den Kragen hinabrannen.

„Das gibt's doch nicht!", rief Bohne überrascht aus und lachte, als sei das ein Spiel. „Der Prinz in der Dornenhecke. Und Dornröschen befreit ihn. Bei dir läuft's, Bro."

„Idiot!", presste Schmauch heraus und machte in dem sinnlosen Versuch, den Dornen zu entkommen, einen langen Hals.

Peti drängte sich an Bohne vorbei und zog ein Schnappmesser aus der Tasche. „Geh mal beiseite, Püppchen", ranzte sie Clarissa an. Sie schob das erschrockene Mädchen zur Seite, ließ die Klinge unter die Ranken gleiten und sah Schmauch in die Augen. „Du musst jetzt ganz, ganz tapfer sein." Sie grinste und fügte hinzu: „Bei drei."

Noch bevor sie den letzten Buchstaben von „Eins" ausgesprochen hatte, schnitt sie mit einem Ruck die Ranken durch. Auf der Gegenseite bohrten sich die Dornen in Schmauchs Hals, dass er aufkeuchte. Mit schnellen Handgriffen entfernte Peti die zerschnittenen Pflanzen, während sie „zwei" sagte, und drückte bei „drei" ein Papiertaschentuch auf die blutenden Kratzer und dem überraschten Schmauch einen Kuss auf den Mund. Dann trat sie einen Schritt zurück.

„Fertig."

Seelenruhig ließ sie das Messer zuschnappen, steckte es ein und tat, als sei nichts geschehen. Wir anderen standen wie angewurzelt und starrten sie an.

„Das ist eine Waffe." Bohne fand als Erster seine Stimme wieder. „Weiß deine Mutter …"

„Halt die Fresse, Klugscheißer." Peti trat aus unserem Kreis und begann, die Rosenhecke abzuleuchten. „Ein einfaches Danke hätte es auch getan."

„Danke." Schmauch klang noch ein wenig piepsig, Clarissa dagegen wütend: „Wen wundert es …"

Peti drehte sich abrupt um und leuchtete der Nörglerin ins Gesicht. „Willst du mir etwas sagen?"

Schmauch schob sich vor seine Freundin. „Nein. Will sie nicht. Danke noch mal …", er räusperte sich, sein Gesicht schien selbst im fahlen Licht der Taschenlampen puterrot, „… für die Befreiung. Gut, dass wenigstens eine an Ausrüstung gedacht hat." Er nickte Peti anerkennend zu und nahm seine Freundin ein Stück beiseite. Beide sprachen flüsternd aufeinander ein.

Bohne griff mich am Arm. „Ein Schnappmesser? Wirklich? Das ist scheiß gefährlich, wenn man damit nicht umgehen kann. Woher hat sie es? Das Ding ist ja gute zwanzig Zentimeter lang. Das kann man nicht eben mal beim Tante-Emma-Laden um die Ecke kaufen. Schon gar nicht, wenn man vierzehn ist."

„Sie ist fünfzehn, genau wie du! Tu nicht, als wüsstest du das nicht."

„Vierzehn, fünfzehn, sechzehn, scheißegal. So was ist in Deutschland verboten. Ehrlich, Mell, für so ein Ding braucht sie einen Waffenschein."

„Blödsinn."

„Du wusstest es also!" Bohnes Finger bohrten sich stärker in meinen Arm.

Ich riss mich los und rieb die schmerzende Stelle. „Nein, gar nicht. Aber ich sehe nicht, was daran so schlimm ist. War doch gut, dass sie Schmauch losschneiden konnte."

„Aber dafür hat sie es nicht mitgebracht, oder? Denn darauf kann sie unmöglich vorbereitet gewesen sein. Also: wofür dann? Wofür hat sie das Teil dabei?"

„Selbstverteidigung vielleicht?", schlug ich vor.

„Pah!" Er verschränkte die Arme vor der Brust.

„Vielleicht hat ihre Mutter es ihr mitgegeben."

Bohne tippte mir mit dem Zeigefinger an die Stirn. „Du spinnst doch. Wissen deine Eltern etwa, dass wir heute hier sind? Meine nicht. Ich konnte mich nur rausschleichen, weil sie heute eingeladen waren."

Ich nickte. „Wir auch. Also, ich meine, weil meine Eltern auch eingeladen waren. Zum Tanzen. Selbst Petis Mutter hat ausnahmsweise mal was vor – und die geht echt selten aus. Eigentlich fast nie. Peti schläft deshalb heute bei mir."

Jedenfalls glaubten das unsere Eltern. Viel Schlaf planten wir nicht zu bekommen. Wir mussten nur zu Hause sein, bevor Mama und Paps wiederkamen. Doch das konnte dauern. Sie feierten gern bis tief in die Nacht. Und heute war der dreißigste April. Der *Tanz in den Mai* dauerte erfahrungsgemäß bis in die frühen Morgenstunden. Perfekt für unsere eigene kleine Maifeier.

„Oh-oh, scheiß Kopfkino", scherzte Bohne. „Ich weiß echt nicht, was schlimmer ist: alte Leute, die sich bei grausamer Musik im Rudel einen abzappeln, oder alte Leute, die Sex haben, während ihre jugendlichen Sprösslinge im Nebenzimmer zu schlafen versuchen." Er machte eine Wichsgeste und rollte mit den Augen.

„Meine Mutter ist sechsunddreißig."

„Na, sag ich doch: alt!"

Jetzt hatte ich auch Kopfkino. Um das Thema wieder zurück auf den Brennpunkt zu lenken, sagte ich: „Vielleicht hat Elisabeth geahnt, dass Peti und ich die sturmfreie Bude ausnutzen würden."

„Und dafür gibt sie ihrer Tochter eine Waffe mit? Also bitte! Nie im Leben."

Ich stellte mir die taffe Drachenmutter vor, wie sie Peti den Umgang mit einem Schnappmesser erklärte. Unwillkürlich schüttelte ich den Kopf. Taff hin oder her, niemals würde Elisabeth ihre Tochter bewaffnen. Sie hätte viel zu viel Sorge, dass Peti sich damit selbst verletzte. Was das Abzappeln und den Sex anging, war ich mir bei ihr nicht sicher.

Unsere Überlegungen fanden ein jähes Ende.

„Hier lang", rief Peti ein Stück entfernt.

Der Wald wurde von einem festgetretenen Weg durchschnitten, auf dessen anderer Seite die hohe, dichte Hecke jeden Zentimeter einnahm. Wir folgten dem Weg bis zu meiner Freundin. Der Duft der Tausenden von Wildrosen bereitete mir arge Kopfschmerzen. Ich fühlte mich regelrecht betäubt. Müssten die Blüten sich nicht eigentlich bei Nacht schließen?

Über uns auf der Hügelkuppe, keine fünfzig Meter entfernt, lag inmitten der Rosenbüsche unser Ziel. Das ehemalige Tanzlokal „Rosenhöhe" war eine einstöckige Rotunde mit einem Flachdach, das von einem Geländer begrenzt wurde. Meine Großeltern hatten erzählt, dass sie hier früher „schwofen" gegangen wären, und Opa gab gern an, was für ein „flotter Tänzer" er doch gewesen sei.

Das Lokal wurde geschlossen und ein Kuckuck, ein Pfandsiegel, an die Tür geklebt. Man munkelte, der letzte Besitzer hätte Dreck am Stecken gehabt und sich ins Ausland abgesetzt. Es stand nun schon jahrelang leer. Ich kannte das Haus nur von Bildern. Es lag eingebettet in ein verwildertes Rosenmeer. Die Einheimischen nannten es den „Schneewittchensarg", was nahe lag, denn es war ringsherum verglast. Das Mondlicht brach sich funkelnd in den Fenstern. Hinter dem Gebäude ragten einige dunkle Bäume auf. An der Stelle, wo Peti stand, bildete das Rosengestrüpp einen Torbogen und eine schmale Schneise – eine Art Wandelgang, der geradewegs bis zur Eingangstreppe führte.

„Hört ihr das?", fragte meine Freundin.

Ich hielt die Luft an und lauschte. Über meinen eigenen Herzschlag hinweg nahm ich nun ein leises Pochen wahr, als würden weit entfernt viele Trommeln schlagen. Je länger ich horchte, desto mehr wurde der Rhythmus zu meinem. Ich spürte ihn durch meine Adern pulsen und im Gleichtakt mit meinem Herz pochen. Bum-bumbum. Er breitete sich in meinen Gedanken aus. Bum-bumbum. Immer lauter. Bum-bumbum. Er nahm mein Bewusstsein gefangen. Bum-bumbum. Träge und hypnotisch immer weiter. Bum-bumbum.

Bohne holte mich aus dieser Trance zurück. „Ich hör nix!", verkündete er laut. Suchend sah er sich um und reckte den Hals, um über die Büsche zu linsen. Die Hecke reichte ihm nur bis zu den Ohren, uns anderen bis weit über den Kopf. „Ich sehe gar keine Lichter. Seid ihr sicher, dass die Party hier und heute stattfindet?"

Schmauch nickte. „Hundert Pro."

„Und von wem hast du diese Info?" Bohne schien mit einem Mal ziemlich skeptisch.

„Scheißt du dir jetzt etwa in die Hosen, Kleiner?" Schmauch lachte. „Na, dann hab ich ja das Richtige mitgebracht."

Er zog eine halbvolle Flasche Tequila aus der Jackentasche. „Ein kleines Warm-up kann ja nicht schaden, oder?" Schmauch grinste breit. „Hab ich aus dem Giftschrank meiner Eltern geklaut. Wer will?" Er schraubte die Flasche auf, nahm einen großen Schluck und reichte sie an Clarissa weiter. Aus der Innentasche zog er eine weitere Überraschung: einen monströsen Joint, der gut und gerne als Zigarre durchgehen konnte. Paffend zündete er ihn an. Kleine Rauchwölkchen verbreiteten sofort den würzigen Grasgeruch, der mir immer ein wenig Übelkeit bereitete. Nach zwei Zügen gab Schmauch die Tüte an Bohne weiter, der gierig daran saugte.

Wir setzten uns auf den Weg, der um das Haus zum Parkplatz führte, und ließen Flasche und Joint kreisen. Der Schnaps brannte meine Kehle hinunter, der Rauch schmeckte komisch und stieg mir in den Kopf. Das alles machte mir nichts aus, denn Bohne rückte nahe an mich heran. Wärme breitete sich in mir aus und mein Schädel wurde leicht wie ein Luftballon. Ich war mir unsicher, ob das von dem scharfen Tequila oder vom Marihuana herrührte, aber was wusste ich denn schon? Nichts davon hatte ich vorher je probiert. Der ganze Abend war eine einzige Premiere. Als ich Bohnes Arm um meine Taille spürte, lehnte ich mich mit einem Seitenblick auf Peti an ihn. Sie erwiderte meinen Blick und hob kurz die Schultern, als wollte sie mir ihr Okay erteilen. Bohne hatte unseren Austausch nicht mitbekommen und zog mich auf seinen Schoß. Ich nickte Peti zu und hielt ihr den Joint wie eine

Friedenspfeife entgegen. Grinsend nahm sie ihn an. Sie hob ihn an die Nase und schnüffelte daran, dann drehte sie ihn eine lange Weile zwischen den Fingern, um Clarissa, die ihre Hand danach ausstreckte, zu ärgern. Schließlich gab sie ihn, an dem empörten Gesicht ihrer Widersacherin vorbei, an Schmauch weiter. Hatte sie überhaupt daran gezogen?

Bevor ich eine Bemerkung machen konnte, drängte sich die übergangene Blondine in den Mittelpunkt der Aufmerksamkeit. „Weiß einer von euch, warum das Haus Schneewittchensarg genannt wird?" Sie fragte es so, als wäre es ein Geheimnis.

„Wegen den Fenstern", schossen Schmauch und Bohne prompt heraus und gackerten blöd.

„Wegen der Fenster", korrigierte ich sie und erntete dafür zwei erhobene Mittelfinger.

Peti warf ihr einen grimmigen Blick zu und meinte: „Wen interessiert's? Ist doch kackegal."

Clarissa schüttelte den Kopf. Ihre blonden Locken tanzten dabei wie goldene Wellen. „Ich häng das ja sonst nicht an die große Glocke, aber mein Dad ist bei der Kripo –"

„Und das ist die Lizenz zum Wichtigmachen?", unterbrach Peti sie. „Pffff!"

Schmauch, der ihr gegenüber saß, trat sie gegen das Schienbein. „He, komm mal runter." Zu seiner Freundin meinte er: „Und weiter?"

Clarissa nahm einen Schluck Tequila und verzog das Gesicht. Sie nahm Bohne den Joint ab, zog, inhalierte, exhalierte und blickte dem Rauch hinterher, der wie schwerer Nebel im Licht der Taschenlampen zu Boden sank.

„Hui, eine Kunstpause. Die Spannung bringt mich um", stichelte Peti. Schmauch warf ihr sein Feuerzeug an den Kopf.

„Aua!" Sie warf es zurück und traf ihn auf der Brust, genau über dem Herzen. Clarissa zog eine Schnute und blieb stumm.

„Kripo, Schneewittchensarg?", soufflierte Bohne.

Er saß jetzt hinter mir, ich zwischen seinen angewinkelten Beinen, sodass ich mich bequem an seinen Oberkörper zurücklehnen und seine Knie als Armlehnen nehmen konnte. Seine Arme hatte er über meinem Bauch verschränkt. Mein ganzes Bewusstsein konzentrierte sich auf unseren Körperkontakt. Die Nerven flirrten unter meiner Haut. Das war es, was ich mir von unserem nächtlichen Ausflug erhofft, erwünscht, ersehnt hatte. Ich schwelgte in diesem Sinnesrausch und blendete alles andere aus. Möglich, dass der Joint nachgeholfen und sowohl meine als auch Bohnes Hemmschwelle gesenkt hatte. Aber das war mir gerade schnurzpiepegal. Bohne nuckelte die letzten Tropfen aus der Flasche und drückte mir unbeholfen einen Kuss auf mein Ohr. Sein Atem kitzelte an meinem Hals und löste ein wohliges Kribbeln zwischen meinen Beinen aus. Bohne presste sich enger an mich. Ich konnte seine Erregung deutlich spüren. Seine Finger krochen unter den Rand meiner Jacke auf der Suche nach nackter Haut.

Das endete schlagartig, als Schmauch ausrief:

„Mord? Ehrlich jetzt?"

Bohnes Körper erstarrte und ich riss erschrocken die Augen auf. Den Teil von der Geschichte, den ich ausgeblendet hatte, bekam ich nun mit Zuckerglasur serviert.

Clarissa setzte sich in Pose. Das Licht der Taschenlampe in ihrem Schoß zeichnete unheimliche Schatten auf ihr jugendliches Gesicht. Die Augenhöhlen schienen eingefallen, die Wangen hohl, die Lippen schmal. Das Kinn dagegen wirkte spitz und vorstehend.

„Ihr dürft das echt keinem weitersagen, mein Vater bringt mich um." Kunstpause. „Es war ein Mädchen, etwas älter als wir. Man hatte sie irgendwie aufgebahrt, so mit gefalteten Händen über der Brust, in einem weißen Kleid und Rosen drumherum." Kunstpause. „Die Todesursache konnte nicht ermittelt werden, was echt seltsam war. Die Autopsie hat nichts ergeben." Kunstpause. „Sie hatte langes, schwarzes Haar, schneeweiße Haut und ihr Mund war rot, mit Blut benetzt, so, als hätte sie welches getrunken. Oder sich auf die Lippe gebissen. Schwarz, weiß, rot. Naja, wie Schneewittchen eben." Sie zuckte mit den Achseln und warf mir einen abschätzigen Blick zu. Boshaftigkeit flackerte in ihren Zügen. „Ungefähr so wie du, Mell. Bis auf das Blut natürlich." Sie strich sich mit dem Zeigefinger über die Unterlippe, als müsste sie etwas abwischen. „Ach ja, auf ihre Unterarme waren Zeichen gemalt. Blaue, kryptische Zeichen."

„In *dem* Haus?", fragte Schmauch. Seine Stimme hatte ein wenig Selbstsicherheit verloren. Er drehte sich so, dass er den Blick auf den Durchgang zur Eingangstreppe richten konnte.

„Nee, dahinter. Im Blutbuchenhain."

Schmauch nickte. „Na, dann ist ja alles gut. Da wollten wir ja eh nicht hin."

Ein Schauder lief mir den Rücken hinab.

Bohne schloss die Arme enger um mich und flüsterte: „Keine Angst, ich pass auf dich auf."

Für einen Moment glaubte ich ihm sogar. Dann aber fragte ich mich, wie wir es mit einem Mörder aufnehmen sollten, vor allem Bohne, der schon wegen Petis Schnappmesser die Krise bekam.

„Ja, klar", sagte dieser jetzt laut. „Und warum sollten wir noch nie etwas davon gehört haben?"

„Ist doch klar", sagte ich, „so eine Geschichte lenkt das öffentliche Interesse auf die Rosenhöhe und schon trampelt hier die ganze Stadt durch den Wald. Generationen von Jugendlichen, die das Geheimnis entschlüsseln wollen."

Peti schnaubte. „Und ich dachte, wir wollten uns heute nur amüsieren." Schmauch ignorierte Petis Genörgel und meinte zweifelnd: „So etwas Spektakuläres lässt sich eigentlich schlecht unter den Teppich kehren, oder?"

Unsere Märchentante kicherte. „Hast du eine Ahnung, was da so alles unter dem Teppich schlummert! Pass auf, wo du hintrittst." Sie rollte die Augen. „Aber mal im Ernst: Das Ganze ist schon ziemlich lange her. Auf den Tag genau achtzehn Jahre. Vielleicht fragst du mal deine Eltern. Die erinnern sich bestimmt daran. Ein Ritualmord in der Walpurgisnacht, bis heute unaufgeklärt. Mein Dad hat mir das nur erzählt, um mir Angst zu machen. Weil er das hier", sie zeigte auf unseren Sitzkreis, „vermeiden wollte. Dass ich mit Leuten wie euch in einer Nacht wie heute durch genau diesen Wald tapse."

„Ach wärst du doch nur zu Hause geblieben", wandte Peti nüchtern ein. Clarissa warf ihr einen mörderischen Blick zu und nahm Bohne den Joint, der seine letzte Runde angetreten hatte, aus der Hand.

„Und damit ist dein Dad okay, oder was?", motzte Bohne und versuchte vergeblich, ihr den Tütenstummel wieder wegzunehmen.

„Sicher. Genauso wie mit unserem kleinen Ausflug." Clarissas ironisches Grinsen wirkte gespenstisch. Ich starrte sie an. Sie zuckte nur mit den Schultern und tat, als sei nichts gewesen. Sie und Schmauch teilten sich den letzten Rest vom Joint, indem sie sich gegenseitig den Rauch in den Mund atmeten, was demonstrativ in einem endlosen Zungenkuss gipfelte. Und der sah bei weitem nicht so aus, als müssten die beiden noch üben.

Falsche Schlange, dachte ich, an der ganzen Story war doch kein einziger Buchstabe wahr. Mit ihrem lieblichen Weibchen-Getue, als könnte sie kein Wässerchen trüben und müsste vor allem beschützt werden, wickelte sie die Jungs um den Finger. In Wirklichkeit war sie nicht nur weniger unschuldig, als sie sich gab, sondern obendrein auch noch eine abgeklärte Lügnerin. Kripo? Mord? Vielleicht. Wahrscheinlich nicht. Aber Walpurgisnacht? Kam sie uns jetzt auch noch mit besenreitenden Hexen? Peti hatte vollkommen recht: Clarissa wollte sich wichtigmachen.

„Schluss mit der Märchenstunde", sagte Peti genervt und stand auf. „Was ist jetzt mit der Party? Lasst uns mal unters Volk mischen. Ich komm hier noch um vor Langeweile." Sie hatte sich Jeans und Jacke ausgezogen und das kurze Kleid zurechtgerückt. Die schweren Schnürstiefel bildeten einen obercoolen Kontrast dazu. Ihre roten Haare hatte sie aus dem Zopf befreit und neuen Lipgloss aufgetragen. Der penetrante Erdbeerduft kämpfte sogar siegreich gegen die Übermacht der Rosen an. Peti löschte die Taschenlampe und stopfte alles in ihre Umhängetasche. „Ich wär dann soweit. Oder fürchtet ihr euch jetzt etwa, wegen Blondies Geschichte?"

Da stand sie, die Arme vor der Brust verschränkt, die Hüfte provokant nach vorn geschoben. So lebendig. So stark. So furchtlos. Das Mondlicht verlieh ihr einen silbernen Glow, der wie ein Heiligenschein um ihren Kopf lag. Wie konnte Schmauch ihr diese Barbie vorziehen? Der brauchte unbedingt einen gehörigen Wachstumsschub in Liebesdingen. Armer Idiot. Ich hoffte für Peti, dass sie auf der Party einen besseren Kerl fand.

Die Hecke gebärdete sich merkwürdig, als wir durch den Wandelgang auf die Eingangstreppe zugingen. Es schien, als würde sie vor uns zurückweichen. Ich ging an zweiter Stelle hinter Peti, mit Bohne in meinem Rücken. Wir brauchten keine Lampen, der Mond tauchte alles in sein kaltes Licht. Die Rosenblüten schimmerten silbern und reflektierten den Schein. Ihr Duft würgte mich in der Kehle, sodass ich kaum atmen konnte. Vielleicht waren es auch nur Alkohol und Hasch, die meine Sinne trübten, sicher war ich mir nicht. Ich rieb mir die Augen, als könnte ich sie dadurch scharf stellen, und machte einen Ausfallschritt zur Seite, um meine Theorie zu testen. Die Ranken wichen zurück, zogen ihre Krallen ein. Nicht viel, fast unmerklich, aber mir fiel es auf. Ich machte einen weiteren Ausfallschritt und wieder bestätigte sich meine Wahrnehmung. Die Pflanzen neigten sich zurück, jetzt deutlicher, beinahe wie eine respektvolle Verbeugung.

Ich blieb stehen und drehte mich zu Bohne um, der gegen mich prallte. „Hast du das gesehen?"

„Was?"

Clarissa und Schmauch, die Nachhut, drängelten sich an uns vorbei. „Nicht im Weg stehenbleiben!", schnauzte Schmauch. In seinem Mundwinkel glimmte eine Zigarette. Eine der Ranken hakte sich in Clarissas Jäckchen fest. Ich musste mir das Zurückweichen der Pflanzen wohl doch nur eingebildet haben. Von Drogen sollte ich eindeutig die Finger lassen.

Je näher wir dem Haus kamen, desto verlassener wirkte es. Wo war denn nun diese berühmt-berüchtigte Maiparty? War das nur ein Mythos der Oberstufler? Eine Verarsche? Hinter den Fenstern blieb es entgegen unserer glühenden Erwartungen dunkel. Der Verfall hatte das Gebäude deutlich im Griff, auch wenn das Silberlicht des Mondes eine beschönigende Make-up-Schicht über alles legte. Risse im Mauerwerk, aus denen Wurzeln und Pflanzen quollen, bezeugten, dass die Natur sich Stück für Stück zurückeroberte, was einstmals ihr gehörte. Ich konnte diese Kraft fühlen, genauso wie ich nun den Rhythmus wieder in meinen Adern spürte. Bum-bumbum. Die Trommeln schlugen lauter, vibrierten durch meinen Körper. Bum-bumbum. Das Gebäude hatte die Form einer riesigen Trommel, wie mir jetzt bewusst wurde. Ob die jemand schlug? Bum-bumbum. Ich blickte hinauf zum Flachdach. Da an dem Geländer, standen dort Menschen? Bum-bumbum. Im nächsten Augenblick waren die Gestalten verschwunden. Bum-bumbum. Bei jedem Schlag loderte in mir etwas auf, etwas Heißes, Animalisches. Meine Glieder zuckten. Bum-bumbum. Meine Konzentration verlor sich. Dafür wurde mir die Hitze bewusst, die von Bohnes Hand ausging. Er hatte nicht losgelassen. Unsere Finger waren noch miteinander verflochten. Bum-bumbum. Ich drehte mich um und zog ihn an mich. Er kam mir entgegen, sein Mund presste sich gierig auf meinen. Spürte er es auch? Bum-bumbum. Meine Hände glitten unter seine Kleidung.

„Sag mal, geht's noch? Könnt ihr nicht wenigstens warten, bis wir drin sind? Behaltet mal eure verfickten Hormone unter Kontrolle!" Peti drückte uns mit viel Kraft auseinander.

„Aber da drinnen ist doch gar nichts!", maulte Bohne und zeigte auf die dunklen Fenster. „Mell und ich können *unsere* Party genauso gut hier –"

„Kommt mal her, schnell!", rief Schmauch mit gedämpfter Stimme. Er stand mit Clarissa etwas seitlich an einer der Panoramascheiben und polierte mit dem Ärmel seiner Wildlederjacke daran herum, bis es quietschte. Dann schirmte er seine

Augen ab und drückte sich die Nase an der Scheibe platt, die größtenteils von innen beschlagen war. „Das scheint eine Mottoparty zu sein. Ich glaub, ich sehe Masken und irgendwelche Kopfteile, Kronen oder so?"

„Fuck, warum sehen wir denn nix?" Bohne drückte ebenfalls seine Nase an das Glas.

„Vorhänge, Mann. Bist du blind? Oder total breit?" Schmauch tippte auf die Stelle in der unteren Ecke, durch er eben noch gespickt hatte. „Hier unten ist eine Lücke, ein Spalt. Man sieht nicht viel, ein paar Kerzen. Manchmal gehen Leute vorbei, aber das kann man echt nicht gut erkennen. Wir sollten reingehen." Er trat beiseite und Peti stürzte sich sogleich auf den freien Platz. Sie spähte durch den Spalt.

„Ist es da drinnen … nebelig?"

„Quatsch, das ist Rauch", erklärte Schmauch, der Experte. „Die quarzen wie die Schlote. Ich wette, da gibt's noch ganz anderes als unser kümmerliches Gras."

Mir wurde ein wenig mulmig. Bohne bemerkte es. „Hey, hey! Alles in Ordnung, Mell? Deswegen sind wir doch gekommen, oder nicht? Drogen und Alkohol, feiern und abtanzen, bis der Arzt kommt. Weißt du nicht mehr?"

Ich nickte. „Ich bezweifle, dass hier ein Arzt kommt."

Wir prusteten los. Bohne küsste mich. Alles war in Ordnung.

„Lasst uns endlich reingehen." Peti schob die Tür auf.

Ich wunderte mich, dass sie ihren Taschengurt enger schnallte, bevor sie eintrat. Bohne schlüpfte als Zweiter durch die Tür und zog mich hinterher. Ich prallte gegen eine Hitzewand, die mich sofort umschloss. Die Luft war dick und schwer vom Rauch, der in der Kehle kratzte. Oberflächlich roch es nach Feuer, nach wilden Rosen, nach satter Erde. Darunter lagen

Schweiß und andere Körpergerüche. Es war dunkel, bis auf wenige Fackeln und Kerzen. Meine Augen, die noch an das kalte Mondlicht gewöhnt waren, mussten erst auf diese gelblich-diffuse Beleuchtung umschalten. Meine Ohren dagegen funktionierten einwandfrei und hörten gedämpfte, sehr menschliche Geräusche. Flüstern, Lachen, Juchzen, Stöhnen, leise Schreie. Ich packte Peti, die wie angewurzelt vor mir stehengeblieben war, an den Schultern und schob mich an ihr vorbei.

Das Erste, das ich sah, war ein Baum, der den Fliesenboden durchbrochen hatte, wo einmal die Garderobe gewesen sein musste. Er hing voller Mäntel und Jacken der Gäste. Dahinter – und mir fiel bei dem Anblick die Kinnlade hinunter – erstreckte sich ein runder Saal.

„Was. Ist. Das?", fragte ich schockerstarrt.

Der Raum war voller Menschen. Menschen allen Alters. Sie tanzten, zuckten im Rhythmus der unsichtbaren Trommeln. Bum-bumbum. Auf der Tanzfläche, auf riesigen, gepolsterten Sitzlandschaften, auf Sesseln, auf Tischen, stehend, sitzend, liegend, tummelte und wälzte sich die halbe Stadt. Die Leute trugen schicke Kleidung oder das, was anfangs wohl als schick durchgegangen war, jetzt aber nur noch aus wenigen Stücken Stoff bestand. Die meisten hatten ihre Sakkos und Pullis, Hemden, Kleider, Blusen, Hosen und Röcke von sich geworfen oder einander heruntergerissen. Die Kleidungsstücke lagen überall herum.

Wir gingen weiter in den Raum hinein. Niemand nahm Notiz von uns. Sie waren mit sich selbst beschäftigt. Viele waren völlig nackt – bis auf die Masken, die ausnahmslos alle trugen. Halbmasken, die an Waldtiere erinnerten. Die Haare der Frauen waren mit Kränzen aus Ranken und Blüten geschmückt, die

Männer trugen Geweihe und Kronen aus Ästen und Laub. Und sie taten, was nackte Erwachsene meistens taten. Sie fickten. Poppten. Vögelten. Bumsten. Pimperten. Je nach Jahrgang. Da hatte jede Generation so ihre eigenen Bezeichnungen, so viel hatte ich von meinen Eltern aufgeschnappt.

Schmauch drängte sich an uns vorbei. „Echt jetzt? Rudelbumsen?"

„Die Heilige Hochzeit", sagte Peti, als läse sie es von einem Schild ab.

„Das ist ja besser als mein wildestes Kopfkino." Bohne zog mich eng an sich. „Eine Orgie. Großartig."

Der allgegenwärtige Takt ergriff mich. Bum-bumbum. Mein Blut begann zu kochen. Bum-bumbum. Ich verspürte den Drang, meine Jeans auszuziehen.

„Widerwärtig", sagte Peti und riss meine Hände von meinem Reißverschluss los. „Komm zu dir!"

Ich schlug ihre Finger weg. „Lass mich. Wir wollten uns doch amüsieren."

Sie kramte in ihrer Tasche und zog ein Tuch heraus. „Hier, bind dir das um. Atme den Rauch nicht ein."

„Kümmer dich doch um dein eigenes Leben." Bohne gab Peti einen Schubs.

Sie stolperte rückwärts über eine aus dem Boden kriechende Wurzel und landete auf dem Schoß eines halbbekleideten Wolfsgesicht. Der Mann ließ erfreut von der älteren Partnerin ab, deren Brust er eben noch geknetet hatte, und schob seine Hand zwischen Petis Beine. Sie verpasste ihm mit dem Ellbogen einen Kinnhaken und sprang auf. Der Mann wischte sich über den Mund und wandte sich wieder seiner alten Partnerin zu.

Peti sah sich suchend um. Ihr Blick blieb an einer Gruppe hängen, die gerade Wein in silberne Kelche schenkte.

„Oh mein Gott, ist das …" Sie sprach nicht weiter, sondern stürmte schnurstracks auf die Gruppe zu. Ich wollte ihr folgen, doch Bohne hielt mich fest.

„Lass sie. Sie wird schon finden, was sie sucht", raunte er mir ins Ohr. Seine Zunge fuhr am Rand meiner Ohrmuschel entlang, während seine Hände mich aus der Jacke befreiten. Bum-bumbum. Er küsste mich auf die zarte Stelle unter dem Ohrläppchen und ließ seine Hand in den Ausschnitt meines Paillettentops gleiten. Bum-bumbum. Er zog mich auf ein Sofa, auf dem ein anderes Paar sich gerade gegenseitig die Kleider vom Leib schälte. Bohne schob mir seine Zunge zwischen die Lippen und rieb seine Erektion an meinem Körper. Bum-bumbum. Seine Finger lagen auf meinen Brüsten, drückten sie. Er hechelte. Bum-bumbum. Zitterte. Stöhnte. Kam. Blieb ermattet liegen. Mir war nicht einmal Zeit geblieben, mich in die Situation zu finden. Alles ging so schnell. Ich wusste nicht so recht, was ich erwartet hatte, aber ich hatte es mir jedenfalls nicht so … mechanisch vorgestellt. Und nicht so unsinnlich.

Der feuchte Fleck auf seiner Hose breitete sich aus. Bohne sah meinen Blick, wurde puterrot. Verlegen fuhr er sich durch die Haare und sprang auf.

„Sorry." Er räusperte sich. „Ich … ich such mal eben ein Klo." Im Gehen drehte er sich zu mir um. „Soll ich mal nach was Trinkbarem Ausschau halten? Willst du Wein? Oder ein Bier?"

Ich nickte nur. Bohne wankte ein wenig, als er durch den seltsamen Rummel davonstakste. Das Paar am anderen Ende des Sofas beanspruchte mehr von der Sitzfläche, ihre Münder und Körper waren inzwischen völlig miteinander verschmolzen. Ich rutschte an die äußerste Kante. Verstohlen beobachtete ich, was sie taten, aber es wurde mir schnell zu nah, zu intim. Meine Wangen glühten.

Ich fühlte mich plötzlich zwischen all den Menschen isoliert. Als säße ich in einer schwebenden Blase. Leicht und schwer zugleich. Das war so gar nicht das, was ich mir von unserer Maiparty versprochen hatte. Klar, wir alle waren mit überzogenen Erwartungen zu unserem Abenteuer aufgebrochen, hatten uns ausgemalt, wie wir mit „den Großen" abhängen würden. Romantischer Kram. Peti und ich hatten wohl zu viele schnulzige Filme geguckt. Und ja, Sex war ein Teil meiner Vorstellungen gewesen. Mit Bohne. Irgendwo in einer ruhigen, privaten Ecke.

Doch das hier? Was war das denn für eine Welt? Meine Eltern hatten so etwas noch nie erwähnt. Würden sie wohl auch nie. Die leise Befürchtung, sie könnten ebenfalls hinter diesen Masken stecken, befiel mich. Energisch schüttelte ich den Kopf. Nein, so waren sie nicht. Oder? Wie gut kannte man eigentlich seine Eltern?

Ich begann zu hyperventilieren und hielt mir das Tuch, das Peti mir in die Hand gedrückt hatte, vor das Gesicht. Bohne kam nicht zurück, auch von meiner Freundin oder von Schmauch keine Spur. Nur Clarissa entdeckte ich. Sie wandelte durch die Menschenknäuel, als hätte sie nie etwas anderes getan. Hier und da ließ sie ihre Hände über nackte Haut gleiten, als wäre es feinste Seide. Da und hier streckten sich Arme nach ihr aus, berührten sie, streichelten sie, zogen sie in eine Umarmung. Sie schien das zu genießen, nippte wiederholt an einem Glas oder an einem Mund. Beängstigend routiniert.

Wo war, verdammt noch mal, Schmauch? Wo war Peti?

Der Rauch vernebelte mehr und mehr die Sicht und meinen Verstand. Luftgebilde formten und verformten sich zu wirren Bildern. Das Atmen wurde schwerer. Ich stand auf und machte mich auf die Suche.

Schmauch fand ich in einer Rauchschwade. Seine Jacke war verschwunden, das Hemd aufgeknöpft. Er hatte drei glühende Zigaretten im Mund und die Hand eines Achtenders in der Hose stecken. Eine Frau, die seine Mutter sein konnte, sog an seinem linken Nippel. Ein fettes, zufriedenes Grinsen lag auf seinem Gesicht, als er zu mir aufsah.

„Mitmachen?", nuschelte er und streckte die Hand nach mir aus.

Kopfschüttelnd trat ich einen Schritt zurück und wäre fast auf dem Hintern gelandet. Eine Ranke hatte sich um meine rechte Fessel geschlungen. Selbst hier drinnen wuchs dieses Gestrüpp. Ich riss mich los und die Ranke schlängelte sich zu einem anderen Opfer weiter. Ich hatte Halluzinationen. Eindeutig. Ich musste raus. Nachdem ich mich auf die Füße gekämpft hatte, rüttelte ich Schmauch aus seinem Delirium.

„Hey, Arschloch! Was ist mit Clarissa? Hast du die schon abgeschossen? Wo ist Peti?" Schmauch grinste nur umso breiter. Seine Hand fuhr meinen Schenkel hinauf. Ich verpasste ihm eine Ohrfeige, doch das beeindruckte ihn nicht.

„Die kommen schon zurecht", lallte er und rieb sich die Wange. „Clarissa ist ein großes Mädchen."

Ich klaute ihm die Zigarettenschachtel und ließ ihn in seinem Sumpf zurück. Tatsächlich sah ich Clarissa, nun nicht mehr so stilvoll bekleidet, mit einem jungen Fuchs in vollem Gange. Sie trug ebenfalls eine Maske und eine Rosenkrone auf ihrer blonden Lockenpracht. Petis schwarzes Glitzerkleid sah ich nirgends. Ich hoffte für sie, dass sie es noch anhatte.

Nach einem wahren Spießrutenlauf zwischen geilen Mündern und lüsternen Fingern schaffte ich es bis zur Terrassentür, die auf den hinteren Hof führte. Die ehemalige Rasenfläche, auf der wohl früher Gartenmöbel gestanden hatten, war überwuchert von Unkraut und Wildrosengestrüpp. Sie erstreckte sich bis zu dem kleinen Blutbuchenhain am Ende des Grundstücks. Beim Anblick der rotblättrigen Bäume kam mir Clarissas Geschichte wieder in den Sinn und ein Schauder lief meinen Rücken hinab. Ich lehnte mich gegen die Tür, erschöpft und erleichtert, einen Moment allein zu sein. Niemand hielt sich hier auf. Ich zündete mir eine von Schmauchs Zigaretten an und inhalierte mit geschlossenen Augen. Eigentlich rauchte ich nicht, hatte aber schon das eine oder andere Mal an einer Zigarette gezogen. Jetzt lagen meine Nerven blank. Mit jedem Herzschlag pulste dieser verdammte Rhythmus der Geilheit durch mich, die ganze Zeit. Er war ein Teil von mir geworden, wie ein Ohrwurm. Ich wurde ihn nicht los. Wenigstens lichtete sich der Nebel im Gehirn ein wenig. Die Zigarette beruhigte mich tatsächlich, verdrängte das ekelhaft intensive Geruchsgemisch und klärte meine Gedanken zumindest bis zu einem Punkt: Peti finden und abhauen. Das war die Quintessenz, die blieb. Daran musste ich festhalten. Ich wollte mich umdrehen und hineingehen. Meine Freundin suchen. Aber meine Beine gehorchten mir nicht, standen wie angewurzelt und widersetzten sich meinen Befehlen. Ich zwickte mich selbst in den Arm, um den Rausch abzuschütteln, doch immer wieder nahm er meinen Verstand in Besitz. Schweiß stand mir auf der Stirn, lief mir in den Nacken und zwischen die Brüste. Ich kämpfte gegen den Dämmerzustand, aber der Gedankenfaden, den ich eben noch so krampfhaft festgehalten hatte, löste sich auf. Ich schwebte einsam in meiner Blase dahin.

„Komm, tanz mit uns."

Die Stimme kam von oben. Über das Geländer des Flachdachs gebeugt winkte mir eine junge Frau zu. Ihre langen Haare und das dünne Schleierkleid flatterte in einer nächtlichen Brise. „Auf dem Dach ist es angenehm windig. Komm rauf. Ich sehe dir an, dass du Abkühlung vertragen kannst."

Die Vorstellung von kühlem Wind auf meinem erhitzten Körper lockte mich ebenso wie die Aussicht, nicht mehr allein zu sein. Ich brauchte jemand, irgendjemand, der mich erdete. Eine Wendeltreppe, die über und über bewachsen war, führte hinauf. Der Mond erleuchtete die Szenerie, der Wind streichelte über meine nackten Arme und Schultern. Rings um das Plateau saßen im Schneidersitz abwechselnd Männer und Frauen mit Fellschlägeln. Zwölf Personen. Wie alle Gäste trugen sie Masken und Kopfschmuck. Vor jeder Person war mit blauer Farbe ein Zeichen auf den Boden gemalt. Auf diese Zeichen schlugen sie den vermaledeiten Rhythmus und zwar direkt auf das Dach der Rotunde. Bum-bumbum. Ich spürte, wie die Wellen in mir hochschwappten. Schnell zündete ich mir eine weitere Zigarette an. In der Mitte des Trommelkreises tanzten einige leicht bekleidete Personen. Ich blieb am Rand stehen und sah zu. Eine flüchtige Erinnerung an etwas, das Peti gesagt hatte, schoss mir durch den Kopf.

„Was ist eine Heilige Hochzeit?", fragte ich die Frau im Schleierkleid, die neben mir am Geländer lehnte.

Sie schaute mich überrascht an. „Wer hat dir davon erzählt?"

Ich zuckte die Achseln. „Niemand. Deshalb frage ich."

Die Schleierfrau musterte mich eindringlich.

„Es ist ein uraltes Fruchtbarkeitsritual, das an Beltane, also heute, gefeiert wird. Es dient zur Erneuerung der universellen Kraft der Natur. Die göttliche Vereinigung, die Verschmelzung des weiblichen und männlichen Prinzips für physisches und spirituelles Wachstum. Der Ursprung aller Frühlingsfeste, so alt wie die Menschheit." Sie lächelte und zwinkerte mir zu. „Glaube mir, Mutter Erde braucht heute mehr denn je Kraft und Erneuerung. Daran sind wir alle schuld. Wir müssen ihr etwas zurückgeben."

„Und deshalb ficken die da unten alle?" Meine Zunge war schwer. Ich lallte.

Die Frau lachte. „Deshalb und aus ein paar anderen Gründen. Keiner wird gezwungen, mitzumachen. Du kannst auch einfach nur tanzen und die Trommeln in dir sprechen lassen. Den Rausch genießen." Sie deutete auf die Gruppe der Tanzenden. „Komm, mach mit."

Die Frau nahm mir die Zigarette aus der Hand und führte mich zu den Tanzenden. Sie brauchten keine Musik, sie bewegten sich nur zu den Schlägen der Trommeln. Es sah aus wie eine perfekte Pina-Bausch-Choreografie.

„Ich bin übrigens Ceri. Du bist Mell, nicht wahr? Clarissa sagte, sie würde Freunde mitbringen." Sie bewegte sich im Takt mit den anderen. Ich tat es ihr nach.

„Clarissa?" Irgendetwas an ihrem letzten Satz war falsch, doch ich kam nicht drauf, was es war, denn der Nebel hatte sich meinen Verstand zurückerobert.

Bum-bumbum. Die Vibration ging mir durch und durch, stieg über die Fußsohlen die Beine hoch und nistete sich im

Unterleib ein, strahlte von dort aus bis in die Fingerspitzen. Meine Glieder zuckten. Bum-bumbum. Da war sie wieder, diese Kraft. Ceri hatte recht. Etwas Archaisches lag in diesem Rhythmus. Im Gleichtakt mit den anderen. Im Takt unserer Herzen. Bum-bumbum. Mein Körper bewegte sich von allein, passte sich in die Choreografie ein, als hätte ich schon immer dazugehört. Ich war Teil des Rituals. Bum-bumbum. Etwas regte sich im hintersten Winkel meiner Gehirnwindungen. Ich konnte es nicht greifen. Bum-bumbum. Egal. Tanz, Mell, tanz. Nichts war so wichtig wie der Tanz. Nichts war so betörend wie die Kraft, die durch mich hindurch rauschte. Bum-bum-bum. Die Tänzer umringten mich, nahmen mich in ihrer Mitte auf. Tanz, Mell, tanz. Nichts war so erregend wie die Hände, die mich berührten. Wie die Finger, die mich streichelten. Bum-bumbum. Tanz, Mell, tanz. Ich überließ mich völlig dem Rhythmus, mein Bewusstsein schaltete ab.

Penetranter Erdbeergeruch holte mich zurück aus der unendlichen Schwärze. Das Zeug war schlimmer als Riechsalz. Tropfen fielen auf meine Wange. Eine leise Stimme wimmerte. „Bitte, Mell, sei nicht tot. Oh Gott, wenn es dich gibt, bitte, lass Mell nicht tot sein, das würde ich mir nie verzeihen."

Etwas zuppelte und ruckelte an meinem rechten Handgelenk. Mein Versuch, den Kopf zu heben oder wenigstens zu wenden, scheiterte kläglich. Meine Muskeln spielten nicht mit, sie waren gelähmt. Ich lag auf einem Reisigbett, umgeben von Rosen. Über mir wiegten sich die roten Blätter der Blutbuchen im Nachtwind. Das Schlimmste war die Leere, die ich in jeder Zelle meines Körpers fühlte. Als hätte mich das letzte bisschen Lebenskraft verlassen. Selbst der Rhythmus war verschwunden und ich hatte das Gefühl, als schlüge auch mein Herz nicht mehr.

„Ist gut, Peti", flüsterte ich, „ich lebe." Meine Stimme war so dünn, dass sie kaum mein eigenes Gehör erreichte.

„Danke, danke, danke, lieber Gott."

Ich fühlte ihre Hand über meinen Arm streifen. Ihr Gesicht kam in mein eingeschränktes Sichtfeld. Schwarze Mascara-streifen und Tränenspuren glänzten auf ihren Wangen. „Hör zu, Mell, uns bleibt nicht viel Zeit. Dieses scheiß Ritual ist noch nicht vorbei. Ich muss dich hier losmachen, bevor sie zurückkommen. Schmauch und Bohne holen Hilfe."

Sie kramte in ihrer Tasche und hielt mir eine Flasche an den Mund. „Trink das. Du wirst es hassen, aber es wird dir hoffentlich ein wenig Kraft zurückgeben." Sie träufelte mir etwas ekelhaft süße Flüssigkeit ein, an der ich mich auch sogleich verschluckte: Cola. Peti hatte recht, ich hatte das Zeug noch nie gemocht. Sie flößte mir mehr ein und machte sich wieder an meinem Handgelenk zu schaffen.

Langsam kehrte etwas Energie in meinen Körper zurück. Ich hob den Kopf. Wurzelranken hielten meine Arme, Beine und Körpermitte umwickelt. Peti säbelte mit ihrem Schnappmesser an der Handfessel herum, hatte sie fast durch. Jemand hatte blaue Symbole auf meine Unterarme gemalt. Ich trug ein weißes Nachthemd. „Oh Kacke."

Entsetzt schaute ich zu Peti. Sie arbeitete konzentriert an der Fessel. Ein Träger ihres Glitzerkleides war zerrissen und insgesamt sah sie furchtbar aus, als hätte sie sich geprügelt. Ich zerrte an den Fesseln. Mein Entsetzen wuchs zur Furcht an, eine Initialzündung für meinen Verstand. Puzzleteilchen fielen ineinander.

„Clarissa, diese Schlange! Aber warum?"

Peti biss sich auf die Lippe. „Ihr Vater ist der Hohepriester-wichser."

„Der Kripo-Mann?"

Sie nickte. Kein Wunder, dass alles unter dem Teppich gelandet war.

„Und dieses ganze Hochzeitsgedöns? Was soll das?"

„Ich weiß es nicht!", bellte Peti ruppig und riss an der Wurzel. „Eine Sekte vielleicht."

Die Wurzel gab sich endlich geschlagen und mein rechtes Handgelenk war frei. Ich richtete mich auf, so gut es mit einer Fessel um die Taille ging, und sah mich um. Rings um uns herum war ein Kreis gezogen, eine Rinne. Einen zweiten, konzentrischen Kreis bildeten zwölf Fackeln. Die Blutbuchen ergaben einen weiteren, größeren Kreis. Jetzt erst bekam ich richtig Angst. Mein Puls hämmerte frenetisch in den Ohren.

„Scheiße, wir schaffen es nicht", fluchte Peti. Sie bearbeitete wütend die linke Handfessel.

Da setzte der Rhythmus wieder ein. Nicht mehr in mir, nicht mehr fern, sondern in unmittelbarer Nähe. Die Frauen und Männer vom Dach traten hinter den Bäumen vor, sie schlugen jetzt auf Handtrommeln den Takt. Sie setzten sich zu den Fackeln und hielten ihre Blicke starr auf uns gerichtet.

„Peti, du musst abhauen", wimmerte ich. „Was auch immer geschieht, du kannst noch entkommen. Die Fesseln …" Es fühlte sich an, als zögen die Wurzelranken sich enger, je mehr ich daran rüttelte.

„Ich lass dich auf keinen Fall hier allein", zischte Peti und hackte weiter auf die Fessel ein.

„Doch, Peti, renn! Lauf weg!" Das war doch Wahnsinn. Ich schluchzte laut. „Bitte, lauf!"

„Niemals!" Sie knurrte wie ein Wolf und zerrte wieder an der widerspenstigen Fessel. „Die Jungs holen die Polizei. Die kommen gleich, du wirst sehen." Mit dem Handrücken wischte sie sich die Tränen von den Wangen. Während sie weiter mit dem Messer hantierte, murmelte sie wie ein Mantra vor sich hin: „Sie kommen gleich, sie kommen gleich …"

Lautlos traten weitere Gestalten hinter den Bäumen hervor, bildeten einen Kreis um uns. Ich sah nur Umrisse, die Fackeln blendeten. Im Gleichschritt traten sie näher. Als zöge sich eine Schlinge zu. Ich bekam keine Luft mehr. Japste. Schließlich standen die Menschen so nah, dass das Feuer tanzende Schatten auf ihre Gesichter malte. Die Männer und Frauen, die sich vorhin in Ekstase gewälzt hatten, stierten hinter ihren Masken auf mich herab. Sie trugen nun rote, bodenlange Gewänder, jedes mit einem blauen Symbol auf der Brust verziert.

Panik tobte in mir wie ein eingesperrtes Raubtier. Meine Gliedmaßen begannen zu zittern. Die innere Schwäche kehrte zurück. „Was passiert hier? Wer sind die?"

„Die Hautevolee der Stadt", spie Peti aus. „Ich hab den Bürgermeister erkannt – und unseren Schuldirektor. Ich wette, da findet sich noch mehr hochwohlgeborener Abschaum."

Die Menge begann, im Rhythmus der Trommeln leise Worte zu skandieren. Ich verstand sie nicht, es war eine andere Sprache. Zu meinen Füßen öffnete sich nun der Menschenkreis und ein dicker Mann in einem grünen Gewand trat in die Mitte. Auf seinem Kopf thronte ein riesiges Hirschgeweih. Das Fell des armen Tieres zog sich als Halbmaske über Augen und Nase des Mannes. Um seinen Hals hing ein tellergroßes, goldenes Amulett. Der Hohepriester, vermutete ich. Er streckte die Arme gen Himmel und ließ sie – nach einer dramatischen Pause

– nach unten sausen. In der Kreisrinne entzündete sich Feuer. Eine Frau trat aus dem Kreis und kniete sich vor den Hohepriester. Ich erkannte ihre Haare.

„Da ist Clarissa! Was macht sie?" Ich schrie: „Clarissa! Hilf uns!"

Sie drehte sich nicht einmal um, sondern hielt ihrem Vater etwas Glänzendes hin. Er nahm es und hob es dem Mond entgegen. Ein goldener, verzierter Kelch und ein Messer. Feierlich sagte er etwas in derselben unverständlichen Sprache und gab den Kelch der knienden Clarissa zurück, die ihn über sich erhoben hielt. Inzwischen schlotterte mein ganzer Körper. Peti drückte sich an mich, hielt mich fest.

„Was für eine Inszenierung", flüsterte sie. Doch ihr Zittern strafte den Sarkasmus Lügen.

Der Schweinepriester ließ die Schneide über seine Handfläche gleiten. Ein dünnes Rinnsal Blut lief in den Kelch. Er nahm das Gefäß und reichte es mit dem Dolch an einen seiner Jünger weiter. Auch dieser schnitt sich die Hand auf und blutete in den Kelch. So ging es reihum. Die Trommeln beschleunigten ihren Rhythmus.

„Ogottogottogott – sie sammeln Blut? Wofür? Fuck!" Meine Gedanken schossen wie ein Funkenschwarm durch meinen Kopf, verglühten, bevor ich sie greifen konnte.

„Der Ritus … Die wollen sicher, dass du das trinkst. Tu das nicht. Auf keinen Fall!", sagte Peti mit Grabesstimme. „Das Blut symbolisiert die Fruchtbarkeit. Und dieses Messer, das Athame, verkörpert alles Männliche, das Gefäß das Weibliche." Mit einem Blick auf den Menschenkreis nahm sie ihre Arbeit an der Fessel wieder auf. „Verdammte Scheiße, jetzt wird's ernst."

„Woher weißt du das alles?"

„Von Mum."

„Deiner Mutter?" Die rationale Elisabeth? Ich verstand es nicht. „Die ist doch Geschichtslehrerin, oder nicht?"

„Historikerin", zischte Peti. „Die Schule macht sie nur fürs Geld. Ich hab in ihrem Arbeitszimmer herumgeschnüffelt. Da gab's ne Menge von diesem kultischen Quatsch. Erst hatte ich Angst, dass sie nun völlig abdreht, aber das war es nicht. Sie recherchiert irgendwas. Ich hab mir echt Sorgen gemacht. Wollte herausfinden, was sie sucht." Sie stöhnte. „Und jetzt das hier. Schöne Scheiße. Damit hab ich echt nicht gerechtet. Wer denkt denn, dass diese Spinner es ernst meinen?"

„Und das Messer? Hast du das von ihr?"

„Ich hab's aus ihrer Schublade. Leider ist es gegen hundert Gegner machtlos, fürchte ich."

„Da liegst du richtig." Die mächtige Stimme des Schweinepriesters richtet sich an Peti. „Du musst dir keine Sorgen machen, Mädchen. Das alles dient einem guten Zweck. Mutter Erde wird sich freuen, heute zwei Opferungen zu bekommen. Es ist eine Ehre für euch, dem Wachsen und Gedeihen der Gemeinschaft zu dienen. Seit Jahrtausenden ist es das Privileg der Jungfrauen, der Großen Mutter zu dienen."

Peti sprang auf und zielte mit dem Messer auf ihn. „Nur über meine Leiche."

Ein rumpelndes Lachen stieg aus dem feisten Leib des Mannes auf. „Na, das sag ich doch."

„Mutter Erde braucht sicher keine toten Jungfrauen", schrie Peti den grünen Mann an. „Sollten sie nicht eher in einem Tempel dienen? Abgeschieden von der Welt, ewiges Zölibat und so was?" Die Verzweiflung in ihrer Stimme ließ ihre Argumente hohl klingen.

Der Mann ließ erneut sein dröhnendes, menschenverachtendes Lachen los. „Das wäre ein schwaches Opfer, oder nicht? Macht erfordert Stärke – und was wäre stärker als reine Energie? Lebensenergie. Blut."

„Nein, das ist falsch! Auf so vielen Ebenen falsch ..." Petis Stimme brach. „Mutter Erdes Kraft ... Ihre Macht liegt doch ganz woanders ... in der Ganzheit ... Unversehrtheit ... im unendlichen Kreislauf des Lebens ..." Sie konnte nicht weitersprechen, das Schluchzen, das ihren Brustkorb schüttelte, erstickte jedes weitere Wort. Mein eigener Hals war wie zugeschnürt.

„So ist es." Der Schweinepriester nickte gemessen. „Wir fügen euch in den ewigen Kreislauf ein."

Messer und Kelch hatten ihre Runde beendet. Die Frau, die nun dem Fettwanst den gefüllten Kelch überreichte, erkannte ich als Ceri, die Schleierkleidfrau. Ich war so dumm gewesen. So vertrauensselig.

Auf ein Handzeichen des Schweinepriesters traten seine Anhänger einen Gleichschritt nach vorn. Dann einen weiteren. Sie drängten sich um die brennende Rinne, nur etwas mehr als eine Armlänge von uns entfernt. Peti fuchtelte mit dem Messer, drehte sich, stach nach Händen, die sich nach ihr ausstreckten. Der grüne Mann mit dem Blutkelch trat einen Schritt näher.

„Zurück!"

Eine erhabene Stimme ließ alle erstarren. Die Trommeln verstummten und atemlose Stille breitete sich aus.

„Weicht zurück!"

Es klang, als sprächen viele Stimmen gleichzeitig. Frauenstimmen. Sie trafen mich ins Mark. Und scheinbar nicht nur mich. Die Menge trat zurück, bildete eine Gasse.

„Genug!"

Eine Frau in einem goldenen Gewand trat in den Kreis. Sie war barfuß. An den Knöcheln, den nackten Oberarmen und am Hals glänzten goldene Spangen. Ihr glattes Gesicht schien alterslos, auf den hochfrisierten Haaren saß ein schmaler Reif, in dessen Mitte ein schwarzer Edelstein wie ein drittes Auge glitzerte. Eine glühende Aura umgab ihre ganze Gestalt. Sie war wunderschön. Ich verspürte den Drang, mich ihr zu Füßen zu werfen.

Schweinepriesters Jünger sanken mit gesenkten Köpfen in die Knie. „Große Mutter", sagten sie zugleich. „Wir ehren dich."

Ich schaute zu Peti. Sie stand schockstarr und glotzte die Frau mit offenem Mund an, das Messer auf den Schweinepriester gerichtet. Die Große Mutter schien zu schweben, als sie nun würdevoll auf Peti zuschritt. Sie neigte leicht den Kopf zu ihr und nahm das Messer an sich. „Das brauchst du nun nicht mehr."

Der Vielklang der Stimmen beeindruckte mich tief. Als sprächen alle Frauen dieser Welt aus einem Munde. Die Große Mutter legte die Hand an Petis Wange und lächelte. „Hilf deiner Freundin, Petrica."

Sie hob die Hand, machte eine Faust und drehte sie um. Meine Fesseln fühlten sich plötzlich locker an. Mit Petis Hilfe, die neben mir kniete, strampelte ich mich frei. Wir klammerten uns aneinander, aber keine konnte den Blick von der Frau abwenden. Am Rande meines Bewusstseins nahm ich ein Heulen wahr, konnte es aber nicht zuordnen. Meine Aufmerksamkeit war von der Großen Mutter eingenommen. Mein Herz strebte ihr entgegen. Bum-bumbum. Leben pulste durch meine Adern.

„Wie kannst du es wagen, im Namen von Mutter Erde Frauen zu opfern, Mann", sagten die Stimmen jetzt zum

Schweinepriester. „Sie zu demütigen, sie zu entwürdigen, sie zu Tode zu foltern." Die Große Mutter trat auf ihn zu. Ihre rotgoldenen Haare glühten wie Feuer im Licht der Fackeln. Das Messer lag noch in ihrer Hand.

„Du dienst nur deinem eigenen Verlangen. Nach Macht, nach Wollust, nach Reichtum." Die Stimmen schwollen an.

Der Mann machte einen Schritt zurück, stolperte und stürzte beinahe über einen der knienden Jünger. Er fing sich gerade noch, aber der Kelch fiel ihm aus der Hand, das Blut schwappte heraus und benetzte einige Kniende. Die Geweihkrone rutschte samt Maske von seinem Kopf. Das feiste Gesicht darunter glänzte schweißig, seine Züge waren schreckverzerrt.

„Balthasar Anderach, wir klagen dich an." Die Vielstimme wurde noch lauter, eindringlicher, mächtiger. „Wir klagen dich der Anmaßung an, in unserem Namen zu sprechen."

Die Große Mutter schritt weiter auf ihn zu. Er wollte ausweichen, aber der Menschenkreis war zu dicht. Wieder hörte ich das entfernte Heulen.

„Wir klagen dich an, unsere Schwester, Tochter, Freundin misshandelt, missbraucht und ermordet zu haben", dröhnte die Große Mutter. „Wir klagen dich an, in unserem Namen Verbrechen an Mensch und Menschlichkeit begangen zu haben." Sie streckte den Arm aus und zeigte auf Balthasar. „Wir klagen dich an, wider der Natur gehandelt und andere dazu verleitet zu haben."

Zustimmende Laute kamen aus den Kehlen der Jünger. Im Chor sagten sie erneut: „Große Mutter, wir ehren dich."

Die Große Mutter sah spöttisch auf sie hinab. „Ihr wollt mich ehren? Denkt ihr etwa, ihr seid besser als er?" Sie schüttelte den Kopf. „Wir klagen euch alle an, wider besseres Wissen und Gewissen diesem Mann zu dienen, ihn zu schützen und seine Ränkeschmiede zu unterstützen."

Alle Augen waren auf sie gerichtet. Ich rappelte mich hoch und zog auch Peti auf die Füße. „Komm, schnell, lass uns abhauen. Sie achten nicht auf uns."

Ich versuchte, meine Freundin zum Gehen zu bewegen, aber sie schüttelte energisch den Kopf. „Nein, nein, lass mich. Ich kann nicht …" Ihr Blick blieb auf der goldenen Frau haften.

Mit einem weiteren Schritt war diese auf Armeslänge an den Schweinepriester herangekommen. Der Mann riss die Augen auf.

„Du! Lis! Aber wie …" In einer blitzschnellen Bewegung zog er das Athame aus seinem Gewand und stach auf die Große Mutter ein. Sie wehrte ihn mit Petis Schnappmesser ab und stieß ein bitteres Lachen aus. Eine wilde Verbissenheit lag in ihrer Miene.

„Ich habe meiner Schwester geschworen, dass du nicht davon kommst, Balthasar."

„Katharina war freiwillig hier."

„So freiwillig wie Mell?" Die Große Mutter deutete auf mich – und endlich machte es Klick in meinem paralysierten Hirn: Lis – die goldene Frau – war *die* Elisabeth, Petis Mutter.

„Meine Tante", flüsterte Peti und machte sich von mir los, „ist angeblich bei einem Unfall gestorben. Das hat Mum mir erzählt und ich hab's mein Leben lang geglaubt."

Das Heulen war jetzt sehr laut und nah.

Es waren Sirenen. Polizeisirenen.

„Du willst dem Polizeichef ans Bein pinkeln?", höhnte Balthasar und stach wieder zu. Diesmal erwischte er Elisabeths Armspange. „Du hast keine Beweise. Wenn ich dich nun töte, war es einfach nur Notwehr. Vor hundert willigen Zeugen."

Besagte Zeugen begannen, unruhig zu murmeln. Scheinbar verlor sich endlich der letzte Nebel in ihren Gehirnen.

„Lächerlich! Sieh sie dir doch an, deine sogenannten Zeugen. Bibbern vor Angst wie die Hasen. Damit kommst du nicht durch." Sie deutete auf den Edelstein an ihrem Haarreif. Das Auge einer Kamera. „Glaubst du, ich hätte mich nicht abgesichert? Alles aufgenommen, alles dokumentiert. Ich hab mich jahrelang auf diesen Moment vorbereitet." Ein Schatten von Genugtuung huschte über ihr Gesicht, dann wurde es wieder todernst. Und jetzt sah ich darin die Elisabeth, die ich seit Jahren kannte. Streng, unnachgiebig, verbissen.

Der Schweinepriester setzte ein falsches Lächeln auf und ruderte zurück: „Jetzt mal ernsthaft, Lis. Das alles war doch nur ein Spiel. Glaubst du wirklich, ich hätte der Kleinen etwas angetan?" Seine Stimme zitterte ein wenig, ob aus Unsicherheit oder unterdrücktem Hass konnte ich nicht erkennen.

„Ein Spiel? Das willst du mir weismachen? Du hast die Beweise manipuliert, ja sogar den Autopsiebericht." Elisabeth spuckte Balthasar vor die Füße. „Für meine Schwester endete dein sogenanntes Spiel damals tödlich."

„Das kannst du nicht beweisen! Nichts davon", brüllte er und wandte sich zu seiner Gefolgschaft um. Viele zogen die Köpfe ein, andere die roten Roben aus. Der Kreis der Jünger löste sich auf. „Sie kann das niemals beweisen!"

„Das kann ich." Elisabeth zog etwas aus dem Kleid. Ein silbernes Kästchen. Sie warf es Peti zu, die es geschickt auffing. Es war eine digitale Festplatte.

„Ich habe genug Beweise. Unterlagen, Zeugen. Und deine Überwachungsvideos." Sie lachte harsch. „Hast du gedacht, niemand würde deine kleine Computeranlage im Heizungsraum finden? Deine Erpressungsfilmchen, mit denen du die Größen der Stadt in der Hand hältst? Und es gibt mehr. Du wirst überrascht sein, was dir in deiner Selbstherrlichkeit alles entgangen ist."

Balthasar machte den Mund auf, aber es kamen keine Worte heraus, nur Grunzen und Keuchen. Seine Gesichtsfarbe wechselte von feuerrot zu leichenblass. Er hob das Messer erneut. Stimmengewirr lenkte ihn ab. Jünger liefen wie aufgeschreckte Hühner in alle Richtungen davon. Polizisten kamen zwischen den Bäumen hervor, hielten mehrere Fliehende fest. Es kam zu Handgemengen, als sie sich wehrten. Zwei Beamte ergriffen den Schweinepriester, tüteten das blutige Athame ein und führten ihn, ungeachtet seiner Proteste, ab.

Elisabeth ließ das Schnappmesser fallen und stürzte auf ihre Tochter zu. Sie riss sie in ihre Arme. „Petrica, du dummes Kind! Was machst du hier? Mich hätte fast der Schlag getroffen, als ich dich erkannte." Die strenge Stimme triefte vor Erleichterung. „Geht es euch gut?" Sie nahm auch mich in die Umarmung auf, drückte uns beide.

Peti schluchzte. Ihr Gesicht war völlig nass geheult. Leise presste sie heraus: „Glaub bloß nicht, dass ich dich ab jetzt *Große Mutter* nenne, Mum."

Eine Uniformierte nahm Elisabeth am Arm. Ich bekam noch mit, dass sie etwas von „Befragung" sagte. Dann legte mir eine Sanitäterin eine Decke um und führte mich zu einem Krankenwagen.

Oliver Kreuz
STÖRUNG DER IDYLLE

Tim hustete und keuchte wie eine alte Dampflok. Anschließend grinste er uns mit einem Blick an, der an ein kleines Mädchen erinnerte, das seiner Mutter gerade einen Keks geklaut
hat. Das tat er immer, wenn er gerade ein Erdloch geraucht hatte. Das Erdloch-Rauchen ist eine Methode, um zu kiffen. Man
gräbt einfach zwei kleine Löcher in den Waldboden und verbindet diese untereinander. Dann nimmt man beispielsweise zwei
Flaschen ohne Boden (so wie wir es tun) und steckt sie auf die
Löcher. Anschließend setzt man auf eine der Flaschen ein Chil-
lum mit Gras, und während man die Grasmischung anzündet,
bildet sich Rauch in einer der Flaschen, den man dann gierig
einatmet. Diese Art zu kiffen war für uns fünf zu einem Ritual
geworden. So wurde unsere Clique von Außenseitern zu einer
kleinen verschworenen Gemeinschaft.

Es schien, als ob dieser Sommer endlos wäre. Unsere Ferien
hatten gerade erst begonnen, aber wir trafen uns bei schönem
Wetter auch während der Schulzeit in diesem Wald. Nächstes
Jahr standen für uns alle die Abi-Prüfungen an, aber das war
jetzt in genauso weiter Ferne, wie die Welt der Erwachsenen.

Momentan war das einzige, was uns mit den Erwachsenen verband, die Tatsache, dass dieser zwei Hektar große Wald Tims Vater gehörte. Ein Urwald, den er sich selbst überließ. So hielt er es übrigens auch mit Tims Erziehung, und Tim war ohne Zweifel ein prima Junge, dem es aber im Gegensatz zu den Bäumen an Liebe und Zuneigung fehlte.

Nun war Susi an der Reihe zu rauchen. Sie war die einzige in unserer Clique, die in allem, was sie war und tat, perfekt in unseren Augen war. Vielleicht war sie genau deshalb Teil unserer Clique geworden. Sie strich ihre Haare zur Seite, hockte sich hin und setzte den Mund an einer Flasche an. Dann zog sie daran, wie Tim es vorhin getan hatte, verzog aber keine Miene, als sie aufstand. Es folgten Karsten und Phillip. Beide hatten Väter, die zu Hause ein strenges Patriarchat vertraten, das als Deckmantel für ihr krankes Hirn zu dienen schien. Denn sie schlugen nicht nur ihre Söhne, sondern auch ihre Frauen gerne mal grün und blau. Und schließlich war ich an der Reihe. Nur ein Träumer mit einer depressiven Mutter und einem alkoholkranken Vater. Ich zog den Rauch besonders tief in die Lungen, und als ich aufstand, tanzten meine Endorphine Rock 'n' Roll und die Welt war vollkommen in Ordnung.

Ein weiterer Teil unseres Rituals bestand im „Affenschaukeln". Wir hatten vor einiger Zeit einen kleinen Hochseilgarten angelegt, und wenn wir, nicht mehr ganz so zugedröhnt, aber immer noch breit, auf eines der Seile kletterten, hingen wir kurz darauf alle fünf mit den Köpfen zum Boden gestreckt am Seil herab und schrien nach Leibeskräften Affenlaute in den Wald hinein. Dann sagte jeder ein fünfzeiliges „Gedicht" auf, was bei Susi heute so klang: „Bin keine Kuh, doch meine Euter sind schwer, ein Kind, das will ich nimmer mehr."

Ich musste so lachen, dass ich fast den Halt verlor, doch dann fiel auch mir etwas ein: „Mein Vater, der Deckhengst, und meine Mutter, die Stute, zeugten mich, mit Marihuana im Blute."

So albern unsere Verschen auch waren, hatten wir doch unseren Spaß daran, denn so zugedröhnt auf unserer Affenschaukel sahen wir das Leben meist von seiner heiteren Seite. Doch unser Waldbad hatte mehr zu bieten als Schreien und geschmacklose Scherzemachen.

Als wir eines Tages die Höhle fanden, waren wir überwältigt. Hinter einem kleinen Wasserfall, den wir einstweilen als Dusche benutzten, entdeckten wir einen schmalen Spalt, wohinter sich die Höhle befand. Keiner von uns hatte bisher von dieser Höhle gehört, und wir staunten nicht schlecht. Als wir uns durch den Spalt gezwängt hatten, eröffnete sich dahinter eine etwa zwanzig Quadratmeter große Höhle mit drei Meter hohen Felsdecken. Schnell wurde die Höhle unser eigentlicher Treffpunkt. Hier waren wir nun wirklich völlig abgeschottet von einer Welt, in der wir nicht leben wollten und uns gegen das Erwachsenwerden sträubten.

Als wir heute die Höhle betraten, zündeten wir wie immer zunächst ein paar Kerzen an, denn durch den Spalt fiel nur ein schwaches Licht in die Höhle. Wir zogen unsere Lederjacken an, hockten uns auf den Boden, tranken ein paar Bier und spielten ein ernsthafteres Spiel. Es hieß: „Stell dir mal vor ..." Es war so eine Mischung aus „Ich packe meinen Koffer ..." und einem Rollenspiel. Jeder wiederholte das Gesagte und fügte einen Satz hinzu, der im Kontext Sinn ergeben musste. Karsten eröffnete: „Stell dir vor, ich bin Platon."

Susi: „Stell dir vor, ich bin Platon, und in Wirklichkeit ist der Schatten an der Wand mein Ich."

Tim: „Stell dir vor, ich bin Platon, der Schatten ist mein Ich, und ich bin niemals außerhalb dieser Höhle gewesen."

Phillip wollte gerade zum Sprechen ansetzen, als wir ein Geräusch hörten. Kurz darauf sahen wir zunächst einen langen Schatten und starrten dann plötzlich den Mann an, der da mit vorgehaltener Waffe auf uns zukam.

„Stellt euch vor, der schwarze Mann ist da, und er hat einen Revolver", sagte der Mann fast flüsternd. In der rechten Hand hielt er den Revolver in unsere Richtung.

„Ich würde ja gerne mitmachen bei eurem faszinierenden Spielchen, aber ich habe leider keine Zeit." Er lachte höhnisch. „Ihr habt etwas, das mir gehört. Ja, ja, schaut mich nicht so an."

Plötzlich zitterte seine Stimme, und erst jetzt bemerkte ich die klaffende Wunde an seinem rechten Bein. Der Eingang zur Höhle war voller Blut. „Natürlich wisst ihr nicht, was ich von euch will, oder?"

Er wollte weitersprechen, doch dann stöhnte er plötzlich laut auf und sackte in sich zusammen. Er blieb auf dem Boden liegen wie ein Gekreuzigter. Die Waffe war ihm aus der Hand gefallen und landete circa einen Meter vor ihm auf den Boden.

Ich war der erste, der sich aus seiner Schockstarre befreien konnte, und erhob mich wie in Zeitlupe, trat langsam an den offensichtlich bewusstlosen Mann heran und nahm die Waffe mit zitternden Händen an mich. Dann trat ich dem Mann leicht in die Seite, um mich zu vergewissern, dass er auch wirklich bewusstlos war. Ich richtete die Waffe auf ihn und trat ein paar Meter zurück. Susi war es, die als Erste ihre Sprache wiederfand. „Wir müssen ihm helfen", sagte sie bestimmt.

„Ihm helfen?", fuhr ich sie an. „Ich wünschte, er wäre gottverdammtnochmal tot, aber er atmet noch."

„Du bist doch der große Philosoph von uns", entgegnete sie. „Also frag dich, was Kant getan hätte, und mach irgendwas, damit er aufhört zu bluten."

„Aber Kant hätte wahrscheinlich gar nichts getan", stotterte ich heraus.

„Ach, Scheiße." Susi stand auf und zog ihre Jacke und ihr T-Shirt aus. Weshalb sie nun nur noch im Bikini vor mir stand. Das brachte mich natürlich noch mehr aus dem Konzept.

„Wir müssen die Blutung irgendwie stoppen", sagte sie.

Die anderen verharrten immer noch regungslos sitzend auf dem Boden. Ich glaube, was sie mindestens so erschreckt hatte wie die Waffe, die eben auf uns gerichtet war, war die Tatsache, dass es ein Erwachsener geschafft hatte, in unsere Welt einzubrechen. Und überhaupt, wie hatte er es überhaupt hierher geschafft? Die Waldlichtung und die Höhle waren rundherum abgeschirmt von Totholzschichten.

„Okay", hörte ich mich sagen, „Tim, du hast doch immer ein Messer dabei. Lauf in den Wald und schneide genug Seil ab, um ihn zu fesseln. Susi und ich werden ihm jetzt den Verband anlegen."

Nachdem wir, so gut wir konnten, mit Susis T-Shirt einen Druckverband gemacht hatten, zogen wir den Mann, der bestimmt keine siebzig Kilogramm wog, aber jetzt irre schwer war, zum Rand der Höhle und setzten ihn auf. Er lehnte an der Felswand wie eine kaputte Puppe, deren Hals gebrochen war.

„Wir warten auf jeden Fall, bis er gefesselt ist, bevor wir ihn wieder zur Besinnung bringen", sagte ich. „Momentan ist er mir lieber so, wie er ist."

Aber dann kam Phillip schon mit dem Seil hereingehechelt. Also fesselten wir Hände und Füße des Eindringlings und gaben ihm zuerst ein paar Ohrfeigen. Als er darauf nicht reagierte, füllte Tim eine Flasche Wasser am Wasserfall ab, und wir schütteten ihm die ganze Ladung über den Kopf. Das eiskalte Wasser brachte ihn wieder zu Bewusstsein. Seine ersten Worte kamen zäh und leise über seine Lippen, aber sie verfehlten nicht ihre Wirkung: „Da habt ihr euch eine schöne Scheiße eingebrockt."

Natürlich wussten wir, dass wir knietief in der Scheiße steckten, aber unsere Angst wuchs mit jedem seiner Worte.

„Gebt mir den Koffer", sagte er nun drohend.

Doch schließlich riss ich mich etwas zusammen, denn im Moment war ich derjenige mit der Waffe. „Welchen Koffer?", entgegnete ich. „Davon wissen wir nichts ... Und überhaupt", platzte es aus mir heraus. „Wer hier in der Scheiße steckt, sollte Ihnen ja klar sein."

Die Waffe wog bleischwer in meiner Hand und ich zitterte etwas, aber ich wusste von meinem Vater, wie man ungefähr damit umgeht. „Zunächst musst du sie ent ..." Sie entsichern! Das weiß ich und tat es dann auch.

„So, jetzt stellen wir die Fragen: Zunächst, haben Sie hier irgendwo ein Schild gesehen, wo ‚Tag der offenen Türe' drauf stand oder besser: Wie haben Sie uns gefunden?"

Der Mann lächelte matt. „Ich bin nicht der Einzige, der von dieser Scheiß-Höhle weiß, und in Kürze wird ein guter Freund von mir hier auftauchen. Dann seid ihr sowieso alle tot, wenn ihr mich nicht sofort losbindet und mir meinen Koffer gebt. Also, Grillhäppchen ..."

Er spielte offenbar auf die Brandnarbe auf meiner linken Wange an, die ich mir als Kind bei einem Unfall mit Chinaböllern zugezogen hatte. Er redete weiter: „Du machst mich jetzt besser sofort los, sonst passiert was."

„Vielleicht sollten wir wirklich...", warf Susi ein, doch ich unterbrach sie sofort.

„Was hat es mit diesem Koffer auf sich", fragte ich ihn barsch.

„Das weißt du ganz genau, Grillhäppchen", erwiderte er. „Und jetzt bind mich endlich los."

Susi und ich starrten uns ratlos an. Dann flüsterte ich ihr etwas ins Ohr.

„Was ist los, fickst du die Kleine?", fragte er mich und aus seinem Mund klang es unfassbar anstößig. Doch diese Worte blieben ihm buchstäblich im Halse stecken. Blut quoll aus seinem Mund und sein Kopf sank nach unten. Er regte sich nicht mehr. Er war tot.

Plötzlich schrie Karsten, der aus seiner Schockstarre erwacht war, und brüllte es wie ein Autist immer und immer wieder: „Ich habe den Koffer, ich habe den Koffer, ich habe den ..."

Susi gab ihm eine Ohrfeige. Wir stellten uns nun alle vor Karsten auf, der die Hände vors Gesicht geschlagen hatte und auf der Stelle hin und her wogte wie ein Autist. Dabei flüsterte er immer weiter: „Ich habe den Koffer."

Ich hielt es nicht mehr aus, ihn so leiden zu sehen, ging zu ihm und legte einen Arm um ihn: „Ganz ruhig Kumpel, was hast du für einen Koffer? Und vor allem", ich sprach so sanft auf ihn ein, wie ich konnte. „Wo ist er?"

Er nahm die Hände von seinem Gesicht und schaute mich mit tränenverhangenen Augen an. „Da hinten in einer Felsspalte."

Er drehte sich um und ging zu besagter Felsspalte und kam mit dem Koffer wieder. „Ich ... Ich wollte es euch sagen, aber es ging alles so schnell. Ich habe den Koffer erst gestern gefunden und eben, als der Typ hier auftauchte. Ich wusste einfach nicht, was ich machen sollte. Ich weiß auch gar nicht, was drin ist, weil ich ihn noch nicht aufbekommen habe. Er hat ein Zahlenschloss."

„Scheiß auf den Koffer", zischte Susi uns jetzt an. „Wir müssen schleunigst sehen, wie wir die Leiche hier wegbekommen, bevor der andere Typ auftaucht." Sie hatte recht, und obwohl wir es als möglich erachteten, dass der Mann gelogen hatte und niemals ein weiterer Gangster herkommen würde, beschlossen wir, schnellstmöglich die Leiche zu verstecken und uns später um den Koffer zu kümmern.

Wir schafften es, ihn aus der Höhle herauszuziehen und trugen ihn etwa zwanzig Meter zu einem Totholzhügel, von dem wir wussten, dass er in der Mitte ein Loch hatte. Das Problem war, die immens schwere Leiche den etwa drei Meter hohen Hügel hinaufzubekommen, aber auch dazu fiel uns etwas ein. Wir bauten einen provisorischen Flaschenzug, befestigten ihn an dem schweren Ast einer alten Eiche und zogen die Leiche hinauf. Es war eine gespenstische, unwirkliche Szene, wie die Leiche so über dem Totholz baumelte, aber was, bitteschön, erschien an diesem Tag noch wirklich? Jedenfalls würde den Mann so schnell niemand mehr finden, denn wir machten uns sofort daran, das Loch mit einigen Stämmen, Ästen und Gestrüpp zu versiegeln.

Wir suchten uns einen Platz auf dem Totholz, von dem aus wir nicht gesehen werden konnten und gleichzeitig die Höhle gut beobachten konnten. Dann ließen wir uns erschöpft nieder.

„So ein schöner Tag", witzelte ich, um einfach irgendetwas zu sagen, aber niemand lachte und niemand erwiderte etwas.

Es vergingen Stunden und die Abenddämmerung brach über den Wald herein. Die Sonnenstrahlen fielen rötlich in den Wald und alles funkelte, als ob ein riesiger Rubin seinen Glanz entfacht hätte. Als wir schon glaubten, dass der Mann uns wegen seines Kollegen belogen hatte, tauchte er auf einmal auf. Wir hätten jetzt immer noch verschwinden können, ohne dass der Eindringling uns bemerkt hätte, aber es waren die Neugierde und vor allem der Groll gegenüber jenem, der es wagte, in unser Idyll einzubrechen, was uns daran hinderte, abzuhauen und Hilfe zu holen. Er fiel immer wieder hin, stöhnte vor Schmerzen und packte sich an den Bauch, wo er offenbar eine Schusswunde hatte. Wie zum Teufel er es geschafft hatte, durch den dichten Urwald bis zur Höhle zu gelangen, ist mir bis heute schleierhaft. Wir waren überrascht, nicht geschockt – nichts konnte uns heute mehr schocken –, als wir feststellten, dass der Mann ebenfalls schwer verwundet war.

„Und was machen wir jetzt?", zischte Karsten. Ich wusste es nicht. Aber was ich wusste, war, dass ich keinesfalls die Polizei oder andere Erwachsene in unser Idyll holen würde.

Also sagte ich: „Wir warten erst mal ab, vielleicht verpisst er sich wieder, wenn er seinen Kumpel nicht antrifft."

Wie um mich Lügen zu strafen, folgte prompt eine Antwort aus der Höhle in Form von lautem Schreien und Stöhnen. Offenbar litt der Mann Höllenqualen und würde so schnell nirgendwo hingehen. Doch wir blieben hart. Susi überlegte kurz, ob wir ihm helfen sollten, doch verwarf diese Idee schnell wieder. Ich kam mir ein wenig vor wie Leonardo DiCaprio in „The Beach", der mit allen Mitteln verhindern musste, dass Eindringlinge die Ruhe im Paradies störten. Ich hoffte nur, dass ich keine Psychose hatte wie Richard in dem Film. Denn ich wollte nicht verrückt sein. Alles, was ich wollte, war, dass sich keine weiteren Arschlöcher mit ihren

Problemen, ihrer Geldgier, ihrer Art, uns zu bevormunden und ihrer Respektlosigkeit gegenüber der Natur, hier einfanden. Es verging eine Stunde oder mehr, in der uns die Schmerzensschreie des Mannes in den Ohren klangen wie Schreie eines verendenden Tieres, das um den Gnadenschuss fleht. Doch keiner sprach ein Wort oder machte Anstalten, ihm zur Hilfe zu eilen. Es war eine gespenstische Szenerie. Ich kam mir vor wie ein mieser Voyeur, obwohl ich natürlich auch Mitleid mit dem Unbekannten hatte. Doch dann wurden die Schreie immer leiser, bis sie schließlich ganz verstummten. Wir warteten noch etwas und begaben uns dann zur Höhle. Ich ging mit vorgehaltener Waffe voran.

Als wir in die Höhle traten, war das Einzige, was wir hörten, unser Atem und das leise Plätschern des kleinen Wasserfalls. Und dann bot sich uns das grausame, aber erwartete Bild. Der Mann lag zusammengekrümmt und regungslos auf dem Boden der Höhle. Plötzlich öffnete er überraschend die Augen und sah direkt in den Lauf der Pistole, die in meiner Hand zitterte. Er bewegte die Lippen, als ob er etwas sagen wollte, doch zunächst konnten wir ihn nicht verstehen.

Wir sahen, wie er alle Kraft zusammennahm und dann leise sagte: „Was ist los, Junge, drück ab oder willst du mich hier elendig verrecken lassen? Ich flehe dich an ... Gib mir den Gnadenschuss!"

Als ich plötzlich den Schuss hörte, war ich sicher genauso erstaunt wie alle anderen, aber dann ließ ich langsam die Waffe sinken und wusste, dass ich es war, der geschossen hatte, und sah, was ich angerichtet hatte. Der Mann ließ den Kopf hängen, als hätte ihm jemand sein Genick gebrochen und hinter ihm klebte das an der Wand, was einmal sein Hirn gewesen war. Ich weiß nicht, was mich letztlich dazu bewegt hatte, den Abzug zu drücken. Ich war immer noch breit und nahm alles ein bisschen wahr, als ob ich eine Filmfigur wäre. Dann überwog mein Mitleid mit dem Mann oder mein Verstand hatte ausgesetzt oder einfach beides zusammen. Jetzt klingelten meine Ohren. Wir mussten alle ein Knalltrauma haben bei der Lautstärke, die der Schuss in der Höhle entfacht hatte. Infolgedessen brüllten wir uns nun auch an.

„Bist du verrückt geworden?" Susi schubste mich, wobei mir die Waffe aus der Hand fiel und sich ein zweiter Schuss löste. Nun dachte ich wirklich, dass ich den Verstand verliere. Susi starrte mich entgeistert an. Sie gab mir eine Ohrfeige und fiel mir dann schluchzend in die Arme.

Als wir wieder halbwegs bei Sinnen waren, schleppten wir den Toten zu einem weiteren Loch im Totholz und begruben ihn dort.

Dann zerschlugen wir das Schloss des Koffers mit einem schweren Stein und waren nicht sonderlich überrascht, Kokain darin zu finden. Natürlich wäre uns Bargeld lieber gewesen. Mit Kokain konnten wir nicht viel anfangen.

Wir beschlossen, ein kleines Beerdigungsritual für die beiden Toten abzuhalten. Wenn wir uns gut mit etwas auskannten, dann war es mit indianischen Weisheiten, die oft zur Grundlage einer Diskussion in der Höhle gedient hatten. Deshalb bestimmten wir den Ablauf des Zeremoniells so, dass jeder etwas Schnee über die Toten niederrieseln lassen und dabei eine indianische Weisheit sagen sollte. Ich griff in den Koffer, nahm eine Handvoll Koks heraus und besann mich auf eine Weisheit von Black Elk, einem Medizinmann der Oglala-Lakota-Indianer:

„Die Erde ist deine Großmutter, sie ist heilig. Du solltest sie achten, ihr für die Natur und das Glück des Lebens danken. Siehst du keinen Grund zum Danken, dann liegt der Fehler bei dir selbst."

Tim, Phillip und Karsten taten es mir gleich und allen fiel ein bewegendes Zitat ein.

Als Susi an der Reihe war, begann sie leise ein uraltes, indianisches Sterbelied zu singen. Nach und nach fielen wir alle ein:

„Lass es schön sein, wenn ich das letzte Lied singe.
Lass es Tag sein, wenn ich das letzte Lied singe.
Ich möchte auf meinen beiden Füßen stehen,
wenn ich das letzte Lied singe.
Ich möchte mit meinen Augen hochblicken,
wenn ich das letzte Lied singe.
Ich möchte, dass die Sonne auf meinen Körper scheint,
wenn ich das letzte Lied singe."

Als unsere Tränen getrocknet waren, nickten wir uns stumm zu, gingen zu unserem Erdloch und rauchten und fühlten uns eins mit Mutter Natur. Das war alles, was wir wollten.

Aber die Höhle haben wir seitdem nicht mehr betreten.

Katja Winter
KALTE ERDE

Meine Finger trommeln unruhig auf der Tasse in meinen Händen, während meine Gedanken hin und her schweifen. Die lange Wanderung zum Briefkasten war wieder vergebens, wieder kein Brief von Raphael, schon seit zwei Wochen nicht mehr. Mein einziger Kontakt in die Welt dort draußen ohne Vorwarnung abgebrochen. Vergeblich versuche ich schon den ganzen Morgen, die Krallen meines Verstandes aus diesem Problem zu lösen. Und scheitere.

Meine Katze stößt ihren Kopf gegen meinen Arm und reißt mich aus diesem Strudel. Noch ein letzter Schluck, dann soll mein Garten Abhilfe schaffen. Der Kaffee schmeckt erdig, ein bisschen verfault, als wäre eine Bohne nicht mehr gut gewesen. Angewidert spucke ich ihn in die Spüle.

Der Blick durch das Küchenfenster hinaus auf die Wiese hinter dem Haus, verspricht gutes Wetter. Die Sonne lässt welkes und farbiges Laub erstrahlen, gaukelt Wärme vor, wo keine mehr ist. Im Wohnzimmer erzählt der Fernseher in die Stille hinein seine Nachrichten, erfüllt von Kriegsschrecken, grausamen Morden und einem vermissten Polizisten.

Ich trete aus der Tür und lasse die kühle Herbstluft ins Haus.

Kniee mich hin und ziehe an den fedrigen Blättern der letzten Möhren, fahre mit den Händen in den kalten Lehmboden. Die Freude auf den Geschmack von Selbstgeerntetem auf der Zunge erfüllt mich. Ich schließe die Augen und hebe mein Gesicht der Sonne entgegen, rieche die Kälte des kommenden Winters in der Luft und schmecke Erde. Lehmig und knirschend, als hätte ich versehentlich einen Finger in den Mund genommen.

Ich blinzle, sehe meine Hände bis zum Gelenk mit Schlamm verschmiert. Der Geschmack nach Erde schwindet. Aber ein Rest bleibt zurück.

Meine Hand zuckt, will nach dem Notizbuch in meiner Jackentasche greifen. Stattdessen packe ich die Möhren am Schopf, lege sie in die Spüle, in der noch Reste des Kaffees das weiße Emaillebecken braun färben. Die Erde an meinen Händen mischt das Ocker des lehmigen Bodens hinzu. Hinter meinen Augen beginnt es zu pochen. Meine Hand gleitet nun doch in die Tasche, schließt sich um das Büchlein. Mein Rettungsanker, der die Kopfschmerzen verschwinden lässt, wenn mir ein Mensch zu nahekommt. Wenn sich durch seine bloße Nähe seine Geschichte in meinen Geist drängen will. Die mir erzählt von seiner Vergangenheit und seiner Zukunft, bis ich nicht mehr weiß, wo meine Gedanken aufhören und die des Anderen anfangen.

Seit ich die Einsamkeit gewählt habe, sind sie verschwunden und meine Gedanken wieder meine eigenen. Das Notizbuch, mein ständiger Begleiter, wartet leer in meiner Jackentasche, wo es zuvor mit den Geschichten, die sich mir aufdrängten, bis zum Rand gefüllt war.

Ich trete wieder aus der Tür, laufe ein Stück des Weges, der von meinem Haus mitten im Tal, den Waldpfad entlang zum weit entfernten Dorf führt.

Mein Geist spielt mir Streiche.

Im nächsten Moment fährt ein Blitz durch mein Gehirn. Ich zucke zusammen. Greife mir an die Schläfe und presse die Lider zusammen. Meine Hand sucht hektisch in meiner Tasche. Der Schmerz hinter meinen Augen wird bohrender, zwingender. Als ich das Buch endlich finde, gleitet es mir durch die Finger. Ich will mich bücken und würge. Mein Magen krampft sich zusammen. Der Speichel in meinem Mund mischt sich mit einem großen Erdklumpen, der sich Bahn brechen will wie der Haarballen aus einer Katze. Ich bekomme keine Luft, öffne meinen Mund und schmecke nur noch Erde. Falle auf die Knie, mit beiden Händen auf das Gras und gebe mich dem Willen meines Körpers hin. Etwas will aus mir heraus, ans Tageslicht, hinaus aus der Dunkelheit. Ein Geheimnis in Erde und Lehm gehüllt. Als ich ausspucke, höre ich den Schrei eines Mannes. Vor mir im Gras liegt ein Klumpen, braun, von der Form eines Menschen. Ich schließe die Augen, setze mich auf und atme tief ein. Der Schmerz ist noch da. Dumpfer zwar, aber lauernd.

Als ich die Augen öffne, liegt dort nichts. Keine Erde, nicht einmal ein Krümel. Ich stecke das Büchlein wieder zurück in meine Tasche und richte mich auf. Noch ehe ich darüber nachdenken kann, was hier vor sich geht, setzen sich meine Füße in Bewegung. Es pocht hinter meiner Stirn und knirscht zwischen meinen Zähnen. Irgendetwas lässt mich, an meinem Haus vorbei, in den dichten Wald gehen. Die Sonne steht noch hoch am Himmel, aber hier, mitten unter den Bäumen ist es dämmrig.

Ich muss aufpassen, dass ich nicht umknicke. Es geht querfeldein, durch das Unterholz, keinem erkennbaren Pfad folgend.

Ich weiß nicht, wohin ich gezogen werde, mir ist nur klar, dass ich nicht anhalten darf.

Nach circa einer Stunde zügigen Laufens erreiche ich eine Lichtung. Mitten im Wald. Um mich herum das Rauschen des Windes in den Laubbäumen. Das Flüstern eines Geheimnisses, das darauf wartet, gelüftet zu werden.

Die Kopfschmerzen sind kaum noch spürbar, das Ziehen verschwunden. Ich bin am Ziel. Worin auch immer dieses besteht.

Beim Betreten der Lichtung erkenne ich eine Ansammlung von Steinen in der Mitte. Sie sind von Menschenhand gemacht. Unter Wildwuchs und Erde ist noch eine Mauer erkennbar. Als ich mich auf dem freien Platz drehe und den Blick wandern lasse, sehe ich Steine, die in bestimmten Mustern gesetzt, auf dem Boden liegen oder noch aufrecht stehen. Ich kniee mich in das trockene Laub zu meinen Füßen, kratze am Moos des Steines vor mir und halte inne. Darunter kommen Buchstaben zum Vorschein, Zahlen. Ein Grabstein.

Der kühle Herbstwind zerrt an meinem dünnen Halstuch, findet einen Weg unter meinen Pullover und lässt mich frösteln. Das Laub wird aufgewirbelt. Und dann ein Klingeln. Ganz versteckt unter den präsenten Geräuschen des Waldes.

Ich schaue auf. Dieses Klingeln wirkt so fremd, sticht heraus aus dem Rascheln, Knacken und Säuseln. Ein fauliger Geruch stiehlt sich in meine Nase, verwischt den frischen Wind mit seinen Herbstgerüchen und lässt Moder zurück. Er kommt aus einer bestimmten Richtung. Wieder dieser Klang. Klar wie der Wind. Mit der Kraft, mir die Eingeweide umzudrehen. Ich weiß, er ist falsch. Falsch an diesem Ort.

Die Stille, die folgt, ist mahnend und treibt mich zur Eile.

Der Geruch nach Tod wird stärker, zerrt an meinen Nerven, schreit meinen Augen zu, nicht länger blind zu sein.

Die Sonne verschwindet hinter einer grauschwarzen Wolke. Der erste Tropfen trifft meine zum Himmel gerichtete Stirn und ich wende mich zum Waldrand. Laufe los, zu dem aufgeschütteten Erdhaufen, halb unter Blättern verborgen und dennoch zu neu für diesen Platz. Der anschwellende Regen kriecht in meinen Jackenkragen, seine kalten, feuchten Finger wandern mein Rückgrat hinunter und krallen sich in mein Innerstes.

Das immer nasser werdende Laub ist tückisch. Ein falsch gesetzter Tritt und ich schlage der Länge nach hin. Beim Aufstehen rutsche ich mehrmals weg, komme hoch und suche den Erdhaufen durch die verschleierten Konturen, die der Regen schafft. Mein Ärmel wischt über meine Augen, alles Blinzeln nützt nichts. Das Klingeln wird immer drängender. Wie ein Irrlicht lockt es mich in seine Richtung.

Im nächsten Moment versinkt mein Stiefel bis zum Knöchel im Schlamm aufgeworfener Erde. Der helle Klang schneidet sich direkt in mein Gehirn, wie ein eiskaltes Messer.

Ich strecke die Hand aus und umfasse kaltes Metall. Ein Glöckchen mit einem dünnen Drahtseil verbunden, das in der Erde verschwindet. Wie ein Totenglöckchen aus längst vergangener Zeit, um den lebendig Begrabenen eine Stimme zu geben. Es zittert in meiner Hand. Ich falle auf die Knie. Stoße meine Hände in die weiche feuchte Erde und fange an zu graben. Grabe wie ein Tier. Wühle mich hinein, wie ein Wurm, der nach Deckung sucht.

Die Zeit fliegt dahin. Es wird dunkel. Als mein Fingernagel an einem Stück Holz splittert, halte ich kurz inne. Holz, unter der Erde, und ein Klopfen. Ein Klopfen unter der Erde. Energie durchflutet meine müden Arme. Gleichzeitig schnürt sich meine Kehle immer fester zu. Der Drang nach Luft zu schnappen, kitzelt in meinem Hals. Er lässt sich noch kontrollieren, wird aber immer drängender und mein Graben immer panischer.

Wie ein Hund schleudere ich die Erdklumpen aus dem Loch. Kann kaum noch etwas sehen, fühle nur die Erde und den Wunsch nach Luft, der sich mir aufdrängt.

Die Regentropfen trommeln im Takt der immer schwächer werdenden Laute, die aus dem Inneren des Sarges dringen.

Meine Bewegungen stoppen. Ich stemme meine Beine jeweils links und rechts neben die Holzplatte, die im Dunkeln gerade noch zu erkennen ist, und kralle meine Fingernägel darunter.

Ich ziehe mit all meiner verbliebenen Kraft, beiße die Zähne zusammen. Ein Spalt öffnet sich und ich höre ein tiefes Einatmen, wie von einem Ertrinkenden, der das letzte Mal die Oberfläche erreicht. Ich spüre einen Druck, der mir die Platte entgegenpresst, an der ich ziehe. So geht es eine Ewigkeit hin und her, bis sich endlich einer der Nägel löst, der die Deckplatte mit dem Kasten darunter verbindet. Braune Klumpen fallen in den Spalt, in den ich meinen Stiefel stecke und versuche den nächsten Nagel auszuhebeln. Es knirscht kurz und der obere Teil der Holzplatte löst sich vom Kasten.

Eine kleine Lawine findet ihren Weg ins Innere. Der kalte Regen macht es nicht einfacher und spült noch mehr Dreck in die Öffnung. Immer lauter werdendes Stöhnen dringt durch das Rauschen an mein Ohr.

Mein Herz krampft sich vor Angst und Anstrengung zusammen. Ich bin fast am Ende meiner Kräfte, merke wie die Energie nachlässt und kann dennoch nicht aufhören. Ich verlagere noch einmal mein Gewicht und stemme mich von der offenen Seite gegen das Holz. Es knackt und splittert.

Der Sarg ist offen. Und in ihm liegt eine gekrümmte Gestalt. Ich kann sie nur schemenhaft erkennen in der Dunkelheit und dem Regen, der jede Kontur verwäscht.

Grenzenlose Erschöpfung legt sich über mich. Der Drang, der mich hierhergeführt hat, mich hat graben lassen ohne Unterlass, ist wie weggeblasen. Meine Urinstinkte übernehmen. Hinter meiner Stirn nähert sich ein Pochen, ein Stechen und Hämmern.

„Bitte, hilf mir", höre ich die Stimme eines Mannes rauh und kratzig aus der Dunkelheit.

Ich zucke zusammen, der Schreck fährt mir bis in meine Magengrube, setzt sich dort fest. Ich versuche aufzustehen und muss kapitulieren. Der Schock und die Erschöpfung lassen mich dort bleiben, wo ich bin.

„Bitte, kannst du mir die Fesseln abnehmen?"

Dann blitzt es plötzlich durch die Bäume. In der Ferne dröhnen Motoren in unsere Richtung.

Mein Instinkt befiehlt mir, aus dem Erdloch zu kriechen. Wie ein Käfer krabbele ich zurück an die Oberfläche. Stehe mühsam auf und schleppe mich zwischen die Bäume. Unter einem tiefhängenden Nadelbaum finde ich einen geschützten Platz und breche zusammen.

Als ich wieder zu mir komme, ist der Himmel blau, die Vögel zwitschern in den Bäumen und ich bin durchnässt bis auf die Haut. Erde schmecke ich nicht mehr und meine Gedanken sind klarer. Noch immer kann ich mir nicht erklären, was gestern Nacht geschehen ist. Wen ich dort ausgegraben habe, warum dieser Drang dieses Mal so stark war, dass er mich über Kilometer hinweg erreichte.

Bisher musste die Person immer in meiner Nähe sein.

Nach etlichen Umwegen durch den Wald finde ich mein Haus im Tal wieder. Tränen der Erleichterung verwischen den Schmutz auf meinen Wangen. Als ich durch die Tür zur Küche trete, ist es, als wäre ich nie weg gewesen. Der Fernseher erzählt weiterhin, die Möhren liegen in der Spüle.

Ich schließe die Tür, drehe die Heizung auf höchste Stufe und schäle mich aus meinen verkrusteten Sachen. Das warme Wasser der Dusche spült das Unbehagen und die Kälte weg, lässt die Fragen stehen und mich ratlos zurück. Ich schalte den Fernseher aus und gehe schlafen. Die Erschöpfung hat sich tief in meine Knochen gefressen.

Am nächsten Morgen werde ich durch ein Klopfen geweckt. Ich schrecke hoch. Die Erinnerung an ein anderes Klopfen lässt mein Herz rasen. Kurz atme ich durch und gehe zur Tür. Nehme auf dem Weg dorthin Stift und Büchlein in meine Hand, an die ich mich klammere, als wäre es ein Schutzschild gegen denjenigen, der vor der Tür wartet.

Ich öffne, sehe vage bekannte Gesichtszüge und eine Polizeiuniform. Kenne seinen Namen, noch ehe er ihn ausgesprochen hat: „Hallo, Kira.“

Seine Stimme trägt mich zurück in die Nacht vor zwei Tagen. Es ist die Stimme des Mannes, dem ich das Leben gerettet habe. Die Stimme von Raphael, meinem einzigen Vertrauten, meinem einzigen Kontakt zur Außenwelt.

Agnes Decker
TIEF UNTEN

„Hi", sagt der Guide, und „Welcome, folks, in the middle of the earth." Ich spüre, wie ein leichter Schauer über meinen Rücken läuft. Der Guide hat eine wilde schwarze Lockenmähne, ein braungebranntes Gesicht und blitzende, fast schwarze Augen. „Übrigens, ich bin Abu und führe euch heute in die Unterwelt", grinsend zeigt er eine Reihe schneeweißer Zähne.

Er schaut uns der Reihe nach an, runzelt die Stirn und flüstert vor sich hin, als würde er uns zählen. Dann zieht er sich mit dem Oberkörper an der Ladefläche seines Pickups hoch und schwingt die Beine hinein. Nachdem er einige Zeit in gebückter Haltung in einem großen Sack gewühlt hat, wirft er uns Gurte zu, die klirrend auf dem Boden landen. Wir stehen still und stumm und schauen voller Erwartung zu.

„Hi, friends", sagte Abu, „das sind eure Sicherungsgurte." Er springt wieder auf den Boden, nimmt einen der Gurte um Schultern und Hüfte und klickt die Verschlüsse zu. Zögernd folgen wir seinem Beispiel.

Abu dreht sich um, greift nach einem weiteren Sack und packt bunte Schutzhelme aus.

„Sucht euch einen aus und setzt ihn auf." Sein Englisch hat einen sehr sympathischen Akzent.

Nach kurzem Zögern beginnt eine aufgeregte Geschäftigkeit. Kichernd und wild durcheinander schwatzend werden die Helme probiert. Abu geht von einem zu anderen und kontrolliert den Sitz der Gurte und Helme. Als er mein Gesicht berührt, spüre ich, wie eine heiße Welle meinen Körper überflutet. Er ist für einen Mann eher etwas klein geraten, hat aber mit seinem muskulösen Körper und seinem scharf geschnittenen Gesicht etwas überaus Maskulines. Mein Herz schlägt bis zum Hals. Abu schaut mir tief in die Augen und zwinkert. Dann geht er zur nächsten. Ich sehe, wie Carolin schluckt und puterrot wird. Also sie auch, denke ich und fühle eine aufkommende Eifersucht, die ich aber sofort zurückdränge.

Es ist der Sonntag nach einer Woche intensiver Erlebnisse auf dem Wasser, heftigen Muskelkaters und weinseliger Abende im Gruppenzelt. Ein ökologischer Verein hatte diese Kanutour auf der Ardeche angeboten und ich, als langjähriger Single, mich sehr auf einen abenteuerlichen Urlaub gefreut. Carolin, Peter, Lisa, Maggi und Tine sind mit mir in meinem zum Camper umgebauten Mercedesbus von Köln aus nach Frankreich gefahren. Und so lernte ich schon auf der Hinfahrt die Hälfte der Gruppe kennen. Eigentlich bin ich kein ausgesprochener Gruppenmensch. Diskussionen und Streitigkeiten gehen mir schnell auf die Nerven. Das Auto ist für mich deshalb mehr als eine Schlafstelle; es ist vor allem ein Rückzugsort. Ich parke es abseits der Zelte, in denen die anderen schlafen und muss ein wenig lächeln, als ich an den für mich notwendigen Luxus denke.

Nachdem alle ausgerüstet sind, baut sich Abu vor uns auf. „Guys", sagte er und beginnt vor uns auf uns ab zu schreiten.

Dabei schaut er jedem ins Gesicht. „Think about your fitness, und damit meine ich eure bodys und your soul." Er schlägt sich mit der flachen Hand auf die Brust. „This place where we are, is a wild cave, versteht ihr, es ist eine wilde Höhle, die nicht für die Öffentlichkeit erschlossen ist. Du", er legt Peter die Hand auf die Schulter, nimmt sie abrupt weg und geht zum nächsten, „und du und du und du", und, als er alle berührt hat, geht er zurück und stellt sich wieder vor uns hin. „All of you, ihr alle werdet Abgründe überwinden und auf dem Bauch durch den Dreck kriechen. Es wird eng werden und dunkel, und ihr werdet auf euch allein gestellt sein. Und wenn wir einmal unterwegs sind, gibt es kein Zurück." Abus Augen sind weit aufgerissen. Er schlägt erneut mit der Faust auf seine Brust. „Ich gehe am Anfang der Gruppe und warte, bis alle angekommen sind. Dann gebe ich euch neue Anweisungen. Bernd", er zeigt auf unseren Kanulehrer, „bildet den Schluss." Abu steht hoch aufgerichtet, mit dem Rücken zu uns.

Es ist ganz still. Jeder von uns scheint tief in sich zu forschen, ob er diese Tour machen will oder nicht.

Schwungvoll dreht sich Abu um, streckt seinen Arm aus und zeigt neben sich. „Come here."

Zuerst tritt Peter neben ihn. Sein Gesicht ist ernst und seine Augen flackern. „Are you sure?" Abu streckt ihm die Hand hin. Peter schaut ihn an, grinst und schlägt ein.

Ihm folgen Lisa, Maggi und Carolin, dann ich, und zum Schluss, nach allen anderen, zögernd mit kleinen Schritten, Tine. Wir sind zehn Teilnehmer plus Abu und Bernd.

Als Abu uns auffordert, die Stirnlampen einzuschalten, schauen wir uns gegenseitig fragend an. Keiner äußert sich. Langsam gehen wir hinter ihm her, einer nach dem anderen, zu einer schmalen Öffnunung in Kniehöhe. Das ist also der Eingang. Ein Loch in der Felswand. Hohl klingt Abus Stimme, der vorausgegangen ist und von weither Anweisungen gibt, wie es weitergehen soll. Peter setzt sich hin, lässt seine Beine hinab und verschwindet ebenfalls in dem Loch.

Als ich an der Reihe bin, klopft mein Herz so stark, dass die anderen es bestimmt hören können. Ich setze mich auf den Rand der Öffnung und schaue hinunter. Weit unter mir sehe ich zwei Schatten im fahlen Licht der Lampen. Sonst ist da nur Dunkelheit. Ich stütze mich ab und suche mit den Füßen einen Halt. Es gibt keinen. Nach einem kurzen Innehalten und einem tiefen Atemzug, springe ich los, ins Nichts. Peter fängt mich auf und seilt mich gleich an. Wir stehen auf einem Felsvorsprung. Neben uns ist eine tiefe finstere Schlucht. Nur aus dem Eingang zur Höhle, die unendlich weit über uns zu sein scheint, dringen ein paar Sonnenstrahlen in die Finsternis.

Carolin ist die nächste und wird von Peter und Abu aufgefangen und angeseilt. Und so geht es weiter, alle landen sicher auf dem schmalen Grat. Tine ist die vorletzte. Es dauert lange, bis sie losspringt, und in dem Moment, in dem sie unten ankommt, fängt sie an zu zittern.

„Girl, noch ist Zeit für den Rückweg. Bernd kann dich hochziehen. Wenn der auch hier unten ist, bleibt nur der Weg durch die Höhle. Alleine kommst du niemals nach oben." Abu spricht ohne Unterlass auf Tine ein, der die Tränen über das Gesicht laufen und die völlig überfordert scheint. Es ist wohl der dunkle Abgrund, der sie in Panik versetzt. An einem unserer weinseligen Abende hatte sie über ihre Höhenangst gesprochen, und dass sie dann wie gelähmt sei und keinen Fuß vor den anderen setzen könne.

„Mensch, jetzt geh schon zurück, Mädel", denke ich. Ich will losgehen, rein in die Höhle, bevor ich es mir noch anders überlegen kann. Der Rest der Gruppe unterhält sich flüsternd oder schaut zu. Tine hat jetzt aufgehört zu weinen. Sie steht dicht neben Abu, mit dem Rücken an den Fels gepresst auf dem kleinen Vorsprung. Er nimmt ihre Hand, und sie lässt sich tatsächlich von ihm führen. Schritt für Schritt, die andere Hand an dem an der Felswand befestigten Seil, geht sie hinter ihm her bis zum Ende des Vorsprungs. Ich kann das Geschehen von meinem Standpunkt aus nur schemenhaft wahrnehmen, höre aber an ihrem erleichterten Gelächter, dass Tine es wohl geschafft hat, über den Abgrund zu springen. Die anderen folgen ihr in die Dunkelheit.

„Endlich unterwegs", denke ich und spüre, wie mir ein Schweißtropfen vom Nacken aus über den Rücken rinnt, „jetzt gibt es kein Zurück mehr". Hinter mir höre ich das unermüdliche Plappern von Bernd, der wohl versucht, etwas Normalität in diese unwirkliche Szenerie zu bringen. Vielleicht will er sich auch nur selber Mut machen wie ein Kind, das pfeift, wenn es in den Keller geht. Ansonsten ist es fast still. Ab und zu hört man das Schlurfen schwerer Schuhe, das Poltern von Steinen, die sich gelöst haben und in den Abgrund stürzen, und das stetige Tropfen von Wasser, das an meinen Nerven zerrt.

Wir haben gar nicht gefragt, wie lange das alles dauert, geht es mir durch Kopf, und auch nicht, wie tief wir unter der Erde sein werden, und weiß, als ich das denke, dass ich es eigentlich nicht wirklich wissen will. Das einzige, was ich will, ist, weitergehen und ankommen. Meine Hände umklammern das Seil. Vorsichtig ertasten meine Füße den Untergrund. Und dann mache ich einen großen Schritt. Etwas wacklig noch schaue ich mich um. Es ist eine kleine Plattform, auf der ich stehe, vor einer mannshohen Öffnung, die in eine Art Stollen führt, in dem gerade Caro verschwindet. Ich muss mich konzentrieren, um nicht über die auf dem Boden liegenden kleinen und größeren Steine zu stolpern. Das Licht der Stirnlampen zuckt durch die Schwärze; gerade noch kann ich die dicht vor mir gehende Caro erkennen. Alles Weitere verliert sich in der unendlichen Dunkelheit. Immer tiefer geht es in den Berg hinein. Der Weg durch den Stollen führt steil nach unten und wird zusehends niedriger und enger. Es ist mühsam, mit gebeugtem Rücken zu gehen. Außerdem schmerzen meine Ellenbogen höllisch. Ich habe sie mir schon mehrmals an den Wänden links und rechts angestoßen. „Wie tief unten mögen wir sein?", denke ich wieder und wieder. „Und wie tief geht es noch hinein? Wie hoch sich die Felswände vor uns aufgerichtet hatten, als wir vor dem Eingang zur Höhle standen. Das alles ist jetzt über uns. Tausende, Millionen Tonnen von Gestein. Alles über uns." Mir wird eiskalt. Mein Herz klopft bis zum Hals. „Und was mag dort unten noch alles sein, tief in der Erde?" Ich zittere und versuche, meine Gedanken zu kontrollieren. „Weiter", murmele ich vor mich hin, „weiter", und versuche, eine Melodie dazu zu finden. Singen hilft gegen Angst, glaube ich.

Plötzlich bleibt Caro stehen, dreht sich halb zu mir um und hält ihre Hand mit der Handfläche nach unten. „Kommando von vorne", flüstert sie, „wir sollen aufpassen, die Decke wird jetzt immer niedriger."

„Ok", zische ich zurück und überlege gleichzeitig, warum wir nicht laut sprechen. Hinter mir höre ich immer noch das Auf und Ab von Bernds Wortschwall, der mich an den Abenden zuvor oft genervt hat, jetzt aber eine beruhigende Wirkung auf mich ausübt. „Das sage ich ihm, wenn wir wieder oben sind", denke ich und spüre den Schweiß, der über meine Stirn fließt, an der Nase entlang und in den Mundwinkel tropft.

Vor mir hat Caro sich auf alle viere niedergelassen und kriecht unter der immer niedriger werdenden Felsendecke entlang. Ich tue es ihr gleich. Der Boden ist nass. Ich fühle, wie das eisige Wasser durch meine Jeans dringt. Das stetige Tropfgeräusch macht mich unruhig und fahrig. Wie in einem Horrorfilm, geht es mir durch den Kopf, wobei ich mir das letztere sofort verbitte und krampfhaft versuche, an etwas anderes zu denken. Mittlerweile ist die Decke so niedrig, dass wir nur noch auf dem Bauch vorwärts robben können. Auf meine Schleimhäute hat sich ein unangenehmer Geschmack gelegt, metallisch, ein bisschen so, als ob man an einer blutenden Wunde leckt. Mit flach aufgelegten Händen ziehe ich mich zentimeterweise vorwärts. Der steinige Untergrund bohrt sich schmerzhaft in meinen Körper. Morgen werde ich sicherlich mit blauen Flecken übersät sein. Mein Atem geht schwer. Ich habe nicht erwartet, dass es so anstrengend würde. Der Tunnel scheint unendlich. Ich spüre, wie meine Kräfte mich verlassen. „Jetzt einfach nur liegenbleiben und einschlafen", denke ich, „und dann aufwachen und alles war ein Traum."

Dicht hinter mir kriecht Bernd. Sein Wortschwall ist verebbt. Nur noch sein Schnaufen ist zu hören. Ab und zu berührt er meine Füße. „Hände auflegen und den Körper nach vorne ziehen, auflegen und ziehen", denke ich, „unermüdlich, im Rhythmus der fallenden Wassertropfen".

Als ich nach einer gefühlten Unendlichkeit meinen Kopf hebe, ist Caro verschwunden. Statt ihrer sehe ich vor mir ein kleines Loch. Dahinter tanzen Lichtstrahlen, und ich höre

Gekicher und Gewisper. Ich stemme mich hoch und winde mich hindurch.

Der Lichtstrahl meiner Stirnlampe leuchtet ins Dunkel. Vor mir scheint sich eine riesige Höhle aufzutun. Meine Knie zittern, als ich mich an der Felswand hochziehe und mich mit dem Rücken dagegen lehne. Mit eckigen Bewegungen löse ich mich von der Wand, taumele mehr, als ich gehe. Weit vor mir sehe ich die anderen. Die Szene hat etwas Gespenstisches. Sie stehen in einer Art Kreis, eng zusammen. Das Licht ihrer Lampen umgibt ihre Köpfe wie Heiligenscheine. Als ich dort ankomme, treten Caro und Lisa zur Seite und nehmen mich in ihre Mitte. Wir legen die Arme umeinander, fühlen die Wärme des anderen Körpers und schweigen. Tine steht neben Abu, der eine Taschenlampe herausholt und ihren starken Strahl nach oben richtet. Unsere Blicke folgen ihm. Hoch oben glitzern und funkeln kristallene Zapfen, die meterlang von der Decke herabhängen. Das Geräusch der fallenden Wassertropfen ist lauter geworden. Wie Pistolenschüsse knallen sie auf die steinige Erde. Ihr Echo hallt von den Wänden wieder, verliert sich in der Tiefe.

Abu richtet die Lampe in den Raum. In dem hellen Licht tut sich ein gewölbeartiger Saal auf, der sich in die Dunkelheit auszudehnen und nie zu enden scheint. Zahllose Säulen wachsen aus dem Boden wie Pflanzen, türmen sich hinter- und nebeneinander, eigenartige, versteinerte Gebilde, jedes anders gestaltet.

„Die Kathedrale", sagt Abu. Ein ehrfürchtiges Gefühl breitet sich in mir aus. Es ist unwirklich und wunderschön. Ich breite die Arme aus und atme tief ein, fühle mich ein bisschen so wie an einem klaren Winterabend, an dem sich ein unendlicher Sternenhimmel über mir wölbt. „Wie klein wir Menschen sind in dieser gewaltigen Natur, wie Zwerge", denke ich, „und verletzlich, wie brüchiges Glas."

„Das hier sind Stalaktiten." Abu deutet mit ausgestrecktem Arm an die Decke. „Und die, die aus dem Boden wachsen, sind die Stalagmiten." Mit einem Zischen lasse ich den Atem, den ich angehalten habe, aus meinem Körper entweichen. Es klingt wie ein abgrundtiefer Seufzer. Ich höre das tiefe Atmen von Caro neben mir und sehe, wie sich Peter, der mir gegenüber steht, über die Augen wischt. Tränen schießen hoch und überschwemmen mein Gesicht. Caro nimmt meine Hand und drückt sie. Ich spüre ihre Ergriffenheit. Der Raum verbindet uns alle miteinander, als wären wir ein einziges Wesen, ein Schwarm, der das gleiche fühlt und denkt, sich identisch bewegt und zugleich einsam ist und geborgen. Das Gefühl ist unfassbar, füllt mich aus. Ein Lachen steigt in mir hoch, drängt sich mit leisen Tönen nach draußen und schwingt sich in hellen Kaskaden in die Höhe. Wie ein Echo folgt das Lachen der anderen, bis die ganze Höhle ausgefüllt ist mit unserem Lachen und dieses von den Wänden hundertfach zurückwirft, im Chor mit dem Echo des tropfenden Wassers. Ich fühle mich ganz und rund, wie noch nie im Leben.

Ein Poltern weit hinter uns lässt uns aufschrecken. Das Gelächter verebbt, und wir schauen uns etwas verlegen an. „Sind alle da?" Bernds Stimme ist leise; er flüstert fast.

„Warum fragst du?", antworte ich und beobachte, wie er uns durchzählt.

„Muss ich als Gruppenleiter." Bernd versucht zu grinsen, aber es gelingt ihm nicht, und es kommt mir so vor, als wäre ihm meine Frage unangenehm.

Ich sehe, wie er sich verstohlen den Schweiß von der Stirn

wischt. Auch Abu schaut sich aufmerksam in der Höhle um und leuchtet in alle Ecken. In dem zitternden Lichtstrahl bewegen sich die Schatten, als wären sie lebendig.

„We have to go." Abu hat wieder die Führung übernommen. „The next way is a little bit complicated, nicht komfortabel", sagt er und führt uns zu einer kreisrunden Öffnung, die sich knapp über dem Boden befindet. „Das ist der Kamin." Abu zeigt mit seiner Hand auf das Loch und deutet nach oben, „wir müssen uns rückwärts nach oben schieben, immer nur einer. Ich gehe zuerst, dann Tine, dann Peter und so weiter. Sprecht mit der Person, die sich im Schornstein befindet, haltet Kontakt, gebt ihr Kraft." Abu schaut uns an. „Das ist das schwierigste Stück, der Rest ist easy."

Ich sehe Tines weit aufgerissene Augen und ihre zitternden Lippen. „Ich kann nicht", ihre Stimme ist brüchig. „Das kann ich nicht."

„Girl, you have to go, es gibt keinen anderen Weg. Ich zuerst, dann du."

Tine zittert jetzt am ganzen Körper und lehnt sich an die Wand. „Ich kann nicht", flüstert sie vor sich hin. „Angst, ich habe Angst."

Abu ist zu ihr getreten und hat sich dicht vor sie hingestellt. „Fuck-Angst", sagt er in bestimmenden Ton. „Go. Zuerst ich. Dann du." Er nimmt ihre Hand und zieht sie hinter sich her. Vor der Öffnung legt er sich auf den Rücken und schiebt sich in den schmalen Tunnel. „Sprich mit mir, Tine, erzähl mir was, give me a sound." Seine Stimme klingt hohl und entfernt sich immer mehr.

„Ich bin hier, huhu Abu, hörst du mich? Kommst du vorwärts. Ist alles gut? Bist du schon da?" Tines Stimme ist hell wie die eines kleinen Mädchens.

„Already", erklingt es aus dem Kamin und dann folgt eine Melodie. Abu pfeift. „All you need is love", pfeift er.

„Na bitte", denke ich, „so schlimm ist es dann wohl doch nicht." Und summe leise mit.

Das Pfeifen wird leiser. Dann verstummt es.

„Okay", Abus Stimme klingt dumpf und wie aus einer anderen Welt, „bin da. Jetzt du. Go, girl."

Tine zittert immer noch, ihre Arme hat sie um den Körper geschlungen, das Gesicht ist blass, und sie presst die Lippen aufeinander. Peter legt seine Hand auf ihre Schulter und schiebt sie unsanft vorwärts. „Gleich hast du es geschafft, Tine, gleich bist du oben. Und dann kommen wir, und dann sind wir alle wieder draußen. Los jetzt."

Durch Tines Körper geht ein Ruck, sie bückt sich, legt sich auf den Boden und schiebt ihren Oberkörper in die Öffnung. Wir halten den Atem an.

„Super gemacht, du kannst es und jetzt Stück für Stück weiter, Tine, weißt du, so wie im Leben, step for step. Das Leben ist kein Ponyhof. Ich stelle es mir so vor wie bei einer Geburt, weißt du, nur, dass du das Baby bist, das gleich schreiend aus dem Tunnel herauskommt."

Peter wischt sich den Schweiß von der Stirn und redet weiter und weiter. „Der nächste", hört er Tines leise Stimme. „Sie ist da", lacht Peter, „sie hat es geschafft." Dann verschwindet er in der Röhre.

Mir ist kalt geworden. „Ich möchte dran sein", denke ich, nicht mehr solange warten. Was für ein Wahnsinn überhaupt. Was wäre gewesen, wenn Tine es nicht geschafft hätte?

„Quatsch", rede ich mir zu, „sie hat es geschafft. Und ich schaffe es auch." Mir fällt die Geschichte einer Gruppe ein, der ein Steinschlag den Rückweg versperrte und die tagelang in der Höhle eingesperrt war, bis die Rettungskräfte zu ihnen durchdringen konnten. Eingesperrt, tief unter der Erde, im Stockfinsteren. „Weiß überhaupt jemand, dass wir hier sind?", überlege ich. „Das ist doch alles bestimmt illegal. Man wird uns vermissen, aber wird man hier nach uns suchen?" Der Holländer weiß Bescheid, fällt mir ein. Wie heißt er noch? In meinem Kopf drehen sich die Gedanken, mein Hals ist zugeschnürt und meine Beine zittern. Mir fällt der Name unseres Campingplatzbesitzers nicht mehr ein, mit dem ich gestern noch Wein getrunken und ein bisschen geflirtet habe. Auf jeden Fall weiß er, wo wir sind, der Holländer, und der holt uns hier raus, ganz sicher. „Ich bin genauso ein Angsthase wie Tine", denke ich und wünsche mir meine Unbeschwertheit zurück. Aber die Angst hat sich an mir festgesaugt, hält mich umklammert wie ein Krake, lässt mich nicht mehr los.

„Du bist dran." Ich spüre eine Hand auf meinem Arm. „Viel Glück!" Caro lächelt mir zu. Ich lege mich auf den Boden und schaue noch einmal zurück. Nur noch Bernds und Caros Stirnlampen sind zu sehen, winzige Lichtpunkte, die sich in der gewaltigen Dunkelheit verlieren. Oben, unten und um uns herum glitzert und funkelt es, begleitet vom stetigen Fall der Wassertropfen. „Bis gleich", würge ich heraus. Meine Stimme ist tief und rau. Dann stecke ich den Kopf in den Tunnel. Mit den Füßen stoße ich mich vom Boden ab. Jetzt bin ich drin, liege auf dem Rücken, obwohl liegen nicht der richtige Ausdruck ist. Der Kamin geht so steil nach oben, dass ich fast stehe, eng umschlossen vom Fels.

„Los, beweg dich", höre ich Caros Stimme und beginne, mich wie eine Raupe nach oben zu ziehen. Zentimeter für Zentimeter.

„Super, du machst es gut", höre ich Caro, „zusammenziehen und strecken, zusammenziehen und strecken", und dann höre ich nichts mehr. Ich bewege mich mechanisch. Wie von einem unbekannten Antrieb vorwärtsbefördert, schiebt sich mein Körper nach oben. Meine Arme liegen dicht an meinem Leib. Um mich herum ist Fels, wie ein Kokon. Was ist, wenn ich steckenbleibe? Mein Atem wird flach und mein Herz klopft bis zum Hals. „Kann mich jemand rausholen? Warum haben wir uns nicht angeseilt, dann könnten sie mich hochziehen?", geht es mir durch den Kopf. „Aber vermutlich funktioniert das gar nicht. Sonst hätte Abu das doch gemacht. Ganz sicher." Mein Nacken ist hart und angespannt. „Jetzt bloß keinen Krampf." Vorsichtig versuche ich, meinen Kopf zu bewegen. Stoße an die Felsdecke, direkt über meinem Gesicht. Plötzlich wird es finster. Die Stirnlampe, verdammt, sie ist ausgegangen. Ich kann nichts mehr sehen. Allein, in tiefster Dunkelheit. Mir ist eiskalt und ich zittere, zuerst die Beine, dann die Hände und jetzt zuckt es in meinem Gesicht. Schweiß läuft über meinen Kopf und tropft in die Ohren. Kann ihn nicht wegwischen, kann mein Gesicht nicht berühren. „Ganz ruhig. Weiter, los, du schaffst es, Mädel", rede ich mir selber zu und versuche, die Angst wegzudrücken. Erfolglos, sie überschwemmt mich wie eine Welle, reißt mich mit sich mit all ihrer Kraft, und ich trudele in ihr, schwach, hilflos, ausgeliefert.

„Reiß dich zusammen." Meine Stimme wirkt erstickt, schwach, „los weiter", rede ich jetzt laut auf mich ein und langsam, Millimeter für Millimeter, setzt sich mein Körper wieder in Bewegung. Zusammenziehen, strecken. Zusammenziehen, strecken.

„Yes, girl, go on." Abus Stimme dringt schwach zu mir durch. „Noch ein kleines Stück, yeah, wir haben dich."

Ich spüre, wie jemand meine Schultern berührt, dann gibt es einen Ruck und ich rutsche durch den Kamin. Bilder tauchen vor mir auf. Meine Mutter, die mich an der Hand hält. Wir sitzen im Gras. Ich bin ein kleines Mädchen. Meine Mutter setzt mir einen Blumenkranz auf und lacht mich an. Dann nimmt sie mich in den Arm. Sie duftet, nach Rosen. Jemand schreit, ich spüre, wie mein Gesicht nass wird. Der Schrei wird lauter. Jetzt merke ich, dass ich selber es bin.

„Welcome, back from the hell", Abus Gesicht taucht vor mir auf. Dann sinke ich auf den Boden. Es ist wieder hell. Ich kann wieder sehen. Die anderen stehen um mich herum. Ich schaue sie an, sie lachen und klatschen.

„Ja", höre ich mich brüllen, „ja, ja, ja" und immer wieder „ja".

„Caro, hörst du mich? Gleich hast du es geschafft. Zusammenziehen und nach oben drücken. Gut. Weiter. Zusammenziehen und drücken." Abus Stimme klingt wie aus einer anderen Welt. Er sich hat über den Kamin gebeugt, seinen Kopf hineingesteckt und spricht unermüdlich.

Hat er das vorhin auch gemacht, bei mir? Ich kann mich nicht daran erinnern, ihn gehört zu haben.

Ich schaue mich um. Wir sind jetzt in einer kleinen Höhle, nicht vergleichbar mit der Kathedrale. Sie ist einfacher, schlichter, nur ein paar größere und kleinere Felsbrocken liegen herum. Aber es ist hell. Zum ersten Mal ist es wieder hell. Und das Licht kommt nicht von unseren Lampen. Nein, es ist Tageslicht. Richtiges Licht. Hoch über mir ist durch eine große Öffnung der Himmel zu sehen. Blau, wolkenlos, und die Sonne scheint. „Geschafft", denke ich, „wir haben es geschafft. Nur noch Caro und Bernd, dann geht's raus in die Sonne."

Peter ist jetzt neben Abu getreten, hat sich ebenfalls über den Kamin gebeugt. Gemeinsam ziehen sie Caro heraus. Die ist ganz ruhig, strahlt und weint zugleich. Jetzt stehe ich mit den anderen im Kreis, lache und applaudiere. Caro streckt ihre Hände aus. „Danke", flüstert sie und weint noch immer.

Abu und Peter sind wieder zu der Öffnung zurückgekehrt. Jetzt fehlt nur noch Bernd. „Yes, man, all right, go on", Abu hat seinen Kopf wieder hineingesteckt und spricht beruhigend, aufmunternd, so als wäre es alles ein Kinderspiel. Sein Körper ist angespannt, jeder Muskel ist zu sehen. Außer Abus Stimme ist nichts zu hören. Wir anderen warten. Wir stehen da, dicht nebeneinander, schweigend und starren auf die beiden Männer vor der Öffnung, die in die geheimnisvolle Tiefe führt.

„Yeaaaah, man, good, come on", ruft Abu und befördert mit Hilfe von Peter den letzten von uns heraus aus der Finsternis. Bernd landet schwungvoll auf dem Boden. Er richtet sich auf, geht auf die Knie und kommt schwankend zum Stehen. Sein Blick ist nach unten gerichtet. Er schaut niemanden an. Er steht einfach da und zittert. Da fängt jemand an zu klatschen. Nach und nach fallen die anderen ein. Bernd schaut uns immer noch nicht an. Unsanft schiebt er Caro und mich zur Seite, tritt aus dem Kreis der Applaudierenden heraus und lehnt sich mit der Stirn an den Fels, mit dem Rücken zu uns. So bleibt er stehen. Der Applaus verklingt.

„Los jetzt, das letzte Stück ist einfach", in Abus Stimme klingt ein Lachen mit. Fast so, als wäre auch er erleichtert, dass wir es geschafft haben. Wie ein Äffchen klettert er nach oben bis zu der Öffnung, steckt seinen Kopf hindurch, ruft uns „The sun is shining!" zu und befestigt das Seil. Dann hangelt er sich an dem Seil zurück nach unten.

„Guys", er deutet auf das Seil, „back to world." Er zeigt, wie wir uns in das Seil einhaken, wo wir unsere Füße hinstellen sollen und verschwindet durch die Öffnung nach oben. Einen Moment wird es dunkel, dann tritt er zur Seite und gibt den Ausgang frei. Ich hebe den Kopf und sehe die Sonnenstrahlen, die sich mühsam ihren Weg bahnen, nach unten zu uns, in diese verdammte Höhle, in der wir aufgeregt darauf warten, endlich herauszukommen.

Auf Abus Zeichen hin, klettert einer nach dem anderen nach oben und verschwindet nach draußen. Jetzt bin ich daran. Ich fasse das Seil an und will gerade meinen ersten Fuß auf den Felsvorsprung über mir hieven, da werde ich heftig zur Seite geschoben. Bernd drängt sich an mir vorbei und kraxelt in einer Geschwindigkeit nach oben, als wolle er einen Rekord hinlegen. Nachdem er angekommen ist, steigt Abu wieder nach unten. „Jetzt du", er grinst mich an, „ich komme als Letzter mit dem Seil."

Es ist wirklich einfach, dort hochzusteigen. Kein Vergleich zu dem Weg, den wir hinter uns haben. Endlich bin ich draußen. Das Licht ist so grell, dass ich meine Augen schließen muss. Ich lasse mich auf die Knie sinken. Die Sonne legt sich wie ein warmes Tuch um meinen Körper und löst nach und nach die Erstarrung.

„You'll never walk alone", beginnt Peter lauthals, die bekannte Fußballhymne zu singen. Nach und nach fallen alle ein, singen mit, halten sich an den Händen, haken sich unter. Dann ändert sich der Rhythmus, wird härter, schneller, wir fangen an zu hopsen und zu tanzen. Immer schneller treibt uns der neue Takt, keine Melodie, keine Worte mehr, nur noch Laute. Wir stampfen mit den Füßen auf den Boden, lachen, schreien.

Nur Bernd macht nicht mit. Er steht abseits und starrt vor sich hin. Ich gehe zu ihm. Lege ihm die Hand auf die Schulter.

„Was ist mit dir los?", frage ich ihn. Er streift meine Hand unwillig ab und dreht sich von mir weg. „War es so schlimm, als du alleine zurückgeblieben bist?", frage ich.

Er blickt mich über die Schulter an, sein Blick geht an mir vorbei. In sein Gesicht haben sich tiefe Furchen gegraben, die gestern noch nicht dort waren. „Da war noch etwas, außer mir." Sein Gesicht ist jetzt dicht vor meinem. In seinen Augen ist es etwas Wissendes, Uraltes. „Ich war nicht alleine da unten, verstehst du?"

Dann dreht er sich abrupt um und schaut zu den anderen, die immer noch vor der Öffnung, die in die unendliche Tiefe der Erde führt, tanzen und lachen.

Anna Rudy
HAUT

Ich ziehe sie ganz vorsichtig ab. Zunächst rolle ich sie mit kleinen Schritten nach unten, dann entferne sie mit kreisenden Bewegungen von meinen Ellbogen, Knien. Es ist schon sehr kniff-
lig. Sie darf nicht reißen. Sie ist so dünn und zart. Zuletzt bleibt
sie nur an meinen Füßen hängen, dann streife ich sie endgültig
ab. Ich rolle sie ganz vorsichtig zusammen und lege sie behutsam auf den Stuhl. Da wird sie auf mich warten, bis ich wieder
komme. Meine Haut.

Ganz hautlos gehe ich raus. Was für ein Gefühl ... Zunächst
spüre ich nur den Wind, der zärtlich meinen hautlosen Rücken
streichelt. Dann kommt die Sonne und leckt mich ein paarmal
mit ihren Strahlen an die Wangen und dann geht's los.

Ich renne in den Wald. Schnell, schnell, noch schneller. Meine Füße spüren jede Erhebung, jeden Stein. Meine Hände sind
weit gespreizt, ich laufe, renne, nein, ich fliege. Wind saust in
meinen Ohren und um meinen Körper. Was ist das für ein Gefühl, ohne Haut zu laufen!

Plötzlich bleibe ich stehen, wie angewurzelt.

Ich habe etwas Neues entdeckt.

Ich sehe!

Ich kann sehen!

Ich sehe Bäume! Jeden einzelnen und alle zusammen. Ich sehe, wie der Wind, der meinen Rücken zärtlich streichelt, zugleich mit den Blättern spielt. Er dreht sie ganz vorsichtig von rechts nach links und von links nach rechts. Blätter kichern. Das macht ihnen Spaß, so mit dem Wind zu flirten.

Ich drehe mich um und höre.

Ich kann ohne Haut besser hören!

Ich höre, wie die Wasserläufer in der Pfütze um die Wette laufen, wie die winzigen Ameisen eine schwere Last nach Hause schleppen und mache ihnen schleunigst den Weg frei. Ich kann so viel mehr als vorhin, als ich in meiner Haut steckte. Ohne Haut zu sein – das ist ja wunderbar!

Warum habe ich das vorher nicht gemacht?

Warum machen die anderen das nicht? Arme Menschen. Sie wissen nicht, wie viel sie verpassen: diesen Wald und See, diesen Himmel mit den Wolken und Vögel und Ameisen ... Ich muss ihnen unbedingt erzählen, wie sich der Wind auf dem hautlosen Rücken anfühlt. Ich muss zu den Menschen. Ich will meine neue Welt mit ihnen teilen.

Menschen, ich komme! Ich will euch alle umarmen! Ich will sie glücklich machen, so glücklich, wie ich es bin.

Ich renne zurück, zu den Menschen mit offenen Armen. Ich stelle mich mitten auf der Straße. Meine Augen leuchten, meine Arme sind weit ausgestreckt, meine Lippen offen.

„Menschen, Menschen, ich liebe euch", sage ich hoffnungsvoll, „hört mir zu."

Aber die Menschen gehen an mir vorbei. Augen nach vorne gerichtet, Zähne zusammengebissen, Lippen geschnürt. Körper leicht nach vorne gebeugt, damit man schneller vorankommt.

„Menschen, ihr könnt alle glücklich sein", verspreche ich ihnen.

Jemand stößt mich im Vorbeigehen mit der Schulter an.

„Warten Sie, bleiben Sie bitte stehen. Ich habe etwas Besonderes für Sie", sage ich und versuche ihn mit meiner hautlosen Hand zu halten, aber der schmeißt sie wütend zurück und schlägt mich. „Aua", schreie ich. Auf meinem ungeschützten, hautlosen Rücken tut das besonders weh.

Meine Hände sinken nach unten. Keiner will mir zuhören.

Verärgerte Mienen, verbissene Grimassen, verzogene Gesichter. Ich stehe mitten im Weg. Ich störe ihren Fluss, ihrer Kolonne. Zunehmend stoßen sie mich von allen Seiten an und ich höre die Wut, die langsam auf mich zurollt. Menschen wirbeln um mich herum. Ihr Ärger breitet sich aus und bahnt sich den Weg, wie die stürmische Welle. Jemand schlägt mich mit dem Ellbogen, ein anderer verpasst mir einen Stoß in die Rippen.

„Halt! Stop!", schreie ich laut. „Das geht doch nicht! Ich bin ohne Haut. Ich blute!"

Aber das scheint niemandem zu stören. Noch mehr Fäuste, noch mehr Schläge, noch mehr lauter zischende Wörter.

Noch mehr Blut.

„Ja! Ja!!"

„Gib ihm mehr!"

„Noch mehr!"

„Schlag ihn! Noch mal!"

„Steht hier mitten auf der Straße!"

„Ja, von links!"

„Gut so!"

Der Zuschauerpulk wird größer. Ich kann mich ja gar nicht wehren. Ich versuche nur mit meinen hautlosen Händen mich vor den hasserfüllten Blicken zu schützen.

„Ich wollte euch eine Welt schenken …", schreie ich lautlos.

Jemand schlägt mir in den Bauch, ich beuge mich nach vorne und bekomme einen kräftigen Tritt von hinten. Ich falle auf den schmutzigen Boden. Ich krümme mich auf der Erde, die sich, von meinem Blut getränkt, langsam in den Schlamm verwandelt …

Meine Folterer treten mich jetzt mit den Füßen. Je mehr Blut aus meinem verwundeten Körper spritzt, desto wütender und heftiger werden ihre Tritte. Ich verliere das Zeitgefühl. Ich vergesse alles, … sogar, dass ich … einmal ich war …

Irgendwann stehe ich auf.

Ich sehe Menschen um mich herum. Sie laufen mit angespannter Haltung, konzentrierten Gesichtern und starren gerade nach vorne. Ausnahmslos nach vorne. Keine schaut mich an. Keiner lacht. Keiner will mich schlagen. Es ist gut. So ist es gut.

Ich schaue mich an und sehe, dass ich eine Haut habe. Eine neue Haut. Eine ganz besondere Haut, die aus dreckigem Schlamm und meinem geronnenen Blut besteht. Diese Haut ist spröde, aber hart genug, um alles auszuhalten. Jeden Tritt und jede Belustigung. Ich balle meine Fäuste zusammen. Die sind hart wie Stahl.

Soll jetzt jemand nur versuchen, soll sich jemand nur noch wagen, sich mit mir anzulegen! In meinem Kopf flackert plötzlich etwas. Eine verschwommene Erinnerung. Da war etwas. Etwas, was mich hierher geführt hat. Etwas Wichtiges. Warum bin ich gekommen? Was wollte ich hier überhaupt?

Aber ich verschwende meine Zeit nicht mit den blöden Gedanken. Ich schließe mich dem Menschenstrom an, der ganz konzentriert in eine Richtung marschiert. Ich laufe mit. Es fühlt sich gut an. Ich fühle mich wohl. In der Kolonne mit dem ernsten Gesicht, fest verschlossenem Mund und konzentriertem Blick nach vorne zu laufen.

„Das ist richtig!"

„So muss es sein!"

„Das ist unser Ziel!"

„Jawohl!"

Jemand schiebt mich mit der Schulter und ich stoße ihm mit voller Kraft entgegen. Er fliegt schräg zur Seite. Ich lache. Das macht Spaß! Ich fange an mit den Ellbogen zu arbeiten und schubse Menschen rechts und links von mir weg. Ich stoße ihnen in die Rippen, schiebe mit den Schultern und trete auf die Füße. Räuberisches Lächeln umspielt meine Lippen.

Meine Haut bekommt einen Glanz. Sie bleibt hart, aber geschmeidig. Sie wird jetzt nicht mehr reißen. Ich habe noch mehr Schutz bekommen. Ich bin stärker geworden und gegen jeden gewappnet. Ich arbeite noch schneller mit den Ellenbogen und sehe plötzlich jemandem, der mitten auf der Straße steht.

„Wie kann er es wagen?! Hier! Wo keiner stehen bleibt?! Hier, wo jeder gebremst werden kann!"

Wut steigt hoch in meinem Kopf und mein Herz schlägt wie ein Hammer. Ich balle meine Fäuste zusammen und schlage mit voller Wucht in sein erstauntes Gesicht. Blut spritzt aus seiner gebrochenen Nase zu allen Seiten und ich lecke warme Tropfen von meinen Lippen ab.

„Keiner darf hier stehenbleiben!!", schreie ich, aber er schaut mich nur ungläubig an und öffnet die zersprungenen Lippen, als ob er noch etwas sagen will. Mein neuer Schlag zerschmettert seine Lippen und schlägt ihm ein paar Zähne aus.

„Ha! Ha! Ha!" Eine Begeisterungswelle überschwemmt mich. „Hier wird nicht gesprochen!!"

Ich trete ihn in den Bauch und der fällt zum Boden wie ein Sack. Er ist seltsam weich und blutig, als ob er keine Haut hätte. Dann ist er selber schuld! Die starke, schützende Haut ist das Einzige, was von Wert ist.

„Hey, was. Du bist nichts wert!", spucke ich auf ihn und trete mit den Füßen. Bald schließen sich mir andere an. Mehr und noch mehr Füße, die diesen Armseligen, Nutzlosen, Hautlosen zusammentreten.

„Ja!"

„Gut!"

„So ist gut!"

Blut, Blut und noch mehr Blut will ich sehen.

Ich kann nicht aufhören, selbst wenn die anderen Füße längst verschwunden sind.

Nur langsam kann ich mich von ihm lösen. Es ist dunkel geworden und keiner ist mehr da. Kein Mensch um mich herum. Nur ein lebloser, langsam abkühlender Haufen vor meinen Füßen. Ich schnaufe zufrieden.

„Das habe ich gemacht!"

Ich schlage voller Stolz auf meine Brust und spüre, dass ich wieder eine neue Haut bekam. Ein dickes, stoppeliges Fell bedeckt mich von Kopf bis zum Fuss.

„Ja!", schreie ich voller Freude. „Ja!!"

Aber wem kann ich das zeigen?

Keine Augen bewundern meinen Triumph. Es ist nur ein

großes, mit grauem Star verschleiertes Auge auf dem schwarzen Himmel, das auf mich gerichtet ist. Ich schmeiße meinen Kopf nach hinten, hole tief Luft und singe diesem einzigen, blinden Zuschauer mein Siegeslied. Mein gewaltiges, reißendes Heulen bohrt sich in die Nacht.

Norbert Görg
DER FAHRSTUHL

Eine Geschichte zur Erde also. Rund soll sie werden. Ein kleines Schelmenstück. Leider fliegen die Ideen zielstrebig an mir
vorbei wie unruhig flatternde Schmetterlinge, die sich vor meinem Netz fürchten.

Beim Frühstück erzähle ich Sylvia, meiner Frau, von meinem
Projekt. Sie köpft viel zu fest ihr Ei, dass es zersplittert, und rollt
die Augen, bittet mich mit flehendem Blick, etwas Realistisches
zu schreiben, am besten etwas selbst Erlebtes, nicht wieder solche Abstrusitäten wie in den letzten Büchern, die kein Mensch
versteht.

„Erinnerst du dich an die Geschichte mit dem Boot?" Ohne
eine Antwort abzuwarten – zum Glück, denn meine Erinnerung ist sehr dunkel – fährt sie fort: „Das war erstunken und
erlogen gewesen. Erstens hast du keinen Bruder und zweitens
keinen, der dir das Leben rettete."

Logisch, denke ich, eins geht nicht ohne das andere. Ich will
etwas erwidern, aber sie fuchtelt mit dem gelbgefärbten Messer
herum, das in dem Morgenlicht rötlich schimmert, und schneidet mir ins Wort. „Ich weiß genau, was du sagen willst: Fiktion

ist auch eine Form von Realität, sozusagen eine, die sich darin abgespielt haben *könnte*. Aber", fährt sie dozierend fort, "es könnte auch Drachen und fünfköpfige Krokodile geben. Bringt es etwas, darüber zu berichten? Solche Geschichten sind bestenfalls abends zum Vorlesen geeignet für Kinder – als Strafe, wenn sie unartig waren."

Meine Frau ist Kinderärztin im Krankenhaus und steht fest auf der Erde, mit der sie eng verwurzelt ist. Mit dem Himmel hat sie nichts zu tun. Jeden Tag wird sie mit der harten Realität konfrontiert, mit Schmerz und Leid. Geschichten, und seien sie noch so phantasievoll, sind für sie keinen Deut besser als Träume; sie unterhalten auf erbärmlich schlichte Weise. Sie machen niemanden gesund, sie füllen nicht den Kühlschrank, sie mähen nicht den Rasen, sie erziehen keine Kinder. Kurz: Fiktionales und überhaupt jede Art von Kunst hat für sie eigentlich keine Daseinsberechtigung. Sie ist nutz- und damit wertlos.

Unsere beliebte Diskussion, die wir seit Jahren führen, seit unserer Heirat. Warum mich meine Frau geheiratet hat? Ich frage lieber nicht nach. Sie könnte Zweifel bekommen. Und dann fiele meine wichtigste Einnahmequelle fort. Im Ernst: Liebe ist undefinierbar, ihre Tiefen unauslotbar. Deshalb hassen die meisten Menschen lieber, als zu lieben. Wer weiß auch schon, wie lieben geht?

Ich bringe ritual- und erwartungsgemäß meinen Haupteinwand: "Fiktion hat einen tieferen Sinn."

"Den niemand entdeckt", höhnt Sylvia. Sie redet sich in Rage: "Schriftsteller sind doch Trickbetrüger, Hochstapler. Und wer am besten lügt bekommt irrsinnigerweise auch noch Preise."

An dieser Stelle gehen wir wie gewohnt schmollend auseinander, sie in die Klinik, ich an meinen fiktiven Schreibtisch, zu meinem fiktiven Computer.

Erde. Ein schwieriges Element. Was ist Erde? Erde ist unser Planet. Klar. Keiner weiß, obwohl es genug Erklärungen von Wissenschaftlern gibt, die mit Daten und Zahlen jonglieren, um ihr Nichtwissen zu verbergen, keiner weiß woher, weshalb, wieso. Auch warum wir Lebewesen überhaupt da sind, kann keiner beantworten.

Erde ist aber auch der Urgrund, auf dem wir alle stehen. Ich kann auf festem Boden stehen, ich kann mich aber auch auf weichem Untergrund fortbewegen, wenn die Erde lehmig ist und weich wie im Moor – ich kann darin versinken.

Ich suche nach Assoziationen zur Erde: Löcher, Tunnel, Gräben. Gräber. Aber was befindet sich ganz unten, viele Kilometer tief in der Erde? Vielleicht eine andere Welt? Alles strebt nach oben, mit Flugzeugen oder Raketen. Ist die Erde wirklich alles, was wir haben? Keine Geheimnisse, die sich im Dunklen des Universums verbergen und auf etwas Anderes hinweisen? Erde oder Himmel – eine Grundfrage des Menschen. Eine Lebensphilosophie. Wohin geht die Reise?

Ich klappe den Laptop zu und gehe in die Sauna. Abschalten. Den Schmetterlingen eine Chance geben, *mich* einzufangen.

In der Sauna begegne ich meinem Freund Freddy – ein Wink des Schicksals. Bei brütender Hitze erzähle ich ihm von meinem Projekt. Wir sind allein in dem Raum und nackt.

Er erzählt mir, dass in seiner Firma ein Aufzug ist, dem ein seltsamer Mythos anhaftet. Es heißt, wer ihn benutzt, kommt nie mehr heraus. Seitdem meidet man ihn.

„Das ist ein Trick", sage ich lachend, „vielleicht vom Chef erfunden, damit ihr die Treppen benutzt und fit bleibt."

„Nein", sagt Freddy, schnappt sich das weiße Handtuch und wischt sich über den Bauch. „Ein Mitarbeiter ist, nachdem er den Aufzug benutzte hatte, nicht mehr gesehen worden. Und ich war einmal drin, da überfiel mich ein ganz seltsames Gefühl, eine unbestimmt Angst, fast wie Todesangst. Ich bin dann sofort wieder ausgestiegen."

„Einbildung." Wieder lache ich. Und denke: Daraus kann ich keine Geschichte machen. Niemand kauft mir das ab und meine Frau reißt mir den Kopf ab.

„Es war auch nicht für eine Geschichte gedacht", sagt Freddy, der Gedankenleser. „Es beschäftigt mich nur: Was steckt hinter dieser mysteriösen Geschichte?"

„Das erfährt man nur, wenn man den Aufzug benutzt", sage ich.

„Auf keinen Fall", sagt Freddy.

Am nächsten Tag stehen wir nach Freddys Feierabend vor diesem berüchtigten Monstrum. Eine unauffällige, stählerne Maschine. Etwas klein für eine Firma dieser Größe. Wir stehen eine Weile da, aber niemand beachtet ihn, niemand benutzt ihn. Schließlich wird der Pförtner auf uns aufmerksam und kommt uns aus seiner Loge entgegen geschlendert. Ein beleibter, gemütlicher Mann mit einer seltsam altmodischen, mit bunten Stickereien versehenen Mütze auf dem Kopf und einem schiefen Grinsen im Gesicht. Er nickt Freddy zu. „Ein neuer Mitarbeiter?", fragt er und deutet auf mich.

„So ähnlich", sagt Freddy. Er ist bleich geworden und behält den Aufzug argwöhnisch im Blick, als könne der sich jeden Moment öffnen und ihn wie einen Riesenstaubsauger hinein saugen.

„Der Aufzug ist wohl kaputt?", frage ich den Pförtner.

Der wird nervös. Er nimmt die Mütze ab und reibt sich über die Stirn, auf der sich ein Schweißfilm befindet.

„So ähnlich", sagt er und versucht ein Grinsen.

„Wir wollten nur mal guten Tag sagen", sagt Freddy und dreht sich um. Ich halte ihn fest.

„Was spricht dagegen, den Aufzug zu benutzen?", frage ich in Richtung des Beleibten.

Der Pförtner schwitzt. „Nichts. Wohin wollen Sie denn? Alle haben doch Feierabend."

„Er hat Recht", sagt Freddy. „Ich bin müde und will nach Hause."

„Nichts da, wir wollen den Aufzug testen, ob alles in Ordnung ist." Ich finde immer mehr Spaß an der Sache.

„Nein, das geht nicht", sagt der Pförtner hastig und leise.

Ich frage mich, wozu dieser Mann da ist. Ist er der Aufzughüter?

„Was soll passieren", sage ich leichthin. „Das ist doch keine Baustelle oder?" Ich gluckse. „Kinder haften für ihre Eltern."

„Nur auf eigene Verantwortung", sagt der Pförtner und setzt seine Mütze wieder auf. Seine Augen sind gerötet, die Nase glänzt vor Aufregung.

Mit einer raschen Bewegung, wie um einer Abwehr des Angestellten zuvorzukommen, drücke ich den Schalter für den Aufzug. Ein kleines Licht leuchtet auf. Sekundenlange Stille.

„Vielleicht ist er doch kaputt", sagt Freddy.

„Er kommt", sage ich mit einer intuitiven Gewissheit und einem erneuten Anfall von Vergnügen. Männer fürchten keine Kriege, fürchten weder Tod noch Teufel, aber vor einem absonderlichen Aufzug, dem man ein boshaftes Etikett angeheftet hat, fürchten sie sich.

Der Aufzug öffnet sich langsam. Das Licht darin ist etwas gedämpft. Ansonsten alles völlig normal und unauffällig.

Mit einem federnden Schritt, der an Gelassenheit nicht zu überbieten ist, betrete ich das Gefährt. Ich winke Freddy zu. „Komm, du Hasenfuß."

Freddy stolpert herein, als hätte ihn jemand gestoßen.

„Ich habe euch gewarnt", ruft der Pförtner, sich ehrfürchtig verneigend, als sei es ein Abschied für immer.

Die Tür schließt sich nahezu lautlos.

Nach meinem Knopfdruck auf den leuchtenden Schalter „U" (ich vermute für Untergeschoss) nimmt der Fahrstuhl Fahrt auf. Mit einer Geschwindigkeit, wie ihn nur die neuesten Modelle haben können. Er fährt und fährt. Ich denke mir zunächst nichts dabei. Erst, als er nach ungefähr zwei Minuten immer noch fährt, schaue ich Freddy überrascht an. Dem stockt der Atem. Er drückt den leuchtenden Schalter mit dem Zeichen „E". Der Aufzug lässt sich nicht beirren. Er rast abwärts. Es wird unangenehm heiß in dem kleinen Raum. Freddy beginnt, nervös mit den Armen zu fuchteln. Ich drücke die „1", dann die „2", dann die „3". Nichts geschieht. Nur das leise Surren des Fahrstuhls. Freddy sackt zu Boden. Es ist brütend heiß, wie in der Sauna. Offenbar liegt ein Fehler vor. Kein Wunder, dass sich Freddy oft über seine Firma beschwert hat: Hier funktioniert nichts, nicht einmal der Fahrstuhl.

Freddy erhebt sich, fängt an zu rufen: „Hiiiilfe! Hilfeeee!"

Dann starrt er mich entsetzt an, lockert seine Krawatte und öffnet sein Hemd.

„Warum nur habe ich auf dich gehört. Wir werden steeeerben!" Er ruft es in klagendem Wimmerton.

Dann tritt er gegen die Tür, jault auf vor Schmerz.

Ich mahne mich zur Ruhe, zur Besonnenheit. Aber mein Herz rast. Die Gedanken taumeln übereinander. Irgendwann muss der verfluchte Fahrstuhl ja unten ankommen. Weitere Minuten später wird das teuflische Gerät langsamer. Er poltert ein wenig, quietscht, wie ich es aus der U-Bahn in der Kurve kenne. Schließlich kommt er zum Erliegen. Ich atme ein wenig auf. Freddy drückt wild alle Knöpfe. Aber die Tür lässt sich nicht öffnen. Wieder tritt er dagegen. Ich drücke sanft, aber mit Nachdruck ebenfalls jeden verfügbaren Knopf. Nichts geschieht. Immerhin ist es nicht mehr ganz so heiß.

„Wir werden hier ersticken!" Freddy sieht mich klagend an. Ich suche nach einem klaren Gedanken, aber sie schwimmen ungeordnet umher wie im feuchten Saunadampf.

„Sesam, öffne dich", murmele ich aus einem Impuls heraus, der aus dem Nichts kommt. Die Tür springt hastig mit einem Ruck auf.

Wir starren auf ein größeres, kellerartiges Gewölbe. Wie bei einer Tiefgarage. Aber es ist weder ein Auto zu sehen noch rieche ich diesen typischen Geruch von Abgasen. Vielleicht eine ehemalige Lagerhalle, denke ich.

Es ist nicht hell, nicht dunkel, eine Art schummriges Dämmerlicht.

„Sollen wir wieder hochfahren?", fragt Freddy.

„Wieder in dieses Teufelsgefährt zurück?" Ich steige aus. „Vielleicht gibt es so etwas wie ein Treppenhaus."

„In gefühlt dreihundert Metern Tiefe?", ruft Freddy aus dem Fahrstuhl. Aber dann folgt er mir zögerlich. Wir sehen uns um. Niemand zu sehen. Der Raum gähnt in die Leere.

Der Aufzug schließt nicht. Er scheint auf uns zu warten. Immerhin eine Perspektive.

So tief können wir nicht sein, denke ich. Genug Sauerstoff ist da.

Ein Mann kommt um die Ecke. Er hat eine ähnliche Figur wie der Pförtner.

„Was wollt ihr hier? Habt ihr einen Besucherschein?" Er grinst dabei und zwinkert uns zu. Offenbar ein Scherz.

„Wo sind wir hier?", frage ich.

„Was meinst du, wo du hier bist?"

„Keine Ahnung. Die Hölle ist es nicht."

„Der Himmel auch nicht", sagt der Mann mit sonorer Stimme und streicht sich um den flaumigen Bart.

„Wie tief sind wir hier?", fragt Freddy

„Ziemlich tief für eure Verhältnisse. Hierher kommen nicht viele. Ihr habt Glück."

„Oder Pech", sage ich.

„Darf ich mich vorstellen?" Das Gesicht des Bärtigen heitert sich auf. „Mein Name ist Harry Haller und ihr befindet euch im ‚Magischen Theater'."

Ein anderer Mann kommt um die Ecke. Schlank, in einem altmodischen Anzug, der ihm etwas zu groß ist. Er lächelt. „Glauben Sie ihm kein Wort. Er ist ein Schelm, der gerne in Rollen schlüpft. Wie wir alle übrigens."

„Und wer sind Sie?", fragt Freddy.

„Identitäten werden hier nicht so schnell preisgegeben. Aber ich stelle mich gerne als Führer zur Verfügung. Wir freuen uns über jeden Besucher."

Er schreitet voran und winkt uns zu, ihm zu folgen. Freddy folgt ihm widerstandslos. Ich zögere. Mir ist mulmig zumute. Ich würde lieber in der Nähe des Aufzugs bleiben. „Kommt mit! Ich zeige euch etwas", ermuntert mich der Fremde.

Was geschieht hier? Wo sind wir hier hingeraten? Ich sehe Freddy nach. Er bewegt sich klar und deutlich vor mir. Alles ist real. Oder doch nicht? Vielleicht stehen wir beide an der Pforte zum Jenseits. Und der Mann ist wie der Fährmann, der uns nach drüben geleitet, nur ohne Boot.

Ich habe mal von einer Nahtoderfahrung gelesen. Die Person geriet in eine Zwischenwelt, in einen Tunnel, an dessen Ende sie seltsamen Wesen begegnete. Dann tauchte an einer Art Grenze ein Licht auf und jemand schickte sie zurück ins irdische Dasein. Was ist, denke ich, wenn ich nicht mehr zurückkomme an die Oberfläche? Zu meiner Frau? An meinen geliebten Computer, den ich so oft verflucht habe?

Ich spüre, wie mir unwohl wird. Schwindlig. Angst steigt auf, wie in einem Traum, in dem plötzlich ein bedrohliches Monster auftaucht. Jetzt nicht ohnmächtig werden, denke ich und atme schneller. Die anderen schauen mich an. Freddy macht ein besorgtes Gesicht. „Was ist los?"

Ein anderer Gedanke winkt mir zu. Ich zerre ihn mühsam herbei. Er gibt schüchtern laut: Vielleicht bin ich tatsächlich nur in einem Traum? Träume fühlen sich immer an wie die Wirklichkeit. Aber nur in der Wirklichkeit weiß ich, dass es kein Traum ist. Ich bin mir nicht sicher.

Ein weiterer Gedanke funkt durch mein Gehirn: Das hier ist eine Geschichte, eine Phantasie. Meine Phantasie. Kein Traum. Dann habe ich die Fäden in der Hand.

Aber diese Figuren entstammen nicht meiner Phantasie! Sie haben sich irgendwie eingeschleust in die Geschichte. ‚Ihr seid nicht meine Figuren', raune ich ihnen lautlos zu. ‚Was habt ihr hier zu suchen?'

Der Führer, den ich noch recht jung einschätze, vielleicht um die dreißig, flüstert mir wortlos etwas zu: ‚Du kannst nicht mehr raus, du bist mit uns verstrickt.'

Ich beschließe, mich meinem Schicksal zu ergeben, und folge den beiden – um nicht allein zurückzubleiben und um auf Freddy aufzupassen.

Der junge Mann führt uns durch das Gewölbe mit den hohen Decken, und schließlich erreichen wir einen breiten Gang, der sich in viele kleinere Gänge verzweigt, in dem viele Räume sind, wie kleine Zitadellen; man sieht ihre Abtrennungen, aber sie sind durchsichtig. In jeder Zitadelle ist ein Mensch. Jede ist karg ausgestattet.

„Jeder Mensch hat einen eigenen Raum", erklärt unser Leiter. „Alle Räume sind übrigens miteinander verbunden."

„Jeder Raum mit jedem?", fragt Freddy.

„Theoretisch ja. Aber die wenigstens nutzen das. Die meisten sind zu sehr mit sich selbst beschäftigt. Manche reagieren nur auf Zuruf. Hier zum Beispiel …", wir gelangen an eine besonders kleine Zitadelle, „sitzt ein berühmter Philosoph."

„Hey, Friedrich", ruft der Führer, „hast du deine Syphilis endlich auskuriert?" Ein polterndes, aber nicht höhnisches Lachen des Redners erfolgt. An der Tür ist ein großes Schloss befestigt. Der Mann hockt in einem Käfig.

Auf meinen Blick hin sagt unser Leiter: „Friedel ist in Sicherheitsverwahrung. Er gilt als gemeingefährlich." Wieder sein Gelächter. Offenbar hat man hier, wo immer wir uns befinden, einen seltsamen Humor.

Der Mann namens Friedrich wendet sich uns zu, starrt uns mit großen Augen an, als wären wir Außerirdische, dabei zwirbelt er seinen großen, dichten Schnurrbart. „Habt ihr Gott endlich getötet?", fragt er mit kehliger, heiserer Stimme.

„Ja", sage ich, „aber er fehlt uns."

Ich wende mich zu dem jungen Mann, während wir weiter

schreiten. „Ist das hier die Philosophenabteilung?"

Er schmunzelt. „So ähnlich."

„Dann ist sicher auch Platon dabei?"

Er zeigt auf einen Raum in etwa fünfzig Meter Entfernung. Der Raum ist nicht durchsichtig. Im festen Mauerwerk befinden sich lediglich kleine Löcher, wie Schießscharten. Ich luge in eine hinein. Dort sitzt ein schmächtiges Männlein auf einem Hocker und starrt an die Wand.

„Hallo Platon, warum befindest du dich immer noch in der Höhle statt in der wahren Welt der Ideen?", rufe ich ihm zu.

Der Mann dreht sich zu mir, ich sehe in sanft blickende, fröhliche Augen. „Wer sagt", sagt er bedächtig, „dass das hier eine Höhle ist, nur weil sie so aussieht?"

Ich nicke nachdenklich.

Wir gehen weiter.

„Ich sehe nur Männer", sagt Freddy. „Gibt es hier keine Frauen und Kinder?"

„Es gibt unzählige Räume", sagt der junge Leiter. „Du wirst ihnen schon bald begegnen."

Ein kleiner Mann mit einem Stock und vielen Falten im Gesicht kommt uns in einer leicht gekrümmten Haltung entgegen.

„Das ist Kant", sagt der junge Mann. „Freigeister dürfen frei herumlaufen."

Kant lüftet ernst den Hut und geht langsam weiter.

Mir gewähren sich kurze Einblicke in diese Zellen, aber die Gesichter der Menschen vermag ich nicht deutlich zu erkennen. Sie bleiben schemenhaft. Ich hoffe, es ist ein Traum, aber nun möchte ich, dass er fortfährt. Ich sage: „Wenn hier so viele kluge Leute sind, so bekomme ich doch bestimmt eine Antwort auf so elementare Fragen wie: Woher komme ich, wohin gehe ich und …"

„Und was gibt es heute zum Abendbrot?", ergänzt der junge Mann lächelnd.

Ich lächle ebenfalls.

„Kommen Sie." Er geht zügig nach links, wo sich neue Räume auftun.

„Hier sind ein paar kluge Menschen, die mehr wissen als die Philosophen."

Er bleibt vor einem größeren Raum stehen, in dem sich mehrere Männer und zwei Frauen befinden, die heftig diskutieren.

„Entschuldigung", sagt unser Führer. „Hier sind zwei Herren, die wissen wollen, was es mit dem Sinn des Lebens auf sich hat."

„Ja", sage ich, „und ob es einen Gott gibt."

Die Menschen in dem Raum sehen sich kurz an, einige lachen. Einer, der ernst geblieben ist, nähert sich der Tür, so dass sein Gesicht deutlich erkennbar wird. Er ist alt, hat eine spitze Nase, wirres, dichtes, graues Haar und klug blinzelnde Augen.

„Du bist hier, weil du einen Blick hinter den Schleier werfen willst, sehe ich das richtig?"

Ich nicke.

„Das haben schon viele vor dir versucht. Es gibt die vier Hauptelemente: Wasser, Feuer, Luft, Erde. Sie sind uns vertraut. Aber sie sind nur ein Bruchteil der Wirklichkeit. Tief im Inneren der Materie, in den kleinsten Elementarteilchen ist leerer Raum, ist eigentlich nichts, jedenfalls nichts mehr, was mit Materie zu tun hat."

„Es gibt also keinen Gott?", ruft Freddy enttäuscht.

Ich muss an Sylvia denken, für die Religion purer Aberglaube ist.

Der alte Mann lächelt. „Das habe ich nicht gesagt." Er deutet auf ein Schild an der Tür. Freddy und ich nähern uns ihm und lesen in schnörkelhaften Buchstaben: „Ich will nichts, als meine Ruhe haben und wissen, wie Gott diese Welt erschaffen hat."

„Pah, man weiß doch längst, dass sich das Universum selbst geschaffen hat", sagt ein Mann aus dem Hintergrund. Er sitzt in einem Rollstuhl.

Hinter uns ertönt eine Stimme. „Gott ist eine Projektion. Soviel ist nun klar." Es ist Kant, der, soweit ich weiß, nie den religiösen Glauben abgelehnt hatte.

„Alles auf der Welt ist Projektion unseres Bewusstseins", sagt eine der Frauen. Sie tritt in den Vordergrund. Ihr dunkles Haar hat sie zu einem Pferdeschwanz geflochten, was sie sicherlich jünger macht, als sie ist. Ihren schmalen Lippen umspielt ein umsichtiges Lächeln, das man unwissenden Kindern entgegen bringt, die unnütze Fragen stellen.

„Aber es muss doch eine, hm, Wirklichkeit geben, an die wir uns halten können", sage ich.

„Wer sind Sie?", fragt Freddy und schaut die Frau freundlich an.

„Unwichtig!", sagt sie schnippisch und zwinkert Freddy zu.

„Das, was wir als Wirklichkeit wahrnehmen", sage ich, „ist also gar nicht die Wirklichkeit?"

„So ist es. Zumindest ist es nicht die ganze Wirklichkeit, nur ein winziger Bruchteil und der ist gefärbt."

„Geben Sie sich keine Mühe", knöttert Kant hinter mir, „Die Wirklichkeit, wie sie ist, ist für uns unerkennbar. Wir können nur das erkennen, was unseren Sinnen zugänglich ist."

„Was ich gelernt habe", sagt der Physiker mit dem wirren Haar, „ist, dass es einen unsichtbaren Teil der Wirklichkeit gibt, in dem unsere bekannten Gesetze nicht mehr gelten. Manche Menschen haben eine Ahnung davon."

„Ich finde auch", sage ich, „es gibt eine immaterielle Wirklichkeit, die von vielen Menschen nicht geschätzt wird, die aber trotzdem Realität besitzt."

„Richtig. Liebe zum Beispiel." Das sagt die andere Frau, die sich uns unbemerkt genähert hat. Sie hat einen dunklen Teint, kurze Haare und einen weichen Blick.

Ich sage: „Ich dachte mehr an meine Geschichten, meine Intuitionen, meine Gefühle, die auch eine Wirklichkeit ausdrücken."

„Träume sind auch wichtig", sagt die Kurzhaarige, mir zunickend. „Ohne sie, ohne Phantasien, gäbe es keine Wünsche, keinen Fortschritt, keine Kreativität, keine Hoffnung."

„Die Vernunft sollte man nie außer Acht lassen", warnt Kant.

„Beides hat seinen Wert", sagt unser junger Leiter. „Die Vernunft weist den Weg, und die Kunst wärmt das Herz."

Er lässt die Worte wirken.

„Tiefere Wahrheiten", fährt er fort, „berühren tiefere Ebenen. Sie finden wir tatsächlich nur in Gleichnissen, in Bildern, in Metaphern. Da versagt die Sprache. Wenn wir etwas begreifen, werden wir träge und haken es ab. Was wir nicht begreifen, beschäftigt uns, macht uns unsicher und gießt Zweifel aus, die aber fruchtbare Blüten tragen können."

„In Märchen zum Beispiel", sagt die Frau mit den dunklen Haaren.

„Meine Frau hasst Märchen", sage ich.

„Weil sie dich hasst", sagt die Frau.

„Unsinn", sage ich.

„Und du bist nur mit ihr zusammen, weil du dich hasst."

„Unsinn", sage ich nochmal.

„Das ist keine Schande. Du bist keine Ausnahme. Selbsthass ist die Krankheit unserer Zeit."

„Du musst entschuldigen", sagt unser Leiter. „Aber hier nimmt niemand ein Blatt vor dem Mund. Irrtümer nicht ausgeschlossen. Wir sind auch nur Menschen."

„Pah", mischt sich der Alte mit dem wirren Haar ein, „was wirklich zählt, ist die Wirklichkeit hinter der Realität. Sieh, die Erde ist ein gutes Symbol für die Wirklichkeit. Sie hat verschiedene Schichten. Der Grund wird uns vermutlich für immer verborgen bleiben. Er ist ein Mysterium. Aber die anderen Schichten sind erfahrbar und begreifbar, allerdings je tiefer, umso schwerer und nicht mit unserem Verstand greifbar. Wir können lediglich in die Stille der Tiefe hineinhorchen und nur eine Ahnung bekommen, was sich in ihr verbirgt."

„Wenn in den kleinsten Teilchen, die wir kennen, nichts ist, warum sollte dann tief in der Erde im Kern etwas sein?", wage ich einzuwenden.

„In der kleinen subatomaren Welt gibt es schon etwas. Es gibt Bewegung, Schwingung und so etwas wie Kreativität. Man könnte es als etwas Geistiges bezeichnen."

„Mit einer Urkraft, die das ganze große System am Laufen hält?", fragt Freddy. „Also doch so etwas wie Gott?"

„Wir können das nicht erkennen, nicht definieren. Jeder kann hineinprojizieren, was er möchte. Manche bleiben auch im Nichts stecken."

„In welcher Schicht sind wir denn hier?", frage ich.

Der Führer lacht: „Ihr habt gerade mal die Oberfläche aufgekratzt. Immerhin. Ihr habt einen Zugang gefunden. Der ist immer möglich, egal, ob du hellwach bist oder träumst, ob du

Phantasien nachgehst oder Halluzinationen hast oder unter Drogen stehst oder ob du meditierst. Aber was immer du dabei erlebst und siehst – du findest immer nur dich."

„Dann gibt es die Welt gar nicht? Nur mich?", frage ich.

„Widerspruch, euer Ehren!", ruft jemand, der dicht neben mir steht. Es ist Freddy. „Stellen Sie sich mal vor einen fahrenden Bus und Sie werden schnell spüren, dass er keine Illusion ist."

„Bei euch da oben ist das so. Da ist die Illusion noch perfektioniert", sagt die schwarzhaarige Frau augenzwinkernd.

„Also", erwidere ich, „ich kann damit leben, zu sagen, der Bus hat eine reale Seite, die physische, die jeder übereinstimmend wahrnehmen kann. Aber zugleich ist es nur ein Abbild in meinem Kopf, eine optische Täuschung, weil das sich mit meinen subjektiven Eindrücken vermischt. Wie meine Geschichten: Fiktion und Realität vermischen sich. Meine Phantasien und meine Gefühle, die ich verbinde, die ich zu Papier bringe und vielleicht bei jemandem etwas bewegen, sind ganz real, aber das geschilderte Geschehen ist erfunden, also nicht real."

„Ihr passt gut zu uns. Wollt ihr nicht hierbleiben und uns Gesellschaft leisten?", fragt die kurzhaarige Frau und sieht mich an.

„Was sollte ich hier?", antworte ich. „Jeder lebt in seiner Zelle. Es ist alles dunkel und öde und leer."

„Genau wie bei euch oben!", sagt die kurzhaarige Frau lächelnd.

„Es ist gar nicht so öde und dunkel hier", erwidert die schwarzhaarige Frau ernst. „Es ist deine Wahrnehmung, dein Blickwinkel, der dir das suggeriert. Du hast hier alles, was du oben auch hast. Du hast sogar mehr. Hier kannst du der sein, der du bist. Du musst kein Geld verdienen, du musst niemandem gefallen, niemandem etwas beweisen. Du kannst tun, was du möchtest. Hier bist du frei."

Utopia, denke ich. Aber es sind nur Figuren in einer Geschichte. In einem virtuellen Spiel. Wenn ich hier bleibe, werde ich auch zu einer steinernen Schachfigur.

„Gibt es hier auch Schokolade?", fragt Freddy.

„Alles, was du dir wünschst." Die schwarzhaarige Frau amüsiert sich.

„Die ist genauso irreal wie die Menschen hier", rufe ich Freddy zu.

„Und außerdem macht Schokolade dick", gibt Kant zu bedenken.

Freddy beachtet unsere Worte nicht. Er fragt den Leiter: „Wo ist der Haken?"

Der antwortet nach kurzem Nachdenken: „Wer sich dafür entscheidet hier zu bleiben, für den gibt es kein Zurück mehr."

Ein Schrecken durchzuckt mich wie ein Stromstoß. Also doch eine Art Totenreich? Doch eine Nahtoderfahrung? Vielleicht sind wir im Aufzug bewusstlos geworden und bewegen uns nun in Sphären Richtung Jenseits?

„Ihr seid Monster", rufe ich. „Ihr wollt uns fangen wie Mephistopheles die Seele von Faust. Ihr wollt mir weismachen, hier sei die bessere Welt, die wahre Welt, dabei gibt es solch eine Welt nicht. Ihr wollt uns nur in euer Schattenreich locken!"

„Bleib ruhig", sagt der Leiter in einem eindringlichen und doch sanften Ton, der mich an meinen Vater erinnert. „Stell dir vor, du siehst dir einen Film an. Und plötzlich bist du mittendrin. So etwa ist eure Situation jetzt."

„Das klingt nicht beruhigend", erwidere ich.

„Aber wir können jederzeit wieder aussteigen?", fragt Freddy.

„Ja, wenn die Große Mutter euch lässt."

„Welche große Mutter?", will ich wissen.

„Die Erfinderin des Großen Gedankens. Dem auch du und wir alle unser Dasein zu verdanken haben."

Ein Traum, denke ich. Doch ein Traum. Ein Alptraum. Aber ich beruhige mich etwas. Ich weiß nicht mehr, was Realität ist, aber das hier ist sie sicher nicht.

Der Führer redet eindringlich auf mich ein: „Wenn ihr wieder in euer altes Leben zurückflieht, seid ihr wie Fäden im Wind, die er vor sich hertreibt. Mit eurer irrsinnigen Ansicht, dass ihr die Fäden in der Hand habt."

„Ich habe den Faden schon längst verloren", sage ich.

„Man muss hier nicht arbeiten, um Geld zu verdienen?", wendet sich Eddy an die Schwarzhaarige. Ich weiß, dass er seinen Job hasst und am liebsten das Hamsterrad verlassen möchte.

„So ist es", bestätigt die Frau.

„Also gut. Wenn du mir sagst, wer du bist, bleibe ich hier unten."

„Bist du verrückt?", herrsche ich ihn an. Und denke, meine Figuren machen, was sie wollen.

„Ich bin Felicitas!" Sie sagt es stolz und mit einem süßlichen Lächeln.

Ich verdrehe innerlich die Augen.

Freddy pflückt sich das Lächeln, starrt sie an und sagt: „Ich bleibe hier."

„Sie ist nicht real", sage ich. „Sie gaukelt dir etwas vor."

Die dunkelhaarige Frau sieht mich mit ihren schwarzen Augen an. Ihr Lächeln ist festgefroren. Die kurzhaarige Frau tritt ganz dicht an mich heran bis auf eine Armeslänge, wobei sie ihren Raum nicht verlässt. Ich versuche ihren Arm zu ergreifen, um zu prüfen, ob sie echt ist. Aber eine unsichtbare Wand ist wie eine energetische Mauer, die mich davon abhält.

„Ich werde", sage ich, „über alles nachdenken, was ich hier erlebt habe. Auch über alles, was hier gesagt worden ist. Komm, wir gehen", sage ich zu Freddy.

Freddy bleibt stehen. „Ich bleibe." Er weicht trotzig meinem Blick aus. „Muss ich sterben, wenn ich hier bleibe?", fragt er den Leiter.

„Nein, wir sind doch nicht tot. Könnten wir sonst mit dir reden?"

„Sag mir doch endlich, wer du bist", fordere ich ihn fast ungehalten auf.

„Also gut. Ich bin Mephistopheles." Er lacht. „Nenn mich, wie du möchtest. Für die Philosophen bin ich Sokrates."

„Kommt mit", fährt er fort. „Ich zeige euch etwas, was eure Entscheidung leichter machen dürfte." Er geht munter voran. Wir folgen ihm nach kurzem Zögern. Wir durchqueren einige Gänge, bis wir einen riesigen Raum betreten, dessen Ende nicht abzusehen ist. Er steht voll mit Bücherregalen. Diese müssen mit Hunderttausenden von Büchern gefüllt sein.

Unser Führer sieht uns strahlend an. „Das ist der ‚Raum der Weisheit'. Hier ist das allumfassende Wissen der Menschheit gespeichert. Es wird allerdings", er wendet sich mir zu, „ein paar Jahre dauern, bis du das alles durchkämmt hast. Aber du bist nicht allein. Viele sind fleißig auf der Suche und wollen den Grund der Welt erforschen. Manche suchen auch nach einer Weltformel."

„Ich bleibe auch hier", sage ich.

„Nein", entgegnet Freddy. „Um die Bücher durchzuackern, müsstest du Tausende von Jahren alt werden. Außerdem muss einer wieder zurück und den anderen berichten, was wir hier erlebt haben."

‚Halt, das ist hier meine Geschichte, da bestimme ich, wo es lang geht‘, will ich sagen. Es kommt mir nicht über die Lippen.

Die kurzhaarige Frau kommt in mein Blickfeld. „Es genügt, wenn du uns ab und zu besuchen kommst. Das bringt dich schon weiter auf deiner Suche."

„Also müssen wir zurück?", frage ich.

„Ihr müsst nicht, aber es wäre besser."

„Ich bleibe", sagt Eddy.

Ich will ihn mitziehen. Er bockt wie ein Esel.

„Du kommst mit. Ich habe dich hierher gelotst und ich werde dafür sorgen, dass wir gemeinsam zurückkehren."

Ich zerre an dem Esel mit aller Kraft. Er fuchtelt wild mit seinen Armen. Dann sehe ich plötzlich einen Blitz und es wird dunkel.

Als ich erwache, liege ich im Fahrstuhl. Kaum habe ich die Augen offen, öffnet er sich. Ich erhebe mich und tappe noch etwas benommen nach draußen. Der Aufzughüter empfängt mich mit einem breiten Grinsen.

„Da sind Sie ja wieder."

Ich reibe mir den Schädel. Er brummt wie nach einem Alkoholexzess.

„Alles in Ordnung?", fragt er.

Ich sehe mich um. „Wo ist Freddy?"

„Welcher Freddy?"

„Na, Freddy Kaminske, der Mann, der hier arbeitet. Sie haben doch mit uns gesprochen, bevor wir in den Aufzug stiegen!"

„Ich kenne keinen Freddy Kaminske", sagt der Pförtner.

Für einen Moment zweifele ich an meinem Verstand.

Eine Geschichte, denke ich, ich bin immer noch in der Geschichte. Ich mache mich auf den Weg nach Hause. Hoffentlich existiert meine Frau wenigstens noch! Verrückt, denke ich, die Welt ist verrückt. Sie ist voller irrealer Szenen, von denen keiner weiß, was verrückter ist: die Realität oder die Fiktion.

Sylvia empfängt mich mit einer ungewohnten Herzlichkeit.

„Da bist du endlich", sagt sie und lässt so etwas wie einen Seufzer los.

„Entschuldige", sage ich, „ich war …"

Sie unterbricht mich. „Du glaubst nicht, was ich erlebt habe."

„Äh", murmele ich, „das gleiche wollte ich dir gerade sagen."

„Es ist", fährt sie aufgeregt fort, ohne auf meine Worte einzugehen, „etwas sehr Seltsames geschehen."

„So?" Meine Neugierde ist geweckt.

„Stell dir vor, auf unserer Station lag ein todkranker Junge, Krebs. Unheilbar. Nur noch kurze Zeit zu leben. Heute Morgen besuchte ihn eine fremde Frau, die ich vorher noch nie gesehen habe. Sie las dem Jungen etwas vor, es hatte mit der Reise eines Prinzen zu tun. Danach strich sie ihm übers Gesicht und ging fort. Nur wenige Minuten später stand das Kind auf und hatte Hunger und wollte spielen. Ich war völlig perplex und rief die Kollegen herbei. Eine Untersuchung erbrachte: Das Kind ist völlig geheilt. Das ist eigentlich unmöglich. Wie ein Wunder. So etwas gibt es doch sonst nur in Kitschfilmen."

„Kitsch ist eben nicht immer Kitsch", sage ich. „Und Realität ist nicht immer Wirklichkeit."

„Mmh. Was war es, was du mir sagen wolltest?"

„Ach, nicht so wichtig. Sag, wie ist das: Fahrstuhlfahren ist doch für dich kein Problem, oder?"

Anna Rudy
DIE MISSION

Der alte lederne Sessel auf der Empore über dem Büro quietscht unter seinem Gewicht. Richard wälzt sich hin und her, bis er endlich eine bequeme Position findet. Erst jetzt kann er sich entspannen und die Augen schließen. Der alte Sessel ist sein bester Freund. Richard bleibt eine Weile sitzen, so umhüllt und wohl fühlt er sich sonst nirgendwo mehr. Seine rechte Hand streichelt langsam über weiches Leder. Die Oberfläche hat mit der Zeit feine Risse bekommen, wie sein Gesicht Falten. Sie ist nicht mehr so straff und glänzend wie in seinen jungen Jahren. Es sind auch kleine Stückchen herausgefallen und seine Hand tastet über diese rauen Stellen, die Wunden in lederner Haut.

„Du bist genauso alt, wie ich", murmelt er zärtlich, „genauso alt und verbraucht."

Er öffnet die Augen und zieht das Okular des Teleskops zu sich heran: ein veralteter Handgriff, eine alte Gewohnheit, ein notwendiges Ritual. Die Schärfe des Teleskops ist für seine schwach gewordenen Augen umgestellt. Richard hält den Atem an.

Nach jedem langen Tag ist das der Moment, auf den er gewartet hat. Richard blickt durch das Okular auf den dritten Planeten des Sonnensystems in der Milchstraße, auf sein ewiges unerreichbares Ziel, auf sein Zuhause, auf den Planeten mit dem kurzen Namen: Erde.

Ein Signal ertönt drei Mal. Jemand kommt ins Büro. Richard wendet sich unwillig vom Teleskop ab, schließt sorgfältig das Observatorium, steigt die kleine Treppe nach unten.

Fred steht vor seinem Schreibtisch. Seine Uniform hat fast komplett ihre ursprüngliche Farbe verloren, burgunderrot sollte sie sein. Fred ist ein Sicherheitsingenieur. Wenn er in seiner Uniform erscheint, sollte das eigentlich zeigen, dass etwas Ernstes passiert ist. Aber jetzt setzt seine Uniform niemand mehr in den Alarmzustand, sie ist verwaschen, die Farbe ähnelt einem spätem Herbstblatt, das zertreten und farblos auf dem Boden verrottet, mehrmals umgenäht ist sie und ausgeleiert. Fred ist mit der Zeit nicht viel dicker geworden, aber es scheint, als seien ihm die Muskeln von den breiten Schultern und der kräftigen Brust nach unten gerutscht und hätten ihm den Bauchbereich breiter und runder gemacht.

Fred hebt dem Kopf. Richard lässt seinen müden, alles sagenden Blick wandern und bleibt mitten auf der Treppe stehen. Er atmet schwer ein und aus. Dann kommt er langsam nach unten ins Büro, macht drei Schritte bis zum Tisch und holt das Stationstagebuch aus der abgeschlossenen Schublade. So hält es sich am besten, mit der Hand, schwarz auf weiß.

Erst jetzt hebt Richard den Kopf wirklich und schaut Fred an.

„Wer?", fragt Richard langsam.

„Samuel", sagt Fred leise.

„Das habe ich mir gedacht", murmelt Richard. „Er sah in der letzten Zeit ziemlich fertig aus." Er öffnet das Buch und schreibt in seiner klaren ordentlichen Handschrift.

„Heute, Freitag, den 04. 05. 2091, ist Samuel Trenton, geboren am 23. 06. 2009 in Pennsylvania, USA, im Alter von 82 Jahren gestorben. Die Nachricht wurde vom Sicherheitsingenieur Alfred Northfield übergeben. Kapitän Richard Smith wird die Leiche untersuchen und die Todesursache klären."

„… und …", Fred macht eine Pause, Richard hebt langsam den Kopf. Etwas weicht schnell aus Freds Gesicht, bevor Richard es richtig verstehen kann. Schmerz, Mitleid? Fred zieht wieder ein Gesicht wie eine Maske, dienstlich korrekt und undurchlässig.

„Wer?" Richards Ton ist aufdringlich.

„Rebecca", sagt Fred unwillig.

„Rebecca!" Richard spürt den Kloß in seinem Hals. „Ist sie …"

„Nein", unterbricht ihn Fred, „aber … sie will nicht mehr, Richard."

Sie verlassen die Kapitänskabine und gehen zu Sam. Ihre Schritte werfen ein Echo durch die halbdunklen Korridore. Früher waren sie von Licht durchflutet. Alle paar Zentimeter waren Lampen installiert, die den Tagesablauf auf der Erde simulierten. Das Tageslicht in den Morgen- und in den Mittagsstunden, abends leicht gedämmt und in der Nacht imitierten sie das Licht des Mondes. Sogar die Jahreszeiten stimmten mit den Lichtverhältnissen von Cape Canaveral überein, wo ihre Reise ihren Anfang nahm. Das trübe Licht ihres neuen Planeten hatte im Verdacht gestanden, ihnen die Stimmung zu verderben. Mit der Zeit musste Richard damit brechen. Damals schien es so, als sei ihm nichts wichtiger, als dass die Beleuchtung funktionierte.

Strom konnten sie ohne Ende generieren, nur die Regeneration der Leuchtmittel hatten sie leider nicht im Griff. Die Kabinen wurden auf Sparmodus umgeschaltet und konnten ihre Beleuchtung durch Glaselemente steuern, die fahles Marslicht hineinließen. Doch mit den Verbindungskorridoren war es komplizierter. Zunächst wollte Richard sie umbauen, aber er musste feststellen, dass sie nicht genügend Material hatten und er wollte nicht riskieren, dass die Elemente mit der Zeit undicht werden. Also gab Richard den Befehl zu sparen. Die Lampen wurden alle fünfzig Zentimeter, in den lang gestreckten Korridoren noch weiter, voneinander an- und abgeschaltet.

Das hatte auch seinen Preis.

„Die Stimmung geht den Bach runter", hatte Sam gesagt und ihm mit herausforderndem Blick direkt ins Gesicht geschaut.

„Die Sicherheit geht vor", schnitt ihm Richard das Wort ab. „Das Leben der Menschen hat immer Priorität vor ihrer Stimmung."

„Was ist schon Leben ohne Stimmung?", murrte Sam und schwieg wieder.

Richards prüfender Blick entdeckt eine blinkende Lampe. Er bleibt stehen und notiert kurz in seinen Block: Korridor 18, Wand 1897B, Verantwortlichen ansprechen. Er muss dafür sorgen, dass die Lampen in Ordnung sind. Jeder hat seine Pflichten, die man nicht vernachlässigen darf. „Wer wird Sam ersetzen?"

„Choj. Ich habe das schon mit ihm besprochen", sagt Fred. Sie setzen ihren Weg fort.

„Macht er das?" Richard zieht die Augenbrauen nach oben. „Ich dachte, Choj sei mehr am Garten interessiert als an Sams Job."

„Hat er schon eine Weile gemacht", sagt Fred unwillig. „Weißt du, Sam ging es nicht gut in der letzten Zeit. Hat wenig Luft bekommen und war öfter im Garten. Sie haben sich gut verstanden."

„Sam und Choj?", fragt Richard. Aber dann nickt er müde. Sam hatte immer einen guten Draht zu den Menschen. Konnte mit jedem etwas anfangen.

„Macht Choj jetzt beides oder muss ich für ihn einen Ersatz im Garten finden?"

„Er macht beides", sagt Fred schnell. „Er sagte, er muss jetzt sowieso nicht mehr viel säen. Wir müssen noch die Ernten der letzten Jahre verbrauchen, haben jetzt nicht so viel Bedarf."

„Das muss er mit mir besprechen!" Richards Stimme hat unwillkürlich die Schärfe des Kommandotons angenommen.

„Ja, Kapitän. Er wird morgen Bericht erstatten."

„Um 10:00 im Büro."

„Jawohl, Kapitän."

„Wir sind da", sagt Fred. „Samuels Kabine."

„Ich weiß."

Richard stürmte in die Kabine, warf die Tür hinter sich zu und war mit einem Sprung bei Sam. Er zerrte ihn aus dem Bett und warf ihn auf den Boden. Sam, noch schlaftrunken, schaute vom Boden zu ihm auf. Zunächst war sein Gesicht erschrocken, doch langsam wuchs ein Lächeln heran. Seine Lippen zogen sich in die Breite und die Falten auf seinen Wangen rundeten ein Lächeln, als wollte Sam gleich zwei Mal über ihn lachen. Richard schloss die Hand zur Faust und schlug ihm mit ganzer Kraft in dieses Lächeln.

„Steh auf!", zischte Richard, „stehe auf." Wut schnürte ihm die Kehle, alles zitterte vor seinen Augen.

Sam wischte mit dem Handrücken durch das Blut und stand langsam auf.

Richard schlug ihn von links. Sam flog durch die Kabine und traf hart sein Bett. Er stöhnte kurz und stand langsam auf, ohne Aufforderung, ging wieder auf Richard zu. In seinem blutverschmierten Gesicht lauerte immer noch dieses doppelte Lächeln.

Er machte keinen Versuch, sich zu wehren. Er ließ sich von Richard schlagen.

„Kämpfe, du Dreckssack", knurrte Richard aus seiner toten Kehle. „Kämpfe!"

Sam stand vor ihm, die Hände hingen ihm am Körper herab.

Richard spürte die böse Lust, dieses Lächeln auszulöschen, holte aus und schlug ihn von links. Sam fiel wie ein Stein, sein Kopf trommelte hart auf den Boden.

Richard knurrte, sein Herz schlug laut und schwer in seiner Brust.

„Kämpfe, oder hast du um nichts zu kämpfen?", krächzte Richard durch seine Wut, atmete schwer, wartend. Sam drehte sich auf die Seite, dann ging er in alle Viere und kam langsam auf die Beine. Das Lächeln verschwand aus seinem Gesicht, aber seine Hände hingen immer noch wehrlos an ihm herab.

„Das ist kein Kampf, Richard", hauchte Sam durch seine blutroten Zähne. „Du kannst hier nichts gewinnen. "

Fred öffnet die Tür und Richard geht als erster rein. Samuel liegt auf dem Rücken, in seinem Bett, die Hände ruhen neben dem Körper, die Augen sind geschlossen. Das schwache Licht der Lampe an der rechten Wand fällt auf sein altes Gesicht, die Falten um seinen Mund werfen Schatten. Wenn das Licht flackert, scheint es so, als lächelte Sam immer noch.

„Du hattest immer gut lachen", denkt Richard, „keine Sorgen, keine Verantwortung, kein Kampf. Und doch, schau mal, auch du bist alt geworden. Wir sind alle alt geworden."

Richard setzt sich an den Tisch und schaut Sam lange an. Fred steht ein Stück hinter ihm.

Dann endlich macht Richard vier große Schritte, legt seine Hand auf Sams kaltes Handgelenk und fühlt den Puls. Alte Technik in einer alten Raumstation.

„Stelle den natürlichen Tod fest", sagt Richard zu Fred und der notiert alles ins Bordtagebuch, das er in den Händen hält.

„Die Zeremonie, morgen um 16:00 Uhr im Zentralsaal."

„Jawohl, Kapitän", antwortet Fred und salutiert müde mit seiner etwas zittrigen Hand.

Richard geht weiter den Korridor entlang, allein. Fred wird alles für die Totenfeier vorbereiten, für die Party. An der rechten Seite des Gangs sind die Kabinen angeordnet, auf der linken die Labore, Gesellschaftsräume, Medienzimmer. Das war alles ursprünglich so geplant: keine Schlafblöcke, getrennt vom allgemeinen Geschehen, keine abgelegenen Verweilmöglichkeiten. Sie waren immer zusammen, nicht weit von ihrer Arbeit, nicht weit von der Freizeit.

In den Gesellschaftsräumen konnte man sich in kleinen Gruppen versammeln und gemeinsam Zeit verbringen: miteinander spielen, sich unterhalten, singen. Für intimere Anliegen gab es spezielle Zimmer. Als „Liebesnester" hatten sie die Ingenieure lyrisch in den Plänen eingetragen. Ihre englischsprachigen Nutzer nannten sie prosaischer Knick-Knack-Kammern.

Kabine Nummer 142, ihre Kabine. Diese Nummer wusste Richard schon vor dem Abflug. Er war der erste Astronaut, der erfahrenste von all den jungen und vielversprechenden Menschen, der Kapitän. Hinter der Tür mit der Nummer 142 lebte seine bessere Hälfte. Damals klopfte sein Herz bereits, wenn er an diese Zahlen nur dachte: eins-vier-zwei. Die ganze Magie war in diese Zahlen gepresst – das unergründete Geheimnis ihrer großen Augen, der Duft ihrer schwarzen Haut, der helle Samt ihrer Handinnenflächen, ihre Bewegungen – der Tanz einer wilden, ungezähmten Raubkatze – alles versetzte ihn in eine unaussprechliche Stimmung. Eine Erwartung von Glück. Sie war für ihn bestimmt. Für Richard ausgesucht und ausgewählt aus tausend Kandidatinnen. Ihrer beider Vorfahren, ihre Gene, ihre Blutgruppen, ihre psychologischen Typen und Interessen – alles war gesammelt worden bis auf kleinste Details, untersucht und ausgewertet. Das Vorbereitungskomitee hatte recherchiert und mit Grafiken, Tabellen und Computersimulationen nachgewiesen: Sie waren für einander bestimmt. Daraus wurden Präsentationen für die Investoren, eine Gewissheit für sie. Es stand nichts im Wege, ihrem durch Algorithmen berechneten Glück.

Richard klopft drei Mal und öffnet die Tür mit dem Schild 142. Rebecca sitzt am Tisch, mit dem Rücken zu ihm, die Schultern gekrümmt, den Kopf nach unten geneigt. Er geht langsam durch den Raum und legt ihr vorsichtig die Hände auf die Schultern.

„Sie ist warm", denkt Richard. Das ist das einzige, das ihm durch den Kopf geht.

Er schaut sich um. Wie lange war er hier schon nicht mehr gewesen? Alle Kabinen, von seiner abgesehen, waren gleich groß, aber jeder Bewohner konnte seinen besonderen Stil wählen. In Rebeccas Kabine hingen noch immer die verblassten rosa

Tapetenimitate an den Wänden. „Sie war damals noch so jung", wundert sich Richard, als er zurückdenkt, „ein sehr naives, verträumtes Mädchen."

Auf den Regalen steht ein seltsamer Gast – ein Topf mit der winzigen Pflanze, die niemals größer wurde. Plastik.

„Lass mich gehen, Richard", sagt sie leise. Die Stimme ist nur ein Schatten ihrer früheren. „Ich weiß, dass du es kannst."

Das schmerzt ihn so sehr, dass er erst einmal innehalten muss, bis er seine Stimme findet.

„Ich kann nicht, Rebecca", sagt er schließlich leise. „Wenn ich dich lasse, stehen sie morgen alle vor meiner Tür."

„Aber sie kommen bald!" Rebecca dreht sich zu ihm. „Sie kommen bald!", wiederholt sie energisch und schaut in seine Augen. „Du wirst es noch schaffen!"

Richard schaut nach unten, ihr ins Gesicht. Ihre Haut ist immer noch straff und die winzigen kleinen Falten um ihre Augen machen sie nur schöner, ihre Lippen sind voll und ihre Haare noch fast schwarz. Er legt beide Hände an ihre Wangen und dreht ihr Gesicht leicht nach oben. So lange hatte er sie nicht mehr so nah angesehen. Als ihre Augen zu glänzen beginnen, wischt er ihr die Tränen aus den Augenwinkeln und streichelt ihr Gesicht ganz vorsichtig und zart. Dann nimmt er ihre rechte Hand, zieht sie an sich und küsst sanft die Grenze, wo ihre schwarze Haut ins Helle wechselt. Der Farbsaum hatte ihn immer ganz besonders fasziniert.

„Sie ist warm", denkt Richard, „noch warm."

Er holt eine kleine Dose aus seiner Hosentasche und lässt sie in Rebeccas heller Handfläche verschwinden.

„Danke, Richard", sagt sie und dreht sich wieder vor ihm weg. „Du hast mich immer geliebt."

208

Sie atmet ganz tief und flüstert schnell: „… aber ich war für ihn bestimmt."

„Ich weiß." Seine Hände streicheln ihre Schulter.

„… und alle …" Ihr fällt schwer, bis zu Ende zu sprechen. Ihr Rücken spannt sich, die Schultern gehen nach oben, Richard nimmt seine Hände weg.

„… sie waren alle nicht…", sagt sie mit gewürgter Stimme.

Richard geht um ihren Stuhl herum, setzt sich auf die Couch direkt vor Rebecca und sagt: „Ich weiß."

Er greift nach ihren Händen und hält sie in den seinen. Zwei so unterschiedliche Hände: die eine geöffnet, hell und unbeschützt, die andere eine schwarze Faust, die seine Dose umschließt.

„Seit wann wusstest du das?", fragt sie und ihre Tränen ziehen silberne Streifen auf ihren Wangen.

„Immer", sagt Richard leise und streichelt ihre helle, geöffnete Handfläche. „Ich habe es schon immer gewusst."

Rebecca schließt ihre freie Hand um seine. So sitzen sie lange. Schweigend. In ihrer rechten Faust seine Hand und in ihrer linken – der Tod.

Richard fühlt den Kloß in seinem Hals und steht auf. Seine Worte fallen hart in die Stille der Kabine: „Nach der Trauerfeier. Nach der Party. Eine Woche Abstand", sagt er, ohne sich umzudrehen, geht heraus und schließt die Tür.

In der Mitte des Zentralsaals liegt Samuel. Seine geschlossenen Augen sind hinter einer riesengroßen Sonnenbrille versteckt. Er ist in ein Elvis-Kostüm gekleidet. Richard weiß nicht mehr, wer sich das als Erster ausgedacht hat, wahrscheinlich war es sogar Sam höchstpersönlich. Das könnte seine Idee sein. Besonders in ihren jungen Jahren hatten sie viel Unfug gemacht. Ideen über Ideen flossen in jedes Meeting ein. Die waren blöd, ohne Zweifel, aber was hatte man sich in der ersten unbekümmerten Zeit nicht alles an Blödsinn überlegt.

Also die Idee lautet: Jeder darf sich seine eigene Beerdigungszeremonie ausdenken. Sie soll wie eine Party gefeiert werden, ein lustiges Unterfangen sein. Keiner soll weinen, heulen oder beten. Die Themen für die Partys sind vielfältig, allesamt völlig banal.

Die Tiefe der Rituale fehlte ihnen schmerzlich, als sie später nicht gemeinsam, sondern ganz alleine trauern mussten. Aber als sie jung waren und über den Tod zu lachen hatten, schien es ihnen ganz natürlich, belustigt zu sein. Jeder verfasste seinen eigenen Nekrolog und bestimmte den Stil der Party. Jeder hatte sich sein Sterbeoutfit und die Musik gewünscht. Alles wurde dokumentiert und für später aufbewahrt. Niemand dachte, dass sie es je brauchen würden. Aber dann konnten sie nicht mehr umkehren. Alles, was aufgeschrieben wurde, wurde zum Gesetz erklärt und konnte nicht mehr rückgängig gemacht werden. Die ach so lustigen Trauer-Partys wurden Pflicht.

Elvis Presley liegt bewegungslos in der Mitte des Saals, seine Musik drängt laut aus allen Lautsprechern.

Let's rock everybody, let's rock
Everybody in the whole cell block
Was dancin' to the Jailhouse Rock

Die Gäste bewegen ihre alten Körper, ohne auf den Takt zu achten. Greisinnen und Greise sind sie jetzt. Am liebsten wären sie in Tränen ausgebrochen statt zu tanzen, aber das ist verboten. Sams totes Gesicht unter der großen Elvisbrille scheint vergnügt zu sein und zu lächeln. Er ist der Einzige, der Spaß an seiner eigenen Bestattung hat.

Es waren einst hundertfünfzig. Hundertfünfzig tapfere Männer und Frauen. Astronauten. Eroberer der Galaxie. Fünfundsiebzig Paare. Ideale Paare. Sie wurden aus tausenden Freiwilligen ausgewählt. Sie waren die Besten, die Kräftigsten, die absoluten Pioniere. Die Ersten, die auf dem fernen Planeten landen werden. Sie flogen, um einen menschlichen Traum zu verwirklichen und den Mars zu einer Heimstatt der Menschheit zu machen.

Der Flug hatten alle ganz gut überstanden. Die ersten Paare fanden sich schon während des Fluges, und unter ihnen waren Richard und Rebecca. Er wusste das von Anfang an, er hatte keinen Zweifel, dass sie die Richtige für ihn war und er für sie. Während des Fluges fanden sich viele Gelegenheiten, einander näher zu kommen. Es gab viele ganz junge Leute, die erst im Flug ihre Ausbildung vervollständigten. Sie sollten auf dem Mars neue Berufe ausüben, all die Gärtner, Ärzte, Erzieher, Ingenieure, Programmierer, Lehrer, Köche. Jeder hatte sein eigenes Bildungsprogramm zu absolvieren, mit dem maximalen Nutzen für die Gemeinschaft. Die Sozialingenieure auf der Erde hatten sich das so ausgedacht. Im Flug zu lernen, das sollte sie zusammenbringen. Richard, einer von wenigen, hatte schon seinen Abschluss als Pilot und beendete während des Fluges seine weiteren Qualifizierungen als Kapitän. Er wusste, dass in der Crew noch weitere Menschen waren, die im Fall der Fälle ihm zur Seite stehen würden, aber er sollte sie nicht früher als nötig kennenlernen – als hätten die Sozialingeneure ihre geheimen

Botschafter mit ins Raumschiff gesetzt. Manchmal kränkte es ihn, dass er nicht alles über den Flug wusste, aber Richard gab derart düsteren Gedanken keinen weiteren Raum. Er war ein Offizier und gewohnt, Befehle nicht zu hinterfragen. Und sein Befehl lautete: Landung auf dem Mars, Aufbau und Einrichtung der neuen Stadt, Erweiterung der menschlichen Kolonie, Warten auf die nächste Schicht.

Das erste Jahr auf dem Mars ging ganz schnell vorbei. Die Marsianisten, wie sie sich nannten, konnten alle Blöcke erfolgreich in Betrieb nehmen. Die Gemüsegärten, Stromerzeugungs-, Wasserfiltrations- und Luftreinigungsblöcke. Die Versorgungsblöcke, Labore und wissenschaftlichen Einrichtungen arbeiteten sauber. Später sollten Kindergärten, Schulen, Getreidefelder und kleine Fabriken entstehen. Die nächste Gruppe sollte schon nach vier Jahren ankommen und danach war die Ankunft der neuen Siedler im Zweijahrestakt geplant. Bis dahin sollte alles funktionieren. Sie sollten in den ersten Jahren für die Ernte sorgen und neue Blöcke im Betrieb nehmen.

Hier würde die neue Stadt, eine neue Welt entstehen. Eine Stadt der jungen und gesunden Familien.

Take my hand
Take my whole life too
For I can't help, falling in love with you

Sams Körper in Elvis' bunter Kleidung beginnt zu ruckeln. Die Transportschiene setzt den Korb mit seinem Körper in Bewegung. Sein letzter Song, seine letzte Bewegung. Jetzt wird sein Leichnam nach oben gezogen und kremiert. Alle schauen, wie hypnotisiert, auf Sam-Elvis. Seine Perücke mit dem nach oben gestyltem Pony wackelt, Sam sieht unter ihr noch lebendiger aus als davor, ganz so, als wolle er zum Schluss noch den anderen mit einem fröhlich wackelnden Kopf zunicken.

Shall I stay? Would it be a sin?
If I can't help falling in love with you

Der große Russe Sergej, der Schwede Ive, sogar Verena, alle scheinen ihre Tränen zu unterdrücken. Samuel war beliebt. Das konnte Richard nie verstehen, was sie alle an ihm fanden. Richard versucht, Rebecca nicht anzuschauen. Sie ist auch unter den Gästen, in einem komischen Kleid mit riesengroßen Blumen, das ziemlich grotesk aussieht – mit ihren alten Dienststiefeln und ihrem vom Schmerz gebeugten Rücken. Richard meidet es, ihr Gesicht zu sehen. Keine Trauer und keine Tränen. Sie sind verboten auf den Todespartys. So ist das Gesetz.

Like a river flows, surely to the sea
Darling so it goes, some things are meant to be
Take my hand, take my whole life too
For I can't help falling in love with you
For I can't help falling in love with you

Als Elvis' Stiefel in der Öffnung verschwinden, ruft Richard laut: „Schluss. Die Party ist beendet. Morgen früh sind alle auf den Plätzen."

Er dreht sich um und geht mit festen Schritten zurück in seine Kommandeurskabine.

Richard schließt die Tür hinter sich ab – ein Privileg des Kommandeurs, das er nur selten benutzt. Aber jetzt braucht er

Ruhe. Das war zu viel für ihn an diesem Tag. Er setzt sich im Büro an den Tisch. Die Berichte aller Abteilungen liegen dort. Richard schiebt sie zur Seite und legt seinen Kopf auf die Tischplatte. Er ist hohl.

„Die anderen, machen die dasselbe?", fragt sich Richard und antwortet sich selbst. „Ja."

Das war so dumm von ihnen, nicht daran zu denken, dass sie gemeinsam trauern könnten, gemeinsam diesen Schmerz austragen und nicht jeder für sich. Besonders, als die Kinder kamen.

Noch als die ersten Kinder nicht lebendig auf die Welt kamen, bewahrten alle Beteiligten Ruhe. Ja, das war schwer, die Baueinheit „Krematorium" früher als die Baueinheit „Kindergarten" nutzen zu müssen, aber niemand wusste genau, wie sich der Flug, die Radioaktivität und die marsianischen Bedingungen auf die menschlichen Körper auswirkten. Nach Absprache mit der Erde nahmen sie diverse Veränderungen im Belüftungssystem vor. Sie veränderten die Zusammensetzung und die Feuchtigkeitsanteile. Von der Erde kamen immer wieder neue Hinweise. Ihr Blut und andere Körperflüssigkeiten wurden bis aufs kleinste Detail untersucht und die Ergebnisse an die Erde gesendet. Wasser wurde noch intensiver durch die speziellen Filter gereinigt.

Die anfänglichen Ausflüge ins Umland der Marsoberfläche wurden erst einmal untersagt. Man befürchtete, dass trotz ausreichenden Schutzes der Luftschleusen und Filtrationsanlagen ein noch nicht entdeckter marsianischer Einfluss sich schädlich auf die Gesundheit der Ungeborenen auswirken könnte. Eine Pause wurde eingelegt, danach sollten die Frauen wieder schwanger werden. Weil nur einige wenige Frauen während der ersten Marsjahre schwanger geworden waren, war die Stimmung jetzt bestens, als der Befehl erteilt wurde, die „Liebesnester" wieder voll zur Familiengründung zu nutzen. Alle waren von ihren Diensten befreit. Beinahe jedenfalls. Das aber war ihr erster und wichtigster Dienst, ihr Befehl, die menschliche Kolonie auf dem Mars zu erweitern (wie es offiziell hieß).

Doch die Ergebnisse dieser neuen Schwangerschaftswelle waren erschreckend. Schon bei den vorgeburtlichen Untersuchungen sah man die Abweichungen von der Norm. Richard sendete Berichte im Stundentakt und seine Ärzte hielten den Atem an, als sie ihm neue Ultraschallbilder zeigten.

Alle Schwangerschaften wurden im frühen Stadium abgebrochen. Eine herbe Enttäuschung füllte die Korridore, die „Liebesnester" blieben offen, nur die Verhütungsmittel wurden Pflicht. Richard war höchst unzufrieden mit dem Zustand der Embryonen, unglücklich sogar. Aber er wusste, genauso wie die anderen, was sie riskierten, als sie sich für diesen Dienst meldeten. Niemand hatte ihnen versprochen, dass mehrere Millionen Kilometer von der Erde entfernt alles nach Plan verlaufen würde.

Nach einer Weile der Veränderungen sollten die besonders aussichtsreichen Paare wieder Kinder bekommen. Richard war unter den Ausgewählten. Diese Schwangerschaften sollten blind ausgetragen werden. Sie sollten die Idee überprüfen, ob die neuen Pränataltechnologien und -medikamente, die man ihnen mitgegeben hatte, für die Schäden verantwortlich gewesen sein könnten. Dieses Mal wurden Kinder geboren, per Kaiserschnitt geholt. Keiner der Marsianisten, außer den Ärzten und dem Kapitän, sollte diese Kinder zu sehen bekommen.

Richard hatte damals schwer zu schlucken, als er die deformierten, toten Körper der Neugeborenen sah. Mit großen, angeschwollenen Köpfen, teils mit überzähligen Gliedern. Sie waren disproportional und schrecklich. Den Ärzten verordnete er eine Schweigepflicht, aber der Unmut wuchs. Die „Liebesnester" wurden weniger besucht und unter der Hand nannte man sie jetzt die „Todeslabore".

Der nächste Befehl von der Erde war: künstliche Befruchtung.

Jetzt wurden Samen und Eizellen entnommen. Die Marsianisten sammelten neue Hoffnung. Die lustigsten Abende wurden im Sinne der neuen, spannenden Beschäftigung verbracht. Die Kinosäle waren gut besucht, die Kühlschränke in den „Liebesnestern" füllten sich unproblematisch mit Sperma. Den Frauen wurde etwas mehr abverlangt, aber das kannten sie ja von der Erde nicht anders. Die Befruchtung fand in der Petrischale statt, danach wurde eingepflanzt. Richard traf Rebecca öfter im „Liebesnest" und nahm am „Samengutsammeln" gerne teil. Außerdem sollten die befruchteten Eizellen von Rebecca und fünf weiteren Frauen, Angelina, Lena, Sophia, Xiao und Elke, in einer Maschine heranwachsen, die den Mutterbauch ersetzte sollte. Die Hochstimmung in den Liebeszellen führte dazu, dass Rebecca trotzdem schwanger wurde, genauso wie Angelina und Sophia und einige andere Frauen. Nach Absprache mit der Erde durften sie die Kinder austragen.

Die neue Schwangerschaftswelle brachte Hoffnung. Alle schwangeren Frauen fühlten sich gut, wurden sogar weit vor der Zeit von ihren ursprünglichen Diensten befreit. Sie sollten die Freiheit und Ruhe genießen. Die bisherigen Testverfahren wurden nicht angewendet, dafür aber alle Mittel für gute

Stimmung. Richard hatte diese letzte unschuldige Zeit noch vor Augen. Viele junge, runde Frauen, lustiges Gerede, Lachen. Und vor allem Rebecca.

Umso ernüchternder waren die Ergebnisse. Alle Neugeborenen waren tot. Schlimmer noch. Sie waren wieder schrecklich anzuschauen, schlimmer als zuvor. Abscheulich gekrümmte Leichen. Am schlimmsten waren die Monster aus der Maschine. Sie ähnelten kaum mehr einem Menschen. Trotzdem lebten sie im künstlichen Mutterbauch noch eine Weile, aber nicht lange. Nur einer hielt einige Monate lang durch, das Kind von Mels und Sophia. Mels war einer der Ärzte und wusste alles über seine Schweigepflicht. Als er eines Morgens zu seiner Schicht kam und das tote Monster fand, fiel ihm auf, dass die Maschine geöffnet worden war.

Das war der letzte Tropfen, der das Fass zum Überlaufen brachte.

Mels sperrte sich mit seiner Freundin Sophia in der Luftschleuse ein, öffnete die autonome Videoübertragung, die für die Alarmsituationen vorbehalten sein sollte, und donnerte aus allen Lautsprechern:

„Mörder, Mörder! Das war ein Baby, ein Kind, ein unschuldiges Wesen! Ihr wisst alle, was sie machen! Ihr wisst es alle, aber ihr wollt es nicht wissen ... – Ihr denkt, sie werden euch schonen, es geht denen nur um eines, um ihre Macht."

Richard, der in seiner Kabine war, schaltete sich in diese Übertragung ein und sagte ruhig und leise, wie er es gelernt hatte: „Mels, lass uns ganz ruhig darüber reden. Komm in mein Büro."

„Ja, du Richard! Du mit deinen schönen Worten! Du willst mich sehen? Du siehst mich doch hier auf dem Bildschirm!

Wozu brauchst du mich vor dir? Damit du mich auch umbringst wie mein Kind?"

„Das stimmt nicht, Mels ..."

Mels' Stimme beleidigend, schreiend, drang durch alle Röhren und Räume der Station.

„Macht Schluss mit diesem Experiment! Tut euch zusammen!"

Richard sah auf den Monitoren, dass viele ihre Arbeit verlassen hatten und in den Zentralsaal rannten.

Das sah gar nicht gut aus. Er könnte die Kontrolle verlieren.

Im Zentralsaal sammelten sich schon ein, zwei Dutzend der Marsianisten. Henry, der zukünftige Lehrer, jetzt ein Arbeiter im Gewächshaus, sprang auf das Rednerpult, eigentlich dem Kapitän vorbehalten. Hinter ihm der riesengroße Russe Sergej mit seinem schweren Zeug aus der Werkstatt, und die zwei Dänen, Nils und Jens aus der Küchenabteilung, ausgerüstet mit Messer und Hackbeil.

„Wir lassen es nicht mehr zu! Jemand muss das stoppen!"

„Ja!", schrien die anderen.

Choj mit seinen großen Händen hob seinen Spaten in die Höhe. „Lasst uns kämpfen! Wir sind keine Kaninchen."

Mels' Gesicht in der Luftschleuse war auf dem großen Monitor im Zentralsaal zugeschaltet und er hörte nicht auf, zum Aufstand aufzurufen – bis plötzlich seine Worte erstickten. Er drehte sich langsam um und Richard stockte der Atem. Hinter ihm stand Sophia, kreidebleich, ihre Hand auf dem Ausgangsknopf. Als Ingenieurin wusste sie, wie sie das System überwand. Sie trug keinen Schutzanzug, keinen Helm.

„Sophia, lass es!" Mels schrie heiser.

„Mels, es hat keinen Zweck, siehst du denn nicht? Wir werden alle sterben", sagte sie ihm ruhig, als ob er ein kleines Kind wäre.

„Nein!", schrie Mels und verdeckte sein Gesicht. Sophia drückte auf den Knopf, die Schleuse öffnete sich und sie machte große Schritte nach draußen. Sie fiel nach drei Schritten, mit dem Gesicht nach unten, noch bevor die Schleuse hinter ihr schloss. Ein Schrei des Entsetzens ging durch die Station. Mels' Gesicht, rot vom angehaltenen Atem und dem lausigen Luftdruck der Marsatmosphäre, schwoll an, die Luft in der Schleuse hatte keinen Sauerstoff, er rang nach Atem und fiel zu Boden, verschwand vom Monitor.

„Nein. Nein!", schrie Richard in seiner Kabine. „Nein, Mels, ich habe nichts getan. Ich habe niemals angeordnet, Kinder zu töten. Das ist nicht wahr! Ich habe auf das Kommando von der Erde gewartet."

Panik ergriff alle. Frauen und Männer heulten und schrien. Wie die wilden Tiere.

„Es reicht! Es reicht! Genug davon!"

„Ihr lasst mir keine Wahl!" Richard stürmte zum roten Sicherheitskasten am Ende seines Büros. Er drückte seinen Daumen tief in den Scanner, dann zweimal auf den Knopf und eine Alarmglocke ertönte in allen Hallen und Kabinen. Überall.

„Alarm Stufe I, Alarm Stufe I! – Jeder begibt sich sofort in seine Kabine! Jeder begibt sich sofort in seine Kabine!"

Richard hörte schnelle Schritte, Schreie.

Die Türen im Zentralsaal schlossen sich langsam. Einige wollten noch herausrennen, andere wollten noch hinein. Es staute sich vor der Tür. Schreie der Verletzten, Flüche, Heulen.

Die Türen schlossen sich weiter und schoben die Menschenmasse in den Saal. Die Menschen warfen ihre Körper gegen das Metall, schlugen gegen die Sicherheitstüre. Alle völlig verrückt. Choj holte mit dem Spaten aus und hieb mit der Macht seines muskulösen Körpers gegen das Schloss, als ob er es durchbrechen könnte. Der Spaten traf jemandem. Schreie, Blut.

Richard sah auf den Monitoren, dass niemand mehr in den Korridoren war und drückte auf den blauen Knopf. Beruhigungsgas.

Seine Finger zitterten, als der Knopf sich in der Oberfläche des roten Schaltkastens versenkte. Die Schreie im Zentralsaal wurden lauter, schrecklicher. Menschen suchten den letzten Ausweg, laufend und stöhnend, wie die Ratten im Labor.

Die Schreie und das Heulen verstummten nur langsam. Wie viele hatten sich dabei verletzt?

Richard setzte sich auf den Boden und hielt seinen Kopf in den Armen versenkt. Niemals, niemals, dachte er, würde es nötig sein, seine Brüder und Schwestern einzuschläfern. Niemals.

Richard senkte seinen Kopf noch tiefer. Jetzt hatte er Zeit nachzudenken.

Nach dem Schlaf sollte sich etwas ändern, etwas Wichtiges passieren.

Richard schaute auf die Monitore. Die Marsianisten lagen auf dem Boden, gekrümmt in den unwahrscheinlichsten Haltungen, in denen sie die unerwartete Ohnmacht getroffen hatte. Plötzlich merkte er eine Bewegung im Saal. Die Türen waren nicht mehr gesperrt. Er sah die Figuren in den burgunderroten Uniformen. Richard kniff die Augen zusammen, starrte wie versteinert: die Sicherheitsingenieure. Ein Geheimdienst, von dem er nie wusste, aber doch glaubte, dass er hinter ihm stand. Hinter ihm? Oder über ihm?

Richard stöhnte auf. Das waren diejenigen, die die Gebärmaschinen geöffnet hatten. Hatten sie hierzu Befehle bekommen? Würden sie jetzt ihn entlassen?

Das sollte er bald erfahren. Das musste er früh genug erfahren.

Die Sicherheitsingenieure zogen die betäubten Menschen unsanft in deren Kabinen. Wie viele zählten zu ihrem Dienst? Hatte Richard je von einem solchen Sicherheitsprotokoll erfahren? Wer sind sie denn? Richard versuchte, ihre Gesichter zu erkennen, doch die Schutzmasken machten es unmöglich.

Richard stand auf und ging zum Zentralcomputer. Er hatte seine Pflicht getan. Er hatte immer danach gehandelt. Er setzte sich hin, loggte sich ein und meldete die Ergebnisse der letzten Stunden in der kurzen Berichtssprache zur Erde.

Die Erde schwieg. Länger als es die Funkstrecke zwischen den Planeten erwarten ließ.

„Sie müssen nachdenken", sagte sich Richard und zog den Stapel mit den letzten Berichten zu sich heran. So konnte er die Wartezeit verkürzen. Ganz vorne lagen die Ergebnisse der letzten Geburtsuntersuchungen. Die üblichen Graphiken, Zahlen. Neben Rebeccas Daten fanden sich diesmal zwei Grafiken. Vergleich der Ergebnisse aus beiden Schwangerschaften. Es war Sperma genutzt worden von Spender A (Nr. 123-987-543) und solches von Spender B (Nr. 354-675-243).

Richard las alles noch mal durch. Ausgetragene Schwangerschaft, genetische Untersuchungen mit dem Spender A. Das Kind im Brutautomaten Spender B. Wie konnte das sein? Hatten sie den Samen verwechselt? Der Vater des Kindes wurde mit Zahlen kodiert, aber den Zugriff auf diese Dateien sollte Richard doch haben. Er öffnete die Akten und notierte seine Zahlen. Er war der Vater des Kindes aus dem Apparat. Was war mit dem Kind aus der natürlichen Schwangerschaft? Dieser und früheren? Richard spürte, dass es in seinem Kopf anfing zu hämmern. Er holte die Akten zu allen früheren Schwangerschaften und verglich sie mit den letzten Daten. Alle Kinder, die Rebecca ausgetragen hatte, waren nicht von ihm gezeugt. Richard scrollte die Namen der Männer, bis er die Nummer 123-987-543 fand – Samuel Trenton.

Richard fühlte sich, als hätte ihm jemand gezwungen, heiße Kohlen zu schlucken. Alles kochte und wütete in seinen Eingeweiden. Er hielt sich an der Tischkante fest.

„Rebecca, warum? Warum?", schrie Richard und riss sich den Kragen auf. Er bekam keine Luft, ein Tornado aus seiner Körpermitte versuchte den Weg durch seinen Hals zu finden.

Blut stieg ihm in den Kopf und er rannte zu Sams Kabine.

„Kämpfe oder hast du um nichts zu kämpfen?", zischte Richard.

„Das ist kein Kampf, Richard", hauchte Sam durch seine roten Zähne. „Du kannst hier nichts gewinnen."

„Sie ist meine Frau! Meine Frau! Sie war für mich bestimmt! Sie haben sie für mich ausgesucht!", schrie Richard und trat dem Wehrlosen in den Bauch. Sam glitt über den Kabinenboden und stieß gegen die Wand, rutschte nach unten und blieb sitzen.

Richard stöhnte auf und fiel auf die Knie, mitten in der Kabine, seine Fäuste auf den Boden gepresst.

„Richard, sie haben sich geirrt", sagte Sam nach einer Weile in einem Aufstöhnen. „Sie haben sich in so vielen Dingen geirrt."

„Ich liebe sie", sagte Richard durch geschlossene Zähne, „ich werde sie dir nicht lassen."

„... ich werde nicht mit dir kämpfen", sagte Sam leise, „wir werden so oder so bald sterben." Nach einem Atemzug fuhr er fort: „Du kannst deine ideale Welt hier nicht bauen."

„Nicht mit solchen Schweinen wie dir", Richard spuckte auf den Boden.

„Nein, Richard", Sam kämpfte mit dem Schmerz und dem Schlaf, der ihn ergriff.

„Nein, Richard, du bist auch ein Mensch, du hast zu viel Kontrolle, das ist alles. Wir sind nicht ideal, wir können keine ideale Welt bauen, weil wir verdorben sind. Verdorben und verdammt."

Richard schleifte Sam durch das Zimmer und warf ihn wie einen Sack auf das Bett. „Du verdienst nicht einmal, ein Mensch zu sein", würgte Richard heraus.

„Wir werden alle bald sterben", flüsterte Sam im Schlaf, „und es gut so."

Seine letzten Worte trafen Richard, als er die Tür hinter sich zuknallte.

Vor seiner Kabine standen Fred und Verena. Die beiden trugen die burgunderrote Uniform. „Die Sicherheitsingenieure, bestimmt die Offiziere", dachte Richard. „Die beiden also, das sind sie, die den Notstab bildeten. Die unsichtbaren Helden, die immer hinter meinem Rücken tätig waren. Werden sie jetzt mich verhaften?" Sie schauten ihm erst ins Gesicht und dann auf seine blutverschmierten Fäuste.

Sie saßen zu dritt in Richards Büro. Die Erde schwieg. Richard hatte keine Reaktion auf seinen Bericht erhalten. Es sprachen nur Fred und Verena, bestimmend, überzeugt. Warum hatte er das nie gesehen? Warum hatte er in all diesen Jahren nicht verstanden, dass die subtile und kleinwüchsige Verena solche Kraft hatte? Warum war ihm nie aufgefallen, dass Fred für einen Koch viel zu viel Ahnung von allen technischen Systemen hatte? Wie dumm und naiv konnte er nur sein? Richard fühlte sich, als sei er durchs Eis eines tiefen Sees gebrochen.

„Warum ich?", fragte er endlich leise. Die Stimme verließ ihn. Er hatte heute zu viel verloren. Alles, was bisher seine Welt ausgemacht hatte: seine Liebe, seine Freundschaft, seine Ideale.

„Du bist der Kapitän, Richard. Reiß dich zusammen!" Verena war gar nicht zimperlich. Richard schaute auf den Monitor. Die Erde schwieg.

„Du musst ihnen Hoffnung machen", sagte Fred mit einer überraschend warmen Stimme. „Du musst ihnen die Rettung präsentieren. Sie vertrösten!"

„Mit einer Lüge?" Richards Stimme, kaum mehr das Echo des Kommandeurstons. „Ich habe genug vom Betrug auf diesem Planeten."

Fred holte einen Ordner aus seinem Rucksack. Er war ebenso burgunderrot wie seine Uniform. Erst jetzt fiel Richard auf, dass er die Farbe von geronnenem Blut hatte, das seine Fäuste bedeckte. Ein Datenträger glitt auf seine Seite des Tisches.

„Hier sind die Präsentationdateien, die den Baufortschritt an den nächsten Siedler-Raumschiffen zeigen. Wir müssen sie in den Zentralsaal projizieren und die Informationen alle paar Tage erneuern."

„Die Befehle der Erde werde ich jeweils neu formulieren", fügte Verena hinzu: „Es gibt hierzu einen Algorithmus, mit dem wir die Mannschaft am besten beruhigen."

„Das ist Betrug! Wenn das auffliegt … sie werden uns alle …" Richard suchte nach einer passenden Bezeichnung und dann schaute er in die Augen von Fred und Verena und verstand auf einmal alles.

Die Erde schwieg.

Bumm, bumm, bumm, schlug es in seinem Kopf.

Sie schwieg. Für immer.

„Sie werden nicht kommen", flüsterte er.

Fred schaute ihn mit seinen ewig-traurigen Augen an.

„Habt ihr das gewusst?", würgte Richard ungläubig.

„Diese Möglichkeit war nicht ausgeschlossen", sagte Fred und jetzt schwiegen alle.

Richard schaut auf die kleinen Stapel mit Berichten auf seinem Tisch. Luft und Wasser, Garten, Versorgung, Wäscheerhaltung, Elektronik, Krankenhaus. Es sind weniger als früher. Alles läuft nach Plan. Ohne Plan können sie nicht überleben, ohne die eiserne Faust, mit der Richard sie führt, würden sie nur noch ein Haufen alter kranker Menschen sein. Mit ihm sind sie eine Crew, die eine Mission erfüllt und ein gemeinsames Ziel hat. Gut. Er wird die Berichte morgen früh überprüfen, jetzt muss er einmal nach oben. Richard steigt die Treppe hoch. Mindestens einmal pro Tag, das ist gut für die Übung. Aber er weiß, dass er sich selbst belügt. Er kann seinen Tag nicht beenden, ohne noch einmal durch das Teleskop zu schauen.

Richards Augen verschmelzen mit dem Okular des Teleskops. Die Erde, den geliebten Planeten, sieht er, wenn die Gestirne günstig stehen, in einer x-fachen Vergrößerung. Die gut bekannten Umrisse der Kontinente, Ozeane, Meere. Mit einiger Wahrscheinlichkeit leben dort immer noch Menschen. Es gab keinen Atomkrieg, das hätten sie von hier gesehen. Womöglich hatten Viren die irdische Menschheit dahingerafft – wie aber sollte das heute, am Ende des 21. Jahrhunderts, überhaupt nur denkbar sein.

„Aber nein, Richard, nein", sagt er sich selbst. „Die Menschheit hat uns einfach vergessen. Wie ein altes, unnötiges Kinderspielzeug, das weggeworfen wird."

Das misslungene Experiment, das keinen Profit, kein wissenschaftliches Interesse, keine Zukunft mehr für die Menschheit verspricht. Die Menschheit, die bereit war, die Erde zu verlassen und sich im Weltall zu verbreiten, hatte den Versuch, ein Leben auf dem Mars zu führen, als Brutstätte für Monstren verworfen.

Was hätten die Milliarden Kosten für einen Sinn, wenn menschliches Leben auf dem Mars zwar möglich war, aber keine Kinder hervorbrachte? Vielleicht hatten die Menschen einen völlig anderen Weg gefunden, das Weltall zu erobern, von dem sie hier auf diesem toten Stern nie etwas erfahren würden. Die Erde schweigt.

Es gibt keine Hoffnung auf Rettung. Niemand wird zu ihnen kommen. Man ließ sie einfach sterben auf diesem Planeten.

Richard erhebt sich langsam aus dem Sessel. Erst muss er seine Glieder massieren, damit sie durchblutet sind. Selbst wenn sich alles auf der Erde verändert hat, bei Richard und seiner Crew wird alles beim Alten bleiben.

Damals, nach dem unfreiwilligen Schlaf, hatte Richard alle im großen Saal versammelt und den Befehl der Erde verkündet. Ihre Mission werde in nicht allzu ferner Zukunft beendet sein. Die Erde wird ein Raumschiff senden, das sie alle mit nach Hause nimmt.

„Sie fliegen bald schon", sagte Richard.

„Sie fliegen bald", wiederholte Richard jedes Jahr und zeigte neue Ziffern, Daten, Karten. Baupläne.

Nach zwei Jahren war es noch für alle wichtig, von neuen Daten und Plänen zu hören, noch zehn Jahre wollten sie diese Wörter mit Richards Stimme hören, nach zwanzig Jahren waren es die einzigen Wörter, die ihre alten Körper am Leben hielten.

Seit nun 56 Jahren lässt Richard jeden Morgen die Flagge hissen. Da stehen sie schon alle. Er schaut in ihre gut bekannten, vertrauten Gesichter. Wir sind nicht mehr so viele, sie werden alle nacheinander gehen … und Rebecca. Sie steht da, mitten im Raum, schaut ihn mit ihren großen Augen an und lächelt sanft. Er schließt die Augen kurz, Zeichen seiner Dankbarkeit. Sie nickt leicht mit dem Kopf. Er hatte sie gebeten. Sie wird noch einige Tage leben, damit keine neue Panik ausbricht.

„Liebe Astronauten", fängt Richard seine morgendliche Rede an. Er wiederholt sie jeden Tag, seit vielen Jahren und jedes Mal füllte sich seine Stimme mit Kraft und Begeisterung.

„Auf unseren Schultern liegt eine große Mission. Wir sind den Weg in die unendlichen Weiten des kosmischen Meeres gegangen. Wir halten unsere Wache auf dem Planeten Mars. Unsere Leben dienen dem Zweck der Wissenschaft, der Humanität und der weiteren Entwicklung unseres Planeten Erde. – Und bald wird unsere Mission zu Ende gehen. Unsere Freunde brauchen nicht mehr lange, um ihren Flug anzutreten."

Niemand glaubt ihm. Kein Mensch. Zehnmal hätte ein Raumschiff sie erreichen können, schneller gewiss, nach fünfzig Jahren Triebwerksentwicklung. Doch wollen sie so nicht mehr denken. Jedes Mal leuchten ihre Augen, füllen sich mit Kraft, ihre alten Körper und die faltigen Gesichter straffen sich und hören auf zu zittern.

„Die Erde denkt an uns und wartet! Hurra!"

DIE AUTOR*INNEN

Ingmar Ackermann

Dr. Ingmar J. Ackermann, Bergliebhaber mit Wahlheimat Köln, Geophysiker mit Liebe zur Sprache und froh darüber, immer noch neugierig zu sein. Nach einer Reise ist immer vor der nächsten Reise, zwischendurch bleibt manchmal Zeit, das Erlebte auch in Worte zu fassen. Daraus entstehen Geschichten über Begegnungen in dieser Welt, die im kleinen Alltag das Großartige suchen. Wenn es gut geht, finden sie das, was das Reisen spannend macht: die anderen Menschen. Zu lesen unter anderem auf: koelnerzeilen.wordpress.com

Anke Breuer

geboren in Wülfrath, lebt in Köln. Dazwischen Jahre in Bulgarien und der Schweiz. Übersetzerin und Grammatikliebhaberin. Mitglied im Literaturkreis ERA (Ratingen). Hat verschiedene Texte in Deutschland und Österreich veröffentlicht. Anke Breuers Projekt „Spurwechsel" (Thema: Multiple Sklerose, Texte: Anke Breuer) erhielt 2017 den Hertie-Preis für soziales Engagement und wurde 2018 für den Deutschen Engagementpreis nominiert.

Agnes Decker

ist im Erftkreis geboren, hat in Köln studiert und ist geblieben, verheiratet, ein Hund. Sie ist Diplom-Sozialpädagogin, Theaterpädagogin und Kulturmanagerin, hat lange in der freien Theater- und Kulturszene in Köln und mit Menschen mit geistiger Behinderung gearbeitet. Ihr Genre ist der Krimi, der Thriller, das Abgründige. Ihr Motto: Die Welt ist voller Geschichten, man muss sie nur schreiben.

Veröffentlichungen in: „Sturmgesang", 2019, Köln; „Mord auf mehr als drei Seiten", 2019; „Krimi III", 2019, Noel-Verlag; „Der Kreis der Zeit – Unsere schönsten Geschichten 2019", SL-Verlag; „Glühende Herzen, Schockstarre und verlassene Limousinen – 41 Heldengeschichten", 2020, SL-Verlag

Norbert Görg

wurde im Ruhrgebiet geboren, in dem die Menschen eine raue, aber herzliche Sprache sprechen und Fußball mit Leidenschaft gespielt wird. Er wuchs in Duisburg auf und machte seinen Magister in Germanistik und Philosophie in Essen. Seit 1999 lebt er in Köln. Er hat bisher einen Roman veröffentlicht und einige Kurzgeschichten in verschiedenen Anthologien. Die jahrelange Arbeit an seinem Sachbuch, in dem er kritisch untersucht, ob es ein Leben nach dem Tod geben könnte, befindet sich in der Endphase und wird demnächst erscheinen.

Angela Hoptich

erblickte am Niederrhein das Licht der Welt, wurde nach Bayern verschleppt, flüchtete nach Hessen und ließ sich schließlich am Nabel der Welt, in Köln, nieder. Im Mai 2020 erschien unter dem Pseudonym C. A. Hope ihr Debütroman „Seelendorn" – eine Geschichte über Freundschaft, Liebe, Familie und den Wahnsinn, der darin lauert.

Außerdem schlägt Angelas Herz für den magischen Realismus und alle Arten der Phantastik. Dem Hauch Magie im Alltag ist sie weiterhin auf der Spur. Folgt ihr gerne auf Facebook, Instagram oder Twitter oder schaut auf ihrer Homepage vorbei: www.angelahoptich.de

Oliver Kreuz

wurde 1970 in Siegen geboren. Als Diplom-Sozialpädagoge ist er beruflich hauptsächlich in der Migrantenhilfe tätig. Oliver Kreuz schreibt seit vielen Jahren Kurzgeschichten. In T. C. Boyle sieht er sein großes Autorenvorbild. Oliver Kreuz ist außerdem Musiker, spielt Gitarre und Schlagzeug und hat diverse Lieder musikalisch und textlich kreiert. Im Oktober 2016 gewann er den ersten Platz beim Kurzgeschichtenwettbewerb „Lesesport".

Anna Rudy

wurde in einem Staat geboren, der nicht mehr existiert, hat in einer Stadt gelebt, die heute einen neuen Namen trägt, studierte Kommunikationsdesign und Philosophie in Deutschland und kann sich mittlerweile als Kölnerin bezeichnen. Zum Schreiben kam sie früh, etwa mit vier Jahren, und seitdem hinterlässt sie auf dem weißen Papier gerne schwarze Krickel, die sie für Buchstaben hält. Sie ist die Autorin von einigen Romanen und Geschichtensammlungen, die sich auf der Suche nach einem passenden Verlag befinden.

Sarah Schönfeld

wurde 1983 in Bad Münstereifel geboren und ist in der Voreifel aufgewachsen. Nachdem sie im Alter von 16 Jahren ein Jahr als Austauschschülerin in Finnland verbracht hat, absolvierte sie ihr Abitur in Zülpich. Im Anschluss entschied sie sich für die Disziplin der Geisterwissenschaften und machte ihren Magister in Philosophie, Neuere deutsche Literatur und Vergleichende Religionswissenschaft in Bonn. Das Schreiben begleitet sie schon sehr lange und mittlerweile schaffen es mehr und mehr Texte aus ihrer Schublade auch in die Öffentlichkeit.

Nina Weber

Jahrgang 1969, zog von Krefeld nach Niedersachsen ins Bergische Land. Seit jungen Jahren lebt und arbeitet sie in Köln. Das Schreiben ist seit vielen Jahren ein Hobby, an dem sie besonders das Eintauchen in die Welt der Vorstellung liebt. Sie verfasst Kurzgeschichten und arbeitet derzeit an einem größeren Werk, in dem Pflanzen eine wesentliche Rolle spielen.

Katja Winter

wurde in der DDR geboren und kam neun Jahre nach der Wende nach Bergisch Gladbach, das sie nun als ihr Zuhause bezeichnet. Sie hat in ihren Jugendjahren geschrieben und erst vor Kurzem wieder zur Feder gegriffen – als Ausgleich zu ihrem sehr rationalen Beruf in einem Steuerbüro. Beim Lesen liebt sie es, in phantastische Welten abzutauchen und dem Alltag zu entfliehen.

Die Elemente-Reihe Teil 1: Wasser
JAHRHUNDERTFLUT

Wasser ist überlebenswichtig. Doch es besitzt auch eine dunkle Dimension – jene, die nicht nur Umwelt und Leben zerstört, sondern die Untiefen in Herz und Seele aufrührt.

Es schickt die Gedanken auf Reisen, entzweit Liebende, verleitet zu unüberlegten Taten, schürt Bruderzwist, dient als letzter Ausweg und zerrt Dinge ans Tageslicht, die lange im Inneren schlummerten. Es berührt Schicksale auf unerwartete Weise. Acht spannende Geschichten erzählen von der Macht des nassen Elements.

Jahrhundertflut
Hochwassergeschichten
aus Köln

von Norbert Görg,
Angela Hoptich, Oliver
Kreuz, Gisela Kruyer,
Sandra Rochaz

192 Seiten, als Ebook und
Taschenbuch erhältlich
ISBN 978-3-74316-180-1

Die Elemente-Reihe Teil 2: Feuer
FLAMMENSPIEL

Feuer spendet Licht und Wärme, ist pure Energie, steht für Begeisterung, für Aktivität, für Reinigung und jede Art von Wandel. Das Spiel der Flammen fasziniert und zieht uns an. Es glüht, es züngelt, es lodert, hoch und heiß, bis es erlischt – Glut und Rache, Leidenschaft und Zorn. Dreizehn Geschichten von Feuerteufeln und Brandwunden, die niemand sieht, von Flammentanz und bewusstseinswandelnden Ritualen, vom lebenslangen Brennen der Liebe, von Verlangen und Verlust, vom Weg zur Hölle und zurück.

Flammenspiel
Geschichten über das heiße Element

von Ingmar Ackermann, Norbert Görg, Angela Hoptich, Oliver Kreuz, Sandra Rochaz, Anna Rudy, Nina Weber und Katja Winter

220 Seiten, als Ebook und Taschenbuch erhältlich
ISBN 978-3-75283-253-2

Die Elemente-Reihe Teil 3: Luft
STURMGESANG

Ein Sturm entwurzelt Bäume, reißt Dächer davon oder weht Menschen über Klippen. Die urgewaltige Kraft des Windes gilt als Sinnbild für den Zorn der Götter. Andererseits sind es die leisen Töne, die ein Lüftlein bläst, die unsere Seele und Kreativität beflügeln. In der Luft liegt die Magie des Geistes, Kommunikation und Vielseitigkeit. Sechzehn Geschichten über das unsichtbare und flüchtigste Element – von Luftschlössern und Wolkenflügen, von Atemnot und atmosphärischem Knistern, vom Fallen und Springen, von lauen Brisen und Gewitterstürmen.

Sturmgesang
Geschichten über Luft, Liebe und das Leben

von Ingmar Ackermann, Anke Breuer, Agnes Decker, Norbert Görg, Angela Hoptich, Oliver Kreuz, Anna Rudy, Sarah Schönfeld, Nina Weber und Katja Winter

252 Seiten, als Ebook und Taschenbuch erhältlich
ISBN 978-3-73477-389-1

Anna Rudy
FREMDE HEIMAT

In den 15 Kurzgeschichten erleben Sie Menschen, die sich in einer fremden Welt orientieren, die mit der komischen, traurigen oder absurden Erfahrung von Fremdheit zurechtkommen müssen.

Jede Geschichte steht für ein persönliches Schicksal, ist wie ein kleiner Mosaikstein. Zusammengewürfelt durch die Migration, vermischt in der neuen Umgebung, vermitteln diese Schicksale die Vielfalt, die ein so multikulturelles Land wie Deutschland heute auszeichnet.

Fremde Heimat
Anna Rudy

210 Seiten, Kurzgeschichten, als Ebook und Taschenbuch erhältlich
ISBN 978-3-74940-713-2

Anke Breuer und Oliver Kreuz

HIER UND DA, DANN UND WANN

Durch Köln fließt der Rhein, das ist bekannt. Er trennt die Stadt in eine linke und eine rechte Seite. Die beiden sind sich nicht recht grün. Unerheblich. Kleine Animositäten beleben, auch das ist bekannt. Hier und da, dann und wann, entstehen wunderbare Geschichten, die das Leben nicht schöner schreiben kann. Über Menschen und Menscheln. Real wie surreal.

Die Wülfrather Autorin Anke Breuer, Linksanrheinerin, Südstädterin, und der Siegener Autor Oliver Kreuz, Rechtsanrheiner, Schälsicker, betrachten das Leben in Köln aus ihrer jeweiligen Perspektive. Herausgekommen sind 17 Kurzgeschichten. Skurril, kurios, animos.

**Hier und da,
dann und wann**
Südstadt/Schälsick.
Kurzgeschichten.

Anke Breuer
und Oliver Kreuz

124 Seiten, Kurzgeschichten,
als Ebook und Taschenbuch
erhältlich
ISBN 978-3-73479-933-4

C. A. Hope
SEELENDORN

Ein unkompliziertes Leben, das ist Robins größter Wunsch. Noch acht Jahre nach dem Tod ihrer Eltern ringt die 28-Jährige um inneres Gleichgewicht. Ihre beste Freundin Merit und deren Familie geben ihr Halt. Doch als Robin auf einer Party Merits großen Schwarm kennenlernt, führt das zu einem Zerwürfnis.

Zudem wird es komplizierter: Robin entdeckt auf dem Friedhof ein Grabkreuz mit ihrem Namen – und ihrem Todestag. Zufall? Oder Halluzination? Sie sieht sich mit ihrer tiefsten Angst konfrontiert. Verliert sie allmählich den Verstand?

Eine Geschichte über Freundschaft, Liebe, Familie und den Wahnsinn, der darin lauert.

Seelendorn
C. A. Hope

„Ist dies schon Wahnsinn,
so hat es doch Methode."
William Shakespeare

Roman, 442 Seiten,
Ebook und Taschenbuch
bei Amazon erhältlich
ISBN 979-8-64014-774-2

Ach, es ist der Erde Los:
blühen, tragen und zerfallen.

Justinus Kerner